JULIE LEUZE
Der Geschmack
von Sommerregen

JULIE LEUZE

Der Geschmack von Sommerregen

Roman

Taschenbuchausgabe © Juni 2015 bei LYX
verlegt durch EGMONT Verlagsgesellschaften mbH,
Gertrudenstr. 30–36, 50 667 Köln
Copyright © 2013 bei EGMONT Verlagsgesellschaften mbH
Alle Rechte vorbehalten

1. Auflage
Umschlaggestaltung: © Guter Punkt, München | www.guter-punkt.de
Umschlagmotiv: © Guter Punkt unter Verwendung
eines Motivs von Thinkstock
Satz: Greiner & Reichel, Köln
Printed in Germany (670421)
ISBN 978-3-8025-9765-7
www.egmont-lyx.de

Die Egmont Verlagsgesellschaften gehören als Teil der Egmont-Gruppe zur **Egmont Foundation** – einer gemeinnützigen Stiftung, deren Ziel es ist, die sozialen, kulturellen und gesundheitlichen Lebensumstände von Kindern und Jugendlichen zu verbessern. Weitere ausführliche Informationen zur Egmont Foundation unter:
www.egmont.com

Für Julia,
die mir hilft, dass aus Träumen
Bücher werden

1

Der Neue schwappt himmelblau über mich hinweg, mit Spuren von Schwarz und glitzernden Funken aus tiefem, geheimnisvollem Gold. Ich blinzele verwirrt. Diese Farbkombination hatte ich noch nie auf meinem inneren Monitor, und es gelingt mir nicht, sie einzuordnen.

»Gott, ist der süß!«, flüstert Lena neben mir entzückt.

»Hammer«, murmelt Vivian von schräg hinten.

Verstohlen mustere ich den Jungen, der mir die goldblauen Wellen beschert hat: Er hat schulterlanges, schwarzbraunes Haar. Dunkle, leicht schräg stehende Augen. Lippen, die man nur als sinnlich bezeichnen kann. Groß ist er und schlank, unter seinem Shirt erahnt man die Muskeln. Zugegeben, »Hammer« trifft sein Aussehen ziemlich genau. Ich schlucke, in mein Himmelblau mischen sich Tinte und aufgeregte, hellrote Funken.

Lässig geht er durch die Stuhlreihen nach hinten, wobei er die Blicke der anderen gar nicht wahrzunehmen scheint. Flüchtig schaue ich mich um: Die Jungs der

Klasse wirken neugierig, die Mädchen hingerissen. Von seinem Gesicht, seinem Gang, den coolen Klamotten, die er trägt. Man sieht dem Neuen an, dass er aus der Großstadt kommt. Solche Shirts und Jeans bekommt man nicht in Walding, und Chucks wie die seinen sind Herrn Roser, dem Besitzer unseres einzigen Schuhladens, schon im letzten Herbst ausgegangen.

Er schlendert an mir vorbei, ohne mich zu beachten, und setzt sich auf den einzigen freien Platz, neben Klassenstreber Fabian. Mein Herz klopft, die hellroten Funken stieben, und ich ärgere mich. Warum bringt dieser Typ mich so aus der Fassung? Er hat mich keines Blickes gewürdigt!

Wieso auch, denke ich und kaue am Ende meines Bleistifts. Jungs wie er bemerken Mädchen wie mich grundsätzlich nicht. Ich bin nur Sophie, die Kleine mit den zu dichten Augenbrauen und dem Hang zum Irrsinn. Über Ersteres lacht die halbe Klasse. Über Letzteres nicht, weil niemand etwas von dem Farbenchaos in meinem Inneren ahnt.

Und das soll auch so bleiben.

»Hey, Sophie!«, zischt Lena. »Wolltest du dir das nicht abgewöhnen? Runter mit dem Stift!«

Ertappt lasse ich den Bleistift sinken. Ich sehe aus wie eine verängstigte Zehnjährige, wenn ich so verloren auf dem Holz herumknabbere, nicht wie die Sechzehnjährige, die ich bin. Außerdem geht meine schlechte Angewohnheit langsam ins Geld: Alle paar Tage muss ich die peinlich zerkauten Dinger austauschen.

»Danke, Lena«, flüstere ich. »Was täte ich nur ohne dich?«

»Einen Bleistift-Großhandel ausrauben?«, schlägt Lena vor.

Sie lacht leise, streicht sich eine blonde Locke hinters Ohr und sieht dabei aus wie ein herzensguter, etwas zu mollig geratener Engel. Ich schaue in ihre blauen Augen, sehe die Zuneigung darin. Sofort fühle ich mich besser. Seit ich denken kann, ist Lena meine beste Freundin, und ich kann mir nicht vorstellen, dass sich das jemals ändert. Nicht, solange sie nur meine Fassade kennt.

»Was gibt es denn so Interessantes zu bereden, junge Damen?«, ertönt die miesepetrige Stimme von Herrn Müfflingen. *Junge Damen!* So nennt unser Bio-Lehrer seine Schülerinnen wahrscheinlich schon, seit er vor geschätzten hundertfünfzig Jahren an diesem Gymnasium angefangen hat. »Lena, Sophie, lasst uns doch bitte an eurer Unterhaltung teilhaben, sofern sie den Biologieunterricht betrifft. Wenn nicht, wovon ich wohl ausgehen muss, darf ich doch sehr um Ruhe bitten!«

Wir schauen ihn ergeben schweigend an. Seine Augenlider zucken, wie immer, wenn er sich ärgert – und Herr Müfflingen ärgert sich oft. Nicht nur über Lena und mich.

Er dreht sich wieder zur Tafel um und kritzelt etwas darauf. Dann schaut er noch einmal über die Schulter zu seiner missratenen Klasse. »Ach ja, euer neuer Mitschüler heißt Mattis Bending. So, und jetzt zurück zur Genetik.«

Mattis Bending, denke ich. Mattis. Gefällt mir.

Eine weitere glitzernde, himmelblaue Welle baut sich in mir auf, bevor sie sich an den Rändern meines Monitors bricht und langsam, ganz langsam verblasst. Seufzend beuge ich mich über mein Blatt, um mich Chromosomen und Zellkernen zu widmen.

Als wir die Hauptstraße entlang nach Hause gehen, ist es zum ersten Mal in diesem Jahr warm genug fürs Freibad. Seit zwei Tagen hat es geöffnet, und Lena fragt mich, ob wir die Badesaison heute Nachmittag einläuten wollen.

»Du kennst meinen neuen Bikini noch gar nicht«, sagt sie. »Ist zwar wieder mal in Elefantengröße, aber mir gefällt er trotzdem.«

Ihr Blick bleibt an dem H&M-Plakat hängen, das die Bushaltestelle neben der Post verschönert. Eine kaffeebraune Schönheit ohne Bauch, aber mit Körbchengröße y schaut rassig und lüstern zu uns herab. Ihr Bikini besteht aus drei winzigen Fetzen Stoff mit Leopardenmuster.

»So scharf sehe ich natürlich nicht aus«, sagt Lena ernüchtert. Sie wirft ihre blonden Locken zurück und stapft hoch erhobenen Hauptes an dem Plakat vorbei. Beinahe trotzig sieht sie aus, und ich weiß, sie denkt an die fünf Kilo Übergewicht, die sie seit Monaten loszuwerden versucht. Bislang vergeblich, was unter anderem an der deftigen Küche ihrer Mutter liegen dürfte. Eine Diät, bei der jede Woche Schweinebraten, Kraut und Knödel auf dem Plan stehen, gibt es nun mal nicht.

Ich nehme ihre Hand und drücke sie. »Ach komm,

vergiss dein Gewicht. Leon ist trotzdem hin und weg von dir, oder?«

»Glaubst du wirklich?« Lenas Gesicht hellt sich auf. »Vielleicht sollte ich mal mit ihm ins Kino gehen. Du weißt schon, Küsse im Dunkeln und so ... Auch wenn ich zugeben muss, dass Leon nicht *ganz* so gut aussieht wie der Neue, dieser Mattis.«

»Hm«, mache ich unverbindlich. Keine Ahnung, warum, aber ich will nicht über Mattis reden. Vielleicht, weil ich sein Blau nicht einordnen kann. Normalerweise gehen Gefühl und Farbe bei mir Hand in Hand, das eine erklärt das andere. Dass es diesmal nicht so ist, verwirrt mich.

Die Rosskastanien vor der Zwiebelturmkirche stehen in voller Blüte, zwischen maigrünen Blättern strecken sich weiße und rosarote Kerzen in den schäfchenbewölkten Himmel. Das Ganze sieht so bayerisch aus, dass zwei asiatische Touristen mit umgehängten Kameras stehen bleiben und anfangen, wie wild zu knipsen. Lena lacht und verdreht die Augen.

Ich hingegen nehme mir vor, genau das heute Nachmittag ebenfalls zu tun: mit der Kamera loszuziehen. Ich werde nicht ins Freibad gehen, sondern alles fotografieren, was mir vor die Linse kommt und nicht gerade ein Mülleimer ist. Denn wenn ich fotografiere, bin ich ganz auf den Augenblick konzentriert. Dann schaffe ich es, alles um mich herum zu vergessen.

Sogar coole Neue aus München, blaue Glitzerwellen und Geheimnisse, die ich schon ein Leben lang mit mir herumschleppe.

2

Meine Mutter schaut durchs Küchenfenster, als ich das Gartentor öffne und die zwei Meter bis zur Haustür gehe. Noch bevor ich den Schlüssel ins Schloss stecken kann, macht sie mir auf.

»Essen ist gleich fertig«, sagt sie und lächelt. »Ich habe auf der Terrasse gedeckt. Wasch dir schon mal die Hände, ja?«

Ihre Fürsorge nervt mich, gleichzeitig bin ich irgendwie gerührt. Sie behandelt mich immer noch wie ein Kind. Ich zwinge mich, ihr Lächeln zu erwidern, und werfe meinen Rucksack in den Flur.

»Ich habe gehört, ihr habt einen Neuen?«, ruft sie, nun wieder aus der Küche.

Ich folge ihr.

»Da war das Buschtelefon aber schnell«, sage ich betont lässig, während ich denke: Warum will alle Welt mit mir über Mattis reden?

»Christa ist nicht umsonst im Elternbeirat. Alles, was am Gymnasium vor sich geht, weiß sie als Erste.« Mama zwinkert mir zu und rührt die Tomatensoße um, dann gießt sie die Nudeln ab.

Christa Landegger ist Lenas Mutter, Mamas Freundin und unsere Nachbarin. Das Haus der Landeggers grenzt direkt an unseres, zwischen den Gärten steht nicht einmal ein Zaun. Lediglich eine Doppelreihe hoher, schwarzer Tannen trennt die Grundstücke unserer Familien voneinander ab. Früher, als Lena und ich noch im Kindergarten waren, haben wir unter diesen Tannen »im Wald verirrte Waisenkinder« gespielt. Später gestanden wir uns, in wen wir verliebt waren, noch später, wen wir geküsst hatten. Und als ich nach einer grässlichen Stunde in Noah Brunners Zimmer keine Jungfrau mehr war, erzählte ich Lena tränenüberströmt in unserem Tannenversteck auch dies.

»Und?«, reißt Mama mich aus meinen Gedanken und greift nach der Sauciere. »Wie ist er so, der Neue?«

»Blau«, erwidere ich abwesend.

Sofort beiße ich mir auf die Zunge, doch es ist bereits zu spät. Meine Mutter erstarrt, nur die Sauciere in ihrer Hand zittert.

»Blau«, wiederholt sie und klingt dabei so vorwurfsvoll, dass mein Trotz erwacht.

»Ja, Mama.« Ich schaue ihr in die Augen. »Himmelblau.«

Abrupt dreht sie sich zur Spüle, stützt sich mit den Händen auf und schaut durchs Fenster in den Wald, der dicht und dunkel unsere Straße säumt. Sie atmet ein paar Mal tief durch.

Dann schaut sie mich an. »Du weißt, dass du dir diese Farben in deinem Inneren nur einbildest. Du darfst sie nicht beachten. Das weißt du doch, oder? Sophie? Sollen dich die Leute für verrückt halten?«

Ich presse die Lippen aufeinander, winde mich unter ihrem Blick. Ich weiß, sie will mich davor bewahren, dass ich wie meine Oma ende. Die ich nie kennengelernt habe. Oma Anne, der Schandfleck. Das große Tabu unserer Familie.

Stumm schaut meine Mutter mich an, wartet auf meine Antwort, und ich schäme mich, weil ich es nicht fertigbringe, sie zu beruhigen. Die Scham wächst an, auf meinem Monitor flammt ein überwältigendes, stacheliges Pink auf. Einbildung, hämmere ich mir ein, dieses Pink ist nur Einbildung, du kannst es ignorieren, dann verschwindet es wieder.

Nur dass diese Strategie noch kein einziges Mal funktioniert hat.

Mama kommt einen Schritt auf mich zu, ergreift meine Hand. »Sophie«, sagte sie beinahe flehentlich, »du darfst diesen ... Dingen keine Beachtung schenken. Wenn du dich hineinsteigerst, wird es nur schlimmer.«

Schlimmer?

Plötzlich habe ich Angst.

»Werde ich verrückt, Mama? *Bin* ich verrückt?« Meine Stimme klingt rau, in mir toben stumpfes Oliv und durchsichtige Schlieren, die meinen Monitor aussehen lassen wie verschmutztes Glas.

Sie zieht mich zu sich heran, umfängt mich mit ihren

warmen, weichen Armen, und ich kuschele mich an sie wie früher.

»Nein«, flüstert sie. »Nein, Sophie. Du musst nur immer daran denken, dass Einbildungen nicht die Wirklichkeit sind.«

Ich habe das Gefühl, an ihren Worten zu ersticken. Denn ich bilde mir meine Farben nicht ein, genauso wenig, wie ich mir Mamas Stimme einbilde oder ihren leichten Duft nach Lavendel. Mein innerer Monitor gehört zu mir wie meine Geschmacksknospen, meine Sehnerven und mein Tastsinn. Aber wenn ich das so fest glaube – bin ich dann nicht doch verrückt? Sehe ich Farben, wie andere Irre körperlose Stimmen hören? Werde ich morgen den Kontakt zur Realität verlieren, um übermorgen meiner Familie mit dem Fleischermesser aufzulauern?

Mein Nacken kribbelt, ich ringe nach Luft. Die Angst vor dem, was da möglicherweise in mir schlummert, verdichtet sich zu einem widerlichen, zähen Grau, bis mein innerer Monitor wie mit Kaugummi überzogen ist. Ich reiße mich von Mama los und renne aus der Küche, ignoriere die offene Tür zur Terrasse, wo sie fürs Mittagessen gedeckt hat. Ich hetze hoch in mein Zimmer, und erst als die Tür mit einem Knall hinter mir zufällt und ich mich aufs Bett werfe, kann ich allmählich wieder atmen.

Ich liege auf dem Rücken und starre an die Zimmerdecke.

Und frage mich zum tausendsten Mal, warum ich nicht einfach *normal* sein kann.

Zwanzig Minuten später habe ich mich beruhigt und schleiche die Treppe runter, um mich zu meiner Mutter auf die Terrasse zu setzen.

»Tut mir leid«, nuschele ich und schiebe mich auf meinen Stuhl.

Sie lächelt, einen Rest Besorgnis in den Augen. »Schon in Ordnung. Geht's dir besser, mein Spatz?«

»Klar«, lüge ich und fange an, meine kalten Nudeln zu essen. »War ein bisschen anstrengend heute in der Schule. Wahrscheinlich war ich deshalb so durch den Wind.«

»Aber du hattest doch nur sechs Stunden«, sagt sie, ein halbherziger Versuch, uns beide auf dem schmalen Grat der Wahrheit zu halten.

Ich zucke mit den Schultern und schiebe mir so viele Nudeln in den Mund, dass ich unmöglich antworten kann.

»Na ja«, gibt Mama sich die Antwort selbst, »vielleicht brauchst du einfach mal eine Pause. Die elfte Klasse ist anstrengend, was? Ihr habt aber auch wirklich viel zu lernen dieses Jahr, bei uns damals war das lockerer. Bald sind Pfingstferien, da ruhst du dich schön aus!«

Pfingstferien – allein das Wort erfüllt mich mit freudigem Zitronengelb und entspanntem, cremigem Weiß, während Mama arglos weiterplappert. Wenn sie wüsste, was da schon wieder in mir abgeht, würde sie ausflippen.

Ich unterdrücke den Drang, ehrlich zu sein, und sage bloß: »Nach den Hausaufgaben gehe ich raus, fotografieren.«

»Für deine AG?«

»Auch.«

Mama nickt, lächelt. Seit ich in der Foto-AG bei Frau Schöller bin, wird mein einsames Hobby von meinen Eltern nicht nur akzeptiert, sondern sogar gefördert. Frau Schöller hat mir schon nach den ersten zwei Wochen ein außergewöhnliches Talent bescheinigt, hat vom künstlerischen Ausdruck meiner Fotos und von meinem Blick für Details geschwärmt. Daraufhin habe ich zu Weihnachten eine Digitalkamera geschenkt bekommen.

Der Sturm ist vorbei, in der Atmosphäre unserer Familie herrscht, passend zum Maiwetter, wieder Sonnenschein. So, wie meine Mutter es gern hat. Ich esse meine Nudeln auf, und Mama zieht sich einen zweiten Stuhl heran, um die Beine darauf zu legen und sich nach den Mühen ihres Hausfrauenvormittags zu entspannen. Flüchtig registriere ich, dass sie weiße Socken zu Trekkingsandalen trägt, zu so etwas ist auch nur meine Mutter imstande, mit ihrem völligen Mangel an Eitelkeit. Ich betrachte sie, wie sie da sitzt, das Gesicht mit den geschlossenen Augen der Sonne zugewandt. Das helle Mittagslicht bringt jede einzelne ihrer Falten erbarmungslos zur Geltung, fängt sich in ihrem ergrauenden Haar, und mir schießt durch den Kopf, dass sie ziemlich alt aussieht für ihre fünfundvierzig Jahre. Der Gedanke versetzt mir einen Stich. Früher fand ich meine Mutter einfach nur schön.

Als ich aufstehe und die Teller abräume, öffnet sie ein Auge.

»Bevor du in dein Zimmer gehst, Sophie ... Papa erzählen wir lieber nichts von dem, was du vorhin gesagt hast, ja? Wir wollen ihn nicht unnötig beunruhigen. Es ist ja vorbei.«

Wenn du wüsstest, denke ich, doch ich nicke. Für heute hatte ich genug Stress wegen dieses verdammten Himmelblaus. Wenn Mama glauben will, dass es vorbei ist, dann soll sie das ruhig glauben.

Auf eine Lüge mehr oder weniger kommt es auch nicht mehr an.

3

Das Wetter bleibt warm und schön, und am Sonntag gehen Lena und ich endlich ins Freibad. Als wir an der Kasse stehen, sehen wir Vivian, die aus ihrem weißen Mini steigt und in bauchfreiem Top, Hotpants und High Heels auf uns zustöckelt.

»Gott sei Dank hat sie das Auto«, lästere ich. »Auf den Schuhen hätte sie die fünfhundert Meter von ihrem Haus bis hierher niemals geschafft.«

»Genau das richtige Outfit, um am Dorfrand schwimmen zu gehen«, ätzt Lena.

Wir neigen sonst nicht dazu, schlecht über andere zu reden. Aber keine Regel ohne Ausnahme – bei Oberzicke Vivian und Bernice können wir nicht anders.

Leon aus der 11 b, dem Lena erlaubt hat, uns zu begleiten, lacht. Er sieht süß aus mit seinen Grübchen, den blitzenden grünen Augen und dem wuscheligen Haar. Ich kann verstehen, dass Lena auf ihn steht, und hoffe nur, dass er es ernst mit ihr meint. Den ganzen Weg hierher haben die beiden jedenfalls geflirtet, was das Zeug hält.

»Mir gefällt dein Outfit besser als Vivians«, sagt Leon und legt mutig seinen Arm um Lenas Schultern.

»Ach ja?« Lena blickt an ihrem T-Shirt und dem knielangen Rock hinunter, dann schaut sie Leon in die Augen und zieht dabei eine Braue hoch. Es soll spöttisch aussehen, aber ich kenne sie gut genug, um zu wissen, wie sie sich in Wirklichkeit fühlt: verdammt unsicher angesichts Vivians Topfigur, ihrer langen schwarzen Haare und der Tatsache, dass sie mit ihren achtzehn Jahren viel fraulicher und verführerischer wirkt als wir. »Es gibt also tatsächlich Jungs, die auf Modell Kuschelbär abfahren statt auf sexy Vamps wie Vivian?«

»Offensichtlich. Einer davon steht vor dir. Aber hey, als Kuschelbär würde ich dich trotzdem nicht bezeichnen, dafür bist du viel zu hübsch.«

Leon schaut auf Lenas Mund, während er das sagt, und ihm ist deutlich anzusehen, dass er keine Lust hat, sich mit Vamps und Kuschelbären zu beschäftigen. Er hat Lust, Lena zu küssen, und zwar sofort.

Und er tut es.

Ich wende mich ab, verkneife mir ein breites Lächeln. Wie es scheint, braucht Lena nicht mit Leon ins dunkle Kino zu gehen, um ihn sich zu angeln. Er hängt bereits fest an ihrem Haken.

»Hallo.« Vivian hat uns erreicht, schenkt uns einen herablassenden Blick und schaut sich dann suchend um. »Habt ihr Bernice irgendwo gesehen?«

Bernice ist Vivians hellblondes Gegenstück und besetzt in unserer Klasse die Position der Oberzicke Nr. zwei.

»Börny?« Leon schüttelt den Kopf. »Nein. Wahrscheinlich steht sie noch daheim vor dem Spiegel und schminkt sich für ihren großen Auftritt im Nichtschwimmerbecken.«

»Sehr witzig.« Vivian funkelt ihn an. »Und nenn sie nicht Börny, ich hasse das. Sie heißt *Börnieß*.«

Leon grinst nur.

Vivians Blick gleitet über Leon und Lena. Erst jetzt scheint sie zu registrieren, dass er Lena im Arm hält. »Seit wann seid *ihr beiden* denn zusammen?«

»Seit wann geht ausgerechnet *dich* das was an?«, schnappt Lena zurück. Bei Vivian wird meine engelsgleiche Freundin regelmäßig zum Teufelchen.

Vivian verzieht ihren hübschen Schmollmund zu einem Lächeln. »Leon und Lena. Klingt irgendwie albern.«

In gespieltem Entsetzen schaut Lena zu Leon hoch. »Oh mein Gott, sie hat recht. Leon und Lena, das geht ja gar nicht. Meinst du, wir sollten gleich wieder Schluss machen?«

»Kindsköpfe.« Vivian verdreht die Augen. »Aber was will man erwarten. Ihr benehmt euch eurem zarten Alter entsprechend.«

»Also, ich an deiner Stelle wäre nicht stolz darauf, mit bald neunzehn noch in der elften Klasse zu sein«, kontert Lena bissig.

Vivians Blick unter den langen Wimpern wird frostig. Ohne ein weiteres Wort dreht sie sich um und geht zu ihrem Mini zurück. Sie lehnt sich dekorativ an die Motorhaube und wartet ohne uns Kindsköpfe auf Börny.

»Das hat gesessen«, sagt Leon.

»Es war gemein von mir«, entgegnet Lena reumütig. »Aber ich kann Vivian einfach nicht ausstehen.«

»Und mich?«, fragt Leon, woraufhin Lena kichert und ihm durch die wuscheligen Haare streicht.

»Dich schon«, sagt sie und zieht sein Gesicht zu sich herunter.

Der nächste Kuss dauert sehr, sehr lange.

Ich fange an, mich überflüssig zu fühlen. Zwischen Lena und Leon ist nicht nur das Eis gebrochen. Nein, sie befinden sich in einer tropischen, blauen Lagune mit Lizenz zum hemmungslosen Knutschen.

»Hallo?«, melde ich mich vorsichtig zu Wort. »Eure Verliebtheit in Ehren, aber sind wir nicht zum Schwimmen gekommen?«

Lena löst sich von Leon, ihre Wangen sind rot. Sie räuspert sich, ist sichtlich durcheinander. Leon muss verdammt gut küssen.

»Klar«, sagt Lena, als sie wieder fähig ist zu sprechen. »Dann, äh, lasst uns mal reingehen.«

Als ich allein meine Bahnen ziehe – Spaß im Wasser haben Lena und Leon heute eher ohne mich –, kann ich nicht anders, als mich nach ihm umzusehen.

Nach dem Neuen.

Mattis.

Aber sosehr ich mich auch bemühe, ich entdecke ihn nirgends. Dabei hat sich ganz Walding im Freibad versammelt, den brechend vollen Becken nach zu urteilen.

Komisch eigentlich, denke ich müßig und drehe am Beckenrand um, schwimme die nächste Bahn, wühle mich im Wasser durch fröhliche Kinder und genervte, schimpfende Mütter. Hier ist es so voll, und im Waldinger Weiher schwimmt niemand. Vielleicht, weil er nicht gechlort ist. Wer zum Weiher geht, setzt sich höchstens in den Biergarten. Oder ist ein Tourist.

Ich hieve mich aus dem Becken, laufe tropfend zu meinem Handtuch. Als ich, das Kinn auf den flachen Händen aufgestützt, auf dem Bauch liege und die Sonne meine noch blasse Haut trocknet, lasse ich meine Augen unablässig über die Menge schweifen. Ohne Erfolg. Irgendwann gebe ich auf, greife nach meinem iPod und versenke mich in Linkin Park. Mattis ist nicht da. Na und?

Das kann mir völlig egal sein.

Die Musik lässt meinen Geist davondriften, und ich schließe die Augen. Denke doch wieder an Mattis, dessen Lippen so unverschämt schön geschwungen sind. Dessen dunkler Blick mich total durcheinanderbringt. Mattis, der immer sofort nach der Schule verschwindet, der nie bei uns anderen stehen bleibt, der noch kein einziges Wort mit mir gesprochen hat.

Umwerfend attraktiv – und absolut unnahbar.

Chester Bennington auf dem iPod singt etwas Wütendes über »flames« und »clouds«, doch als ich wegdämmere, sehe ich weder Flammen noch Wolken. Sondern blaue Wellen, in deren Gischt sich funkelndes Gold mischt.

Und immer noch habe ich keinen blassen Schimmer, was das für mich bedeutet.

4

Mattis taucht auch am nächsten Wochenende nicht im Schwimmbad auf.

Er kommt nicht auf die Party im Jugendhaus.

Er glänzt durch Abwesenheit, wenn die anderen Jungs nach der Schule Basketball spielen.

Er ist nie dabei, wenn wir uns im Café Lamm an der Hauptstraße treffen, am Brunnen vor der Kirche sitzen und Touristen begaffen, mit dem Bus ins Nachbardorf fahren, um ins Kino zu gehen. Mattis scheint niemals Chips an der Tankstelle einzukaufen, um nächtelange PC-Orgien zu veranstalten, und keiner von uns sieht ihn je im Irish Pub. Er trinkt in der Schule nicht einmal Red Bull, weder das normale wie Lena und ich noch das stylish silberne wie Börny oder das zuckerfreie wie Vivian. Er tut nichts von dem, was man in Walding aus Mangel an Aufregenderem eben so tut.

Was ist eigentlich los mit dem Kerl?

In den Pausen beobachte ich ihn verstohlen. Stets ist Mattis von einem Grüppchen Fans umringt, männlichen wie weiblichen, und er lächelt und plaudert und ist freundlich zu allen. Aber wenn die Schule aus ist, macht er sich auf den Heimweg, ohne sich je irgendwo dazuzustellen. Braucht er keine Freunde? Was macht er an den Wochenenden? Trauert er seinem Leben in München so sehr nach?

Ich werde nicht schlau aus ihm, und jeden Tag nehme ich mir etwa fünfzig Mal vor, keinen Gedanken mehr an ihn zu verschwenden. Ich möchte ihn in seiner selbstgewählten, ultracoolen Isolation versauern lassen, mich in Alex verlieben, der schon seit der Fünften auf mich steht, und alles vergessen, was mit blauen Wellen und schimmerndem Gold zu tun hat.

Nur dass mir Mattis' Mund nicht aus dem Kopf geht, und sein Lächeln noch viel weniger. Gestern hat es zum ersten Mal mir gegolten. Und jetzt sitze ich auf meinem Platz, schaue zu, wie unser Mathelehrer vor der Tafel hin und her wandert, und kann an nichts anderes denken als an dieses Lächeln.

Fabian, der mit mir in der Foto-AG ist, hatte mir vor ein paar Tagen eine Einführung in Photoshop geliehen. Gestern vor Erdkunde gab ich ihm das Buch zurück und schaute danach ganz zufällig und betont gleichgültig zu seinem Sitznachbarn.

Wow.

Mattis' Blick ruhte so nachdenklich, tief und dunkel auf mir, seine Wimpern waren so schwarz und dicht, sein Aftershave stieg mir so kühl und herb in die Nase, dass mein innerer Monitor in einem wahren Farb-Feuerwerk explodierte und mich völlig benommen zurückließ. Dahin war meine ganze schöne Lässigkeit, ich konnte nur dastehen und ihn anstarren wie ein Mondkalb.

Da zog er einen Mundwinkel hoch und lächelte.

Na ja, es war ein halbes Lächeln, aber es war so was von sexy. Und ich lächelte zurück. Mit einem ganzen Lächeln, das viel zu strahlend ausfiel und viel zu viel verriet.

Ich kaue auf meinem Bleistift und schaue versonnen auf die Tafel, ohne die mit Kreide geschriebenen Gleichungssysteme darauf auch nur wahrzunehmen, geschweige denn sie zu verstehen. In meinem Bauch kribbelt es, rot und angenehm.

»So, x hätten wir. Sophie, kannst du uns bitte die Gleichung nach y auflösen?«

Ich schrecke aus meinen Tagträumen von halben und ganzen Lächeln hoch und begegne dem Blick von Herrn Kreuzbach, der ungeduldig auf meine Antwort wartet. Mist. In Mathe muss ich echt um jeden Punkt bangen, obwohl ich in den anderen Fächern ganz gut bin. Aber Gleichungssysteme, Wurzeln und Polynomdivision wollen einfach nicht in meinen Kopf.

Weshalb ich eigentlich aufpassen müsste, statt verliebt vor mich hinzuschmachten.

Verliebt?, schießt es mir durch den Kopf. Hab ich das gerade echt gedacht?

Verdammt noch mal. Ich habe mich verliebt!

Aber nicht in Alex, bei dem ich Chancen hätte und der mit seinen Fischaugen, der pickeligen Stirn und den freundlichen Augen ein netter, solider Trostpreis wäre.

Sondern in Mattis, den Hauptgewinn.

Mattis, über den so ziemlich alle Mädchen der Klasse tuscheln und für den Vivian sich Tag für Tag in ihre heißesten Klamotten zwängt, damit er endlich auf ihre Reize aufmerksam wird. Mattis Bending aus München, der uns doofe Dörfler völlig links liegen lässt. Wahrscheinlich hasst er seine Eltern dafür, dass sie ihn hierher verschleppt haben, in die Einöde, in die er nicht gehört.

»Sophie? Wird's bald?« Herr Kreuzbach wippt auf seinen Gesundheitslatschen vor und zurück, offensichtlich kann er sich nicht dazu durchringen, mir einfach null Punkte in Mitarbeit zu geben.

Ich schüttele entschuldigend den Kopf. Herr Kreuzbach seufzt und wendet sich anderen, fähigeren Schülern zu. Und ich atme tief durch, versuche der tobenden Wellen, des sprühenden Goldes und des Funkenfeuers in meinem Inneren Herr zu werden, während ich mich im Stillen verfluche, weil ich so dämlich bin.

Ich greife nach meinem Matheordner, reiße ein Stück vom obersten Blatt ab und kritzele hektisch mit zitternden Fingern darauf: *Lena, glaubst du an Liebe auf den ersten Blick?*

Dann schiebe ich ihr den Zettel rüber.

Ihre Augen werden groß.

Wer ist es???, kritzelt sie zurück.

Ich schlucke, aber jetzt habe ich angefangen und kann nicht mehr zurück.

M. B.

Ich halte die Luft an. Wird sie mich auslachen? Bemitleiden? Versuchen, es mir auszureden? Und was von alldem wäre das Schlimmste für mich?

Lenas Stift verharrt über dem Zettel. Dann nimmt ihr Gesicht einen entschlossenen Ausdruck an, sie schreibt, und ich lese: *Okay, es wird Zeit, dass wir uns um dein Styling kümmern. Heute Nachmittag wird aus Sophie mit den buschigen Augenbrauen Emma Watson, die Unwiderstehliche. Um halb fünf bei mir?*

Ich lächele. Das süße, cremige Milchkaffeebraun, das sich in mir ausbreitet, erkenne ich sofort: Dankbarkeit für diese Freundin, die mein Fels in der Brandung ist.

Ich komme!, schreibe ich und fühle mich so ermutigt, dass ich sogar einen Blick über die Schulter riskiere, geradewegs in Mattis' schöne, braune Augen hinein.

Er lächelt mich an.

Und diesmal sind beide Mundwinkel daran beteiligt.

5

Ausgerüstet mit Pinzette, einer kleinen Tube Spezialgel, einem Augenbrauenstift und einer Tasse mit Eiswürfeln sitzen wir in Lenas Zimmer.

»Ich habe mich im Internet informiert«, sagt Lena mit Kennermiene. »Brauen wie deine sollten gar nicht groß verändert, sondern nur an den richtigen Stellen in Form gezupft werden.«

»Aha«, gebe ich zweifelnd zurück, während ich mich frage, ob das Zupfen wohl sehr wehtut. »Und welche sind die richtigen Stellen?«

Lena greift nach dem Augenbrauenstift und hält ihn mir senkrecht an die Nasenflügel, erst rechts, dann links.

»Alle Härchen zwischen Stift und Nasenwurzel müssen weg«, sagt sie bestimmt.

Ich nicke unbehaglich. Lena befiehlt mir, die Augen zu schließen, und spannt meine Haut mit zwei Fingern. Zack, rupft sie das erste Härchen aus. Ich zucke zusammen, ein fieses Senfgelb blitzt auf meinem inneren Monitor auf.

»Weh tut es nur am Anfang«, tröstet Lena mich. »Wenn du das regelmäßig machst, gewöhnt sich deine Haut daran. Hab ich jedenfalls gelesen.«

Zack. Zack. Zack. Zack. Lena wirkt nicht so, als sei sie bald fertig, doch ich habe bereits mehr als genug. Die Farbe potenziert den Schmerz, macht unerträglich, was ansonsten ganz gut auszuhalten wäre. Glaube ich zumindest, denn Emotionen ohne Farben kenne ich ja nicht.

»Stopp, Lena.« Ich öffne die Augen, hebe abwehrend die Hände. »Den Rest bändigen wir meinetwegen mit diesem komischen Gel. Anmalen darfst du mich auch. Aber hör auf, mich zu quälen, das ist …« – *so widerlich gelb,* will ich sagen, schlucke es aber im letzten Moment herunter – »… total unangenehm.«

Lena lässt brav die Pinzette sinken, und ich schäme mich, weil sie mich für schrecklich wehleidig halten muss. Ich greife nach dem Handspiegel und betrachte das Ergebnis der Quälerei. Die Lücke zwischen meinen Augenbrauen ist ein bisschen größer geworden, dafür aber knallrot.

»Du musst es mit Eis kühlen, steht auf *gofeminin*«, sagt Lena und reicht mir die Tasse. »Dann ist die Rötung in ein paar Stunden weg.«

Ich verziehe das Gesicht. »Und was sag ich meinen Eltern beim Abendessen, warum ich mir das angetan habe?«

Noch nie habe ich mich etwas Schmerzhaftem unterzogen, um besser auszusehen. Meine Mutter wird sofort vermuten, dass ein Junge dahintersteckt, und auf ihre neugierigen Fragen habe ich so wenig Lust wie auf Eiterpickel.

»Sag ihnen doch, du wolltest deine Tapferkeit trainieren.« Lena kichert. »Damit du bei dem XXL-Tattoo, das du dir nächste Woche stechen lassen wirst, nicht in Tränen ausbrichst.«

Ich muss lachen. Zwar habe ich keineswegs vor, mir ein Tattoo stechen zu lassen, weder ein großes noch ein kleines. Aber die Vorstellung, wie meinem konservativen Vater am Abendbrottisch vor Schreck die Gabel aus der Hand fällt, ist so komisch, dass es das fast wert wäre.

Während ich mir den Eiswürfel auf die Haut drücke und Lena sich mit Bürstchen, Gel und Brauenstift an mir zu schaffen macht, fragt sie neugierig: »Und? Wie lange bist du schon in Mattis verknallt?«

Der abrupte Themenwechsel überrumpelt mich, und ich antworte nicht sofort. Verknallt, das trifft es überhaupt nicht.

Aber welches Wort trifft es dann?

Wie soll ich Lena klarmachen, dass ich mich bei Mattis so verwirrend anders fühle? Dass ich ihn nur anschauen muss, nur in seiner Nähe stehen, nur an seinen Mund denken, um von Farben und Empfindungen überrollt zu werden? Die Wellen, das Glitzern, diese blaugoldene Überflutung mit dem sanften Hauch von neugierigem Schwarz – das alles darf ich schließlich nicht erwähnen.

Also beschränke ich mich auf ein verlegenes: »Hab's dir doch in der Schule geschrieben.«

»Das mit der Liebe auf den ersten Blick.« Lena lächelt. »Das ist so süß, Sophie. Aber ehrlich gesagt, ich kann es gar nicht nachvollziehen. Bei mir kommt die Verliebtheit immer so nach und nach, wie bei Leon. Jetzt ist sie da, aber es hat ganz schön lange gedauert, das weißt du ja. Ich dachte immer, den berühmten Blitzschlag der Liebe gibt's nur im Film.«

Tja, das dachte ich bis vor Kurzem auch. Seufzend sage ich: »Im Film kriegen sie sich aber zum Schluss, und das ist der Unterschied zur Realität. Ich werde Mattis niemals kriegen, egal was du mit meinen Augenbrauen anstellst.«

»Schau dich doch erst mal an, du Unke!« Lena lässt von mir ab und nimmt mir den tropfenden Eiswürfel aus der Hand.

Ich gehorche, blicke in den Spiegel – und bin tatsächlich überrascht. Ein zartes Zitronengelb breitet sich in mir aus, und ich wage es zögernd, mich zu freuen. Okay, von Sophie Kirschner bis zu Emma Watson ist es immer noch ein sehr, sehr weiter Weg. Aber für meine Verhältnisse, das muss ich zugeben, sehe ich gar nicht schlecht aus.

Wie durch ein Wunder ist die Rötung bereits verschwunden. Meine Augenbrauen sind so dicht wie zuvor – ich habe Lena das Zupfen ja verboten –, doch jetzt wirken sie gleichmäßig und gerade. Dunkler als sonst, verleihen sie meinen weichen Gesichtszügen einen ungewohnten Ausdruck von Stärke.

Und das gefällt mir.

Im Spiegel trifft sich Lenas Blick mit meinem. »Zufrieden?«, fragt sie hoffnungsvoll.

Ich lächele sie an. »Danke, Lena. Du hast was gut bei mir.«

Lena strahlt. »Prima. Dann müssen wir dich nur noch von deiner Grundschulfrisur befreien!«

Mit einem raschen Griff zieht sie mir das Gummi aus dem Haar, das ich wie üblich zu einem praktischen Pferdeschwanz zusammengebunden habe. Mausbraune, stumpfe Strähnen fallen mir störrisch auf die Schultern.

Lenas Enthusiasmus erhält einen deutlichen Dämpfer. »Sag mal, nimmst du eigentlich nie eine Glanzspülung oder so?«

Ich schüttele den Kopf. »Ob meine Haare glänzen oder nicht, sieht man bei einem Pferdeschwanz doch eh nicht.«

Wenn ich ehrlich bin, ist das aber keineswegs der Grund. Die Wahrheit ist, dass ich auf meinem inneren Monitor so viele leuchtende, glitzernde, schimmernde, flauschige und pastellene Farben sehe, dass mir das genügt. Die Wirklichkeit ist sowieso blass dagegen. Warum also sollte ich mich um glänzendes Haar oder schöne Stoffe kümmern?

Mein Blick im Handspiegel fliegt zum Ansatz des Spaghettiträger-Kleides, das ich anhabe – und das sogar hübsch sein könnte, wenn es nicht so verwaschen wäre. Vielleicht, denke ich, wäre es an der Zeit, etwas mehr im Außen zu leben statt im Innen. Vielleicht sollte ich den Monitor entschlossen ignorieren, so wie meine Eltern es mir ständig predigen.

Doch sofort zieht sich bei dieser Vorstellung alles in mir zusammen, in einer schmutzigen, panischen Mischung aus Braun, Oliv und Staubgrau. Und mir wird klar, dass man mir ebenso gut vorschlagen könnte, ich solle mir ein Ohr abschneiden.

Lenas Stimme reißt mich aus meinen Gedanken. »Lass uns ins Bad gehen, Sophie. Meine Mutter hat tausend Spülungen und Kuren rumstehen, da bedienen wir uns jetzt. Und einen schönen Lippenstift finden wir bestimmt auch noch für dich. Wäre doch gelacht, wenn wir's nicht schaffen würden, dass Mattis bei deinem Anblick die Augen aus dem Kopf fallen!«

»Die Hoffnung stirbt zuletzt, was?«, witzele ich, um zu verbergen, dass ich ihren Optimismus ganz und gar nicht teile. Aus einem Mauerblümchen ist nun mal kein Schwan zu machen, nicht mal mit den Segnungen der chemischen Industrie. Trotzdem folge ich Lena ins Bad, wo ich wieder einmal staune, wie anders es dort aussieht als bei uns.

Zum Beispiel in der Dusche. In unserer Dusche stehen: ein Shampoo für empfindliches Haar, ein Unisex-Duschgel, eine Waschcreme fürs Gesicht und – als Zugeständnis an meine unreine jugendliche Haut – ein Peeling.

In der Dusche der Landeggers stehen: bonbonfarbene und männlich sportive Tuben, Flaschen und Spender der verschiedensten Marken, Sorten und Duftrichtungen, unüberschaubar an der Zahl, jeden Zentimeter der diversen Ablagen bedeckend. Uff.

»Ich weiß ja, dass deine Mutter Geschäftsführerin im

Drogeriemarkt ist«, sage ich kopfschüttelnd, »aber euer Bad haut mich jedes Mal wieder um. Hey, für Vivian und Bernice wäre das hier das reinste Paradies!«

Lena lacht. »Für so ziemlich jede aus unserer Klasse, oder? Aber heute geht es nur um dich. Also, womit fangen wir an?«

Zwei Stunden später bin ich wieder zu Hause, stehe in meinem Zimmer vor dem großen Spiegel und frage mich, ob Mattis wohl auffallen wird, dass ich mich verändert habe.

Denn das habe ich.

Meine Haare schimmern – sattbraun und seidig umschmeicheln sie mein Gesicht. Das Rot auf meinen Lippen führt mir vor Augen, dass sie erstaunlich voll sind. Mein Mund bildet nun einen schönen, weiblichen Gegensatz zu den dunklen Brauen. Das Beste aber ist dieser Ausdruck von Stärke und Charakter in meinem Gesicht, der sich auch nach zwanzig Minuten In-den-Spiegel-Starren nicht verflüchtigt hat.

Unwillkürlich frage ich mich, ob dieser Ausdruck nur Fassade ist, wie die Röte meines Mundes oder die in Form gegelten Brauen. Bin ich stark, irgendwo da drinnen, an einem Ort, den ich nur noch nicht entdeckt habe?

Oder mache ich mir etwas vor, wenn ich das glaube, genau wie ich mir etwas vormache, wenn ich mir Chancen bei Mattis Bending ausrechne? Für Vivian interessiert Mattis sich schließlich auch nicht, und die stylt sich um einiges gekonnter als ich.

»Sophie, Abendessen ist fertig!«, höre ich meine Mutter rufen.

Ich reiße mich von meinem fremden Spiegelbild und den unbeantworteten Fragen los. Atme ein paar Mal tief durch, gebe mir Zeit, zurück in die Rolle zu schlüpfen, die meine Eltern mir zugedacht haben. Sie passt mir wie eine zweite Haut.

Dann ziehe ich die Zimmertür hinter mir zu und gehe nach unten ins Wohnzimmer, wo Mama und Papa mich bereits erwarten. Sie sitzen am hübsch gedeckten Esstisch, eine rosa Kerze brennt. Neugierig schauen sie mir entgegen, und ich weiß, was nun folgen wird: ein liebevoll geführtes Verhör.

Mit einem Mal fühlt sich meine zweite Haut verdammt eng an.

6

Wir sitzen im BMW, und mein Vater versucht, ein Gespräch in Gang zu bringen. Was nicht funktioniert, da er völlig andere Dinge sagt als die, die ihm eigentlich im Kopf herumgehen.

Zum Beispiel fragt er: »Und, freust du dich auf die Pfingstferien?«

Dabei steht in seinen Augen klar und deutlich: »Wirst du es denn aushalten, zwei Wochen ohne den Jungen zu sein, von dem du uns gestern Abend partout nichts erzählen wolltest?«

»Klar«, antworte ich auf die real ausgesprochene Frage und hoffe, dass er es dabei bewenden lässt. Ich habe keine Lust auf vertrauliche Vater-Tochter-Gespräche, heute Morgen genauso wenig wie gestern Abend. Kann er das nicht einfach akzeptieren?

Papa trommelt mit den Fingern aufs Lenkrad. Durch das Schiebedach scheint die Sonne, auf meine offenen, glänzenden Haare und seine Glatze. Flüchtig denke ich, dass mein Vater einer der wenigen Männer ist, denen eine Glatze steht. Vielleicht, weil der Rest von ihm gut aussieht, wenn auch auf eine ziemlich markige Art. Wäre Papa ein Schauspieler, würde er immer die Rolle des unbeugsamen Helden bekommen.

Sein wirkliches Leben ist nicht ganz so beeindruckend. Papa arbeitet als Jurist bei einer Versicherung in München, verlässt früh das Haus und kehrt pünktlich zum Abendessen zurück, tagein, tagaus, sommers wie winters. Pendler wie ihn gibt es viele hier: Walding ist nur eine knappe Autostunde von München entfernt, aber die Mieten sind wesentlich niedriger. Aus einem einzigen Grund: Wir liegen außerhalb des Münchener S-Bahn-Bereichs. Weshalb München für die nicht Auto fahrende Bevölkerung – also auch für mich – genauso gut auf dem Mond liegen könnte.

Während Papa gern sagt, wie froh er sei, in guter Luft und mit Blick auf den Wald zu leben, würde ich diese ganze ländliche Idylle mit Freuden eintauschen gegen Smog und Häuserschluchten. Wenn ich dafür bloß die Freiheit der Großstadt bekäme – das Gefühl, rumlaufen, fühlen und denken zu dürfen, wie ich will. Ich schaue aus dem Seitenfenster des BMW und fange an zu träumen. Davon, dass ich in einem hippen Stadtviertel wohne, zwischen Künstlern, Punks und Esoterikfans. Ich würde mich nie mehr verstellen, vor niemandem. Denn das müsste ich in der Stadt nicht: Ich wäre einfach ein Freak unter vielen.

Mein Blick fällt auf den Außenspiegel des Autos. Ich war so in Gedanken versunken, dass ich bei meinem ungewohnten Anblick erschrecke. Spitz wie Nadeln fährt mir das Dunkelgrün in die Glieder.

Ich schüttelte leicht den Kopf, um Schreck und Grün zu vertreiben. Dabei denke ich verstimmt, dass Traum und Wirklichkeit nicht nur bei meinem Vater, sondern auch bei mir verdammt weit auseinanderklaffen: Gestern noch ein braves, unscheinbares Mädel mit Pferdeschwanz, sehne ich mich heute nach einem Leben als anerkannte Bekloppte in einem Szeneviertel. Bloß weil ich mich zum ersten Mal geschminkt und eine Haarkur benutzt habe. Ich verziehe spöttisch den Mund.

»Sophie, ich wollte dir nur sagen, dass du mit mir über alles sprechen kannst. Okay?« Papa hat mit dem Lenkradgetrommel aufgehört und sich offensichtlich entschlossen, Klartext zu reden. »Und wenn doch ein Junge hinter deinem, äh, Outfit-Wandel steckt, was ja überhaupt nicht schlimm wäre, im Gegenteil, es wäre normal für dein Alter, deine Freundschaft mit Noah ist ja schon recht lange her, ich meine ... Ich in deinem Alter hatte eigentlich immer eine ... äh ... Du solltest halt nur aufpassen, dass nichts passiert, aber ich schätze, du bist informiert über das alles, in deinem Alter, mit sechzehn ist man ja schon fast erwachsen, und in Zeiten des Internets ...«

Mein Vater merkt, dass er sich gründlich verrannt hat, und bricht ab. Peinlich ist ihm das Thema wohl auch. Seufzend streicht er sich mit der linken Hand über seine Glatze, während die rechte den BMW auf den Parkplatz der Schule steuert.

Ich beiße mir auf die Unterlippe, frage mich, ob ich ihm zu Hilfe kommen soll. Er möchte mich so offensichtlich vor jeder Gefahr beschützen, will so sehr an meinem Leben teilhaben und das kindliche Vertrauen aufrechterhalten, das ich ihm seiner Meinung nach immer entgegengebracht habe, dass er mir fast leidtut.

Dann aber fällt mir ein, woraus dieses Vertrauen tatsächlich besteht: aus frommen Lügen. Und mein Mitleid verfliegt.

Solange ich denken kann, habe ich meinen Eltern nach dem Mund geredet, habe ihnen gesagt, was sie hören wollten, und alles war gut. Doch wenn der Druck zu stark wurde und ich von dem angefangen habe, was mich wirklich beschäftigt – die Farben, meine Unsicherheit, mein falsches Leben, in dem keiner ahnt, wer und wie ich wirklich bin –, dann haben meine Eltern abgeblockt. Immer. Haben mich an Oma Anne erinnert und an die Psychiatrie. Haben mir Angst gemacht, um mich vor mir selbst zu beschützen.

Ahnt mein Vater eigentlich, wie einsam ich mich manchmal fühle? Einsamkeit ist silbergrau, eine schöne, glitzernde Farbe im Außen. Auf meinem inneren Monitor ist sie so kalt wie tödliches Eis.

Und deshalb schweige ich jetzt, lasse ihn zappeln und fühle sogar ein winziges bisschen grimmig-karmesinrote Befriedigung dabei.

Sofort gefolgt von einer Spur reumütigen Violetts: Schließlich will mein Vater mir nur helfen, wenn auch auf reichlich ungeschickte Weise. Er will mich vor Liebeskummer, HIV und einer Teenie-Schwangerschaft bewahren, und weil meiner Mutter solche Themen zu konfliktträchtig sind – was, wenn ich darauf bestehen würde, die Pille zu nehmen, statt ein Kondom zu benutzen? –, ist es eben wieder mal er, der ins kalte Wasser springen muss.

Milder gestimmt, öffne ich die Autotür und steige aus. »Danke fürs Herbringen, Papa. Und mach dir keine Sorgen. Ich habe keinen Freund. Ich hatte nur einfach keinen Bock mehr, wie zwölf auszusehen.«

Was immerhin *fast* der Wahrheit entspricht. Verliebt zu sein ist schließlich nicht das Gleiche wie tatsächlich einen Freund zu haben, oder?

Papa lächelt erleichtert. »Klar, ist ja auch nichts dabei, wenn du dich ein bisschen herrichtest. Bist ja schon beinah eine junge Frau. Wobei: Nötig wäre der ganze Aufwand nicht gewesen, du hast davor auch sehr nett ausgesehen.« Er zwinkert mir zu.

Ich lächele schief zurück. *Nett aussehen* ist für ein Mädchen in meinem Alter ungefähr so erstrebenswert wie *tüchtig und patent* zu sein. Aber es hat wohl keinen Zweck, das einem Mann wie meinem Vater zu erklären.

Als er vom Parkplatz fährt, schaue ich ihm einen Augenblick lang nach, und plötzlich beneide ich ihn. Er kann jetzt nach München abhauen, während ich mich in den Mikrokosmos meiner Klasse begeben muss. Wo alle mich anstarren, Vivian über mein Make-up lästern, Lena in meinem Namen Streit anfangen und Mattis mich konsequent anschweigen wird.

Warum, verdammt, spiele ich eigentlich nicht einfach weiter das Mauerblümchen? Ganz gemütlich, ohne Aufregung – und ohne mich gedrängt zu fühlen, mich vor ihnen allen zu rechtfertigen?

Mattis' Lächeln kommt mir in den Sinn, seine nachdenklichen, leicht schräg stehenden Augen, die Andeutung seiner Muskeln unter dem coolen Shirt, und die blaugoldenen Wellen werden zu Brechern, überfluten meinen inneren Monitor mit einer solchen Macht, dass ich es mir sparen kann, die Antwort auf meine Frage mit dem Verstand auszuformulieren.

Denn ich weiß genau, warum ich kein Mauerblümchen mehr sein will.

Ich hebe das Kinn, straffe die Schultern und setze mich in Gang. Auf in den Kampf.

7

Und dann passiert das Blödeste, was überhaupt passieren kann: Mattis ist nicht da!

»Krank«, höre ich Klara vor mir tuscheln, und Jasmin zischt zurück: »Wer's glaubt. Die Bendings sind bestimmt schon im Urlaub, sicher auf den Malediven oder so.«

Bleigraue Enttäuschung breitet sich in mir aus, während ich die Tür fixiere und hoffe, dass Mattis vielleicht doch nur zu spät kommt.

Aber sein Platz bleibt leer. Wie es aussieht, habe ich mich umsonst aufgebrezelt.

In der Pause stehe ich mit Lena und Walli zusammen. Walli hat rote Locken, grüne Augen und eine Million Sommersprossen, und so dramatisch wie ihr Äußeres ist auch ihr Wesen. Sie möchte Schauspielerin werden, und sie wirkt, als sei sie schon jetzt permanent am Üben. Normalerweise finde ich das ganz lustig.

Heute nicht.

Heute nervt es mich, dass sie sich verschwörerisch

umsieht und dann in bester Agentenmanier raunt: »Ich weiß, wo er steckt.«

»Ach ja?«, sagt Lena gleichgültig und vermeidet es dabei, mich anzusehen.

Walli nickt. »Er ist in München. Hat dort einen Model-Job. Die Schule hat ihm extra dafür freigegeben.«

Lenas Gleichgültigkeit verabschiedet sich. Sie reißt die Augen auf. »Ein Model-Job? Wow! Was macht er denn genau?«

Walli zuckt mit den Schultern. »Werbung für Unterwäsche wahrscheinlich, so sexy, wie der Typ ist.« Sie kichert.

Ich trete von einem Fuß auf den anderen und zwinge meine Stimme zu einem gelassenen Tonfall, als ich frage: »Wer hat dir das erzählt?«

»Jasmin. Und die hat's von Bernice. Angeblich arbeitet Mattis regelmäßig als Model, und seine Freundin hat er bei einem Shooting für H&M kennengelernt.«

Ich denke an die kaffeebraune Schönheit auf dem Plakat neben der Post und stöhne innerlich auf. Wenn Mattis *so eine* als Freundin hat, denke ich, kann ich gleich einpacken.

Schleimig grün schleicht sich die Eifersucht auf meinen inneren Monitor.

»Von Börny weißt du das also. Dann muss es ja stimmen.« Lenas abfällige Stimme holt mich zurück auf den Boden. Sie hat recht, rede ich mir schnell ein. Bestimmt ist Mattis nicht beim Modeln, sondern liegt mit ... sagen wir, Brechdurchfall darnieder.

Sofort korrigiere ich mich. Grippe, Halsweh, alles in Ordnung. Aber dass ein Typ wie Mattis an etwas so Unattraktivem wie Brechdurchfall leiden könnte, will und kann ich mir nicht vorstellen.

»Er ist in jeder freien Minute mit seiner Freundin zusammen«, sagt Walli und wickelt sich eine rote Locke um den Zeigefinger. »Sie ist älter als er, sagt Bernice, und ganz verrückt nach ihm. Will ihn jedes Wochenende sehen. Darum ist er auch nie dabei, wenn in Walding was abgeht. Klar, der vergnügt sich lieber in München mit seinem Supermodel. Sie sollen Stammgäste im P1 sein! Ihr wisst schon, die Promi-Disco. Mattis und seine Freundin kennen sogar den *Türsteher!*«

Allmählich kommt mir die Geschichte, Eifersucht hin oder her, doch ein bisschen unglaubwürdig vor. Das Ganze klingt zu sehr nach dem, was Leute wie Bernice sich unter Glamour vorstellen. Oder leben Models wirklich so?

»Kommt man unter achtzehn denn ins P1 rein?«, frage ich nüchtern.

»Keine Ahnung.« Walli wirkt verunsichert. »Wenn man mit einem volljährigen Model aufkreuzt, wahrscheinlich schon. Ach, was weiß denn ich!«

Verstimmt sieht sie uns aus ihren grünen Katzenaugen an. Wir haben ihr die coolste Geschichte seit Ewigkeiten verdorben – wann kommen wir in Walding schon mal mit Models, Promis und Türstehern in Kontakt? –, und das nimmt sie uns übel.

»Was hast du überhaupt mit deinen Augenbrauen gemacht, Sophie?«, fragt sie angriffslustig. »Und dazu die

Haare und das alles. Testest du schon dein Styling für den Abi-Ball?«

Ich verdrehe die Augen, um ihr zu zeigen, wie herzlich egal mir ihre Sticheleien sind. Was natürlich nicht stimmt. Aber das muss sie ja nicht wissen.

»Sieht doch toll aus«, verteidigt mich Lena. »Bist du eifersüchtig, Walli?«

Walli lacht. »Klar«, sagt sie, und das finde ich dann doch ziemlich gemein. Als wäre es völlig unmöglich, auf jemanden wie mich eifersüchtig zu sein.

»Hey, Baby«, höre ich in diesem Moment Noahs Stimme hinter mir.

Ich zucke zusammen.

Drehe mich nicht um.

Doch er kapiert es nicht, umrundet mich und bleibt zehn Zentimeter vor mir stehen. Unwillkürlich weiche ich zurück, bringe einen Sicherheitsabstand zwischen uns. Widerwillen flammt in mir auf, in einem blassen Orange, jederzeit bereit, sich zu wütenden Feuerbällen zu steigern.

»Was willst du?«, frage ich und presse mir die Fingernägel in die Handflächen.

»Dir sagen, wie scharf du heute aussiehst.«

Prompt bereue ich, dass ich mein kurzes Sommerkleid angezogen habe statt des üblichen, burschikosen T-Shirts mit Jeans.

Noah lächelt und lässt seinen Blick an mir hinabgleiten. Er sieht gut aus, ein richtiger Sunnyboy mit Blondschopf und kornblumenblauen Augen. Ich hätte sofort misstrauisch werden müssen. Damals, als er anfing, sich für mich zu interessieren.

Die Erinnerung steigt in mir auf, lässt sich nicht vertreiben, sosehr ich mich auch darum bemühe, und mit der Erinnerung kommen die Farben und Gefühle: die graue Enttäuschung. Der senfgelbe Schmerz. Und die widerlich-pinke Demütigung, als es zu Ende ging, auf die mieseste aller Arten ... Nicht daran denken.

Mein Herz hämmert, meine Wangen glühen. Ich wende mich ab. »Verzieh dich, Noah.«

»So nachtragend? Du nimmst das Leben echt zu schwer, Sophie.« Er lacht, dann schlendert er davon.

Lena schweigt betreten, selbst Walli verkneift sich einen Kommentar. Sie wissen beide, dass ich damals gelitten habe wie ein Hund.

Ich starre auf die Spitzen meiner Ballerinas. Bin ich im Begriff, schießt es mir durch den Kopf, den gleichen Fehler ein zweites Mal zu begehen? Überschätze ich mich sträflich, wenn ich versuche, Mattis' Aufmerksamkeit auf mich zu ziehen? Werde ich es büßen müssen?

Plötzlich bin ich beinah froh, dass Mattis heute nicht da ist.

Doch meine Freude hält nur kurz an. Schon am nächsten Tag fiebere ich wieder darauf hin, mich Mattis im neuen Glanz zu präsentieren – und werde erneut enttäuscht. Ob er nun krank ist, in München mit seiner H&M-Freundin knutscht oder in Unterwäsche vor der Kamera steht: In der Schule ist er jedenfalls nicht.

Und das bedeutet, dass ich ihn zwei volle Wochen lang nicht sehen werde, denn am morgigen Samstag fangen die Pfingstferien an.

Auf die ich mich eigentlich gefreut hatte.

Jetzt nicht mehr. Denn nicht nur Mattis ist weg, sondern bald auch Lena: Sie hat spontan beschlossen, Leon die gesamten zwei Wochen in ein Ferienlager am Chiemsee zu begleiten, wo er sich als Betreuer für die Kids ein paar Euro dazuverdient.

Wie es aussieht, werde ich ziemlich kreativ sein müssen, um nicht vor Langeweile zu sterben.

8

Wankelmütig starre ich am Samstagmorgen in den Spiegel. Pferdeschwanz oder offene Mähne? Gegelte Brauen oder den üblichen Wildwuchs? T-Shirt oder das enge Top, das ich bisher nur ein einziges Mal angehabt habe?

»Du bist bald erwachsen, verdammt«, knurre ich mein Spiegelbild an. »Es ist überhaupt nichts dabei, wenn du dich auf Dauer von deinem Kinder-Look verabschiedest!«

Also mache ich mich zurecht, als stünde Mattis vor der Tür, um mich zu unserem ersten Date abzuholen, mit einer roten Rose zwischen den Zähnen. Bei der Vorstellung muss ich grinsen, und meine Laune bessert sich.

Ich schaue aus dem Fenster und überlege, was ich mit dem ersten dieser sechzehn langen Ferientage anfangen soll. Ein lauer Wind weht herein, in meine Nase steigt der Duft von Frühsommerblumen und warmem Gras. Ob ich die Pfingstrosen neben dem Tannenversteck fotografieren soll, die gerade in voller Blüte stehen?

Kurz entschlossen greife ich nach meiner Kamera und nehme mir vor, eine richtig lange Fototour zu machen. Erst durch unseren Garten, dann durch den Wald und die Maisfelder um Walding herum, dann entlang des Weihers. In den nächsten Tagen kann ich die Fotos in aller Ruhe am Computer bearbeiten, werde endlich anwenden, was ich in der AG gelernt habe. Und das Beste: Keine Hausaufgaben oder anstehenden Klassenarbeiten werden mich dabei stören.

Endlich macht sich Ferienstimmung in mir breit. Sie leuchtet so freudig-zitronengelb, dass ich sie beinah auf der Zunge schmecken kann. Und nicht einmal das macht mir etwas aus.

Gegen Mittag hocke ich regungslos im Feld, vor meinem Objektiv fünf lange, zarte, hellgrüne Blätter: eine Maispflanze im Babystadium. Wie immer, wenn ich fotografiere, sehe ich die Welt als eine gigantische Ansammlung von Details, und jedes einzelne erscheint mir bedeutsam. Die sonnenwarme, nackte, krümelige Erde. Die Unkrautspitzen, die sich zaghaft aus der schwarzen Tiefe an die Luft wagen. Der Marienkäfer, der auf einem der Maisblätter sitzt, seine Flügel öffnet, vibriert – schnell, scharfstellen! – und losfliegt. Klick.

Perfekt! Ich lächele zufrieden und schaue mir das Foto auf dem Display an. Es ist schwierig, Tiere zu fotografieren, noch dazu Insekten, für die ich den Makro-Modus benutzen muss. Aber dieser Marienkäfer hier war mir wohlgesonnen, hat brav gewartet, bis ich mit der Kamera so weit war, und transportiert nun auf meinem Bild genau die federleichte Sommerstimmung, die ich einfangen wollte.

Nur mein inneres Zitronengelb fehlt auf der Aufnahme. Natürlich.

Wie es wohl wäre, meine Monitor-Farben auf einem Foto abgebildet zu sehen?

Müßig, darüber nachzudenken. Ich stehe auf, klopfe mir die trockene Erde von den Beinen und stapfe aus dem Maisfeld zurück auf den Weg. Ich fotografiere bereits seit drei Stunden, jetzt steht mir der Sinn nach einer Cola. Allerdings nicht zu Hause, wo meine Eltern im Garten werkeln, sondern im Biergarten am Waldinger Weiher.

Über den einsamen Feldweg laufe ich Richtung Wald. Für Mitte Mai ist es verdammt heiß, und ich bin froh, als ich in die schattige Kühle der Bäume eintauche. Eigentlich dauert es von hier bis zum Weiher nur zehn Minuten, aber ich bleibe immer wieder stehen, weil alles um mich herum nach Beachtung schreit: die glatte Rinde einer Buche. Die weit offen stehenden Schuppen eines Tannenzapfens. Der Eichelhäher mit seinen im Flug ausgebreiteten Schwingen. Ich knipse und knipse und brauche mehr als eine Stunde, bis sich der Wald endlich lichtet und der Weiher vor mir liegt.

Mit ausgedörrter Kehle und einem immensen Loch im Bauch trabe ich am Ufer entlang. Wie erwartet, ist der Kiesstrand ziemlich leer, wahrscheinlich sind wieder alle im Freibad. Lediglich ein paar Touristen, mit Sonnenbrand auf den Oberschenkeln und Bayern-Reiseführer in den Händen, haben ihre Handtücher am bräunlichen Wasser ausgebreitet.

Ich steuere auf den Biergarten zu und gehe direkt zur rustikal überdachten Selbstbedienungstheke. Als ich Leberkäse, Kartoffelsalat und Cola in Empfang genommen habe, balanciere ich mein Tablett an einen freien Tisch und stürze mich auf mein Essen, froh, dass meine Mutter mich nicht dazu ermahnen kann, nicht so zu schlingen. Ich verschlucke mich prompt am Leberkäse, als eine dunkle Stimme neben mir fragt: »Hey, Sophie. Stört es dich, wenn ich mich zu dir setze?«

Krampfhaft würge ich das Stück Leberkäse heraus, das mir in die Luftröhre gerutscht ist. Ich spucke es auf den Tisch und schaue hustend und mit tränenden Augen hoch – direkt in Mattis' Gesicht.

Verdammt, denke ich benommen, und noch mal: Verdammt!

Das kann doch jetzt nicht wahr sein.

Da mache ich mich schön, wage mich kampfbereit und rundumerneuert in die Schule, nur damit Mattis mich bemerkt, und was tue ich, als er sich zu mir an den Tisch setzen will? Ich spucke Leberkäse auf den Tisch.

»Tut mir leid, ich wollte dich nicht erschrecken«, sagt Mattis. Unschlüssig steht er neben mir.

In mir tobt das altbekannte Pink, vermischt mit funkensprühendem Rot, und ich weiß nicht, was stärker ist: Scham oder Aufregung.

»Du hast mich nicht erschreckt«, stammele ich, »setz dich doch, ich meine, wenn du das immer noch willst,

nachdem ich ... äh ... mich an dem blöden Leberkäse ...«
Scheiße, was rede ich da?

Mattis lächelt und lässt sich mir gegenüber auf die Bank fallen.

Einige Sekunden lang starre ich in seine dunklen Augen, berausche mich am Anblick seiner gebräunten Haut, seines Mundes, seiner breiten Schultern. Dann senke ich hastig den Kopf. Smalltalk, Sophie!, ermahne ich mich. Denk dir was aus!

»Du, ähm, wo warst du denn die letzten Tage? In München?«, frage ich mit dem Mut der Verzweiflung.

Mattis zieht die Augenbrauen hoch. »Nein, warum? Ich war krank.«

»Brechdurchfall?«, rutscht es mir heraus, und sofort könnte ich mich ohrfeigen.

»Halsweh.« Mattis lacht. »Gibt es sonst noch etwas, was du gerne wissen möchtest?«

Oh ja, ob du eine Freundin hast, schießt es mir durch den Kopf, ob du mich hübsch findest, ob du dich nur zu mir gesetzt hast, weil ich so einsam aussehe, ob es dir was ausmacht, dass ich einen Hang zum Wahnsinn habe, ob deine Lippen sich beim Küssen so weich anfühlen, wie ich mir das vorstelle ...

»Im Moment nicht«, sage ich steif und trinke einen Schluck von meiner Cola. Nicht, dass ich noch Durst hätte, aber wenn ich trinke, kann ich immerhin nichts sagen. Kann nicht aufdringlich sein, nicht neugierig, nicht peinlich.

»Dann gehe ich mir auch mal was zu essen holen«,

sagt Mattis. »Vielleicht fallen dir währenddessen noch ein paar Fragen ein.«

Er grinst, steht auf und macht sich auf den Weg zur Selbstbedienungstheke, während ich ihm nachstarre und mir sage, dass ich das bestimmt gerade träume.

Da dreht er sich noch einmal um und fragt: »Es ist doch okay, wenn ich mit dir esse, oder? Ich will dich nicht stören.«

Jetzt bin ich wirklich verblüfft. Er, Mattis Bending, das Möglicherweise-Model mit der Möglicherweise-H&M-Freundin, will mich nicht *stören*?

Es ist nicht nur okay, wenn du mit mir isst, es ist fantastisch, wundervoll, unfassbar, will ich rufen, doch im letzten Moment beherrsche ich mich. Ich habe mich schon genug vor ihm blamiert.

Also zucke ich mit den Schultern und gebe die Untertreibung des Jahrhunderts von mir: »Klar, hab nix dagegen.«

Er lächelt, und diesmal sind nicht nur seine Mundwinkel daran beteiligt, sondern auch die Augen, die Brauen, die Wangen – das gesamte hinreißende Gesicht. Und meine Wellen sprühen Gold und Tinte, als sie über mich hinwegfluten.

9

Am nächsten Tag brauche ich keine ganze Stunde zum Weiher, sondern nur ein paar Minuten. Was daran liegt, dass ich jogge – so schnell und leichtfüßig, wie ich es mir niemals zugetraut hätte, denn eine Sportskanone war ich nie.

Aber heute fliege ich über den Waldboden. Die Energie und die hellrote Aufregung in mir brauchen ein Ventil, müssen raus, unbedingt. Sonst schaffe ich es nämlich nicht, tough und souverän zu wirken, wenn ich Mattis treffe. Lieber Gott, bin ich nervös!

Der Rucksack mit meinem Badezeug hüpft auf meinem Rücken auf und ab, während ich laufe, sprinte, düse. Meine Lungen pumpen Sauerstoff in meinen Körper, mein Herz verdoppelt seine Anstrengungen. Seitenstechen kündigt sich an, doch ich jogge eisern weiter und denke zur Ablenkung an gestern.

Nach dem Malheur mit dem Leberkäse habe ich mich, wie ich finde, ganz gut geschlagen. Okay, ich habe nicht gerade vor Witz und Charme gesprüht, aber immerhin war ich imstande, vollständige, logische Sätze herauszubringen – was angesichts der Tatsache, dass mir der attraktivste Junge des gesamten Universums gegenübersaß, eine ziemliche Leistung war.

Ich habe Mattis von meiner Liebe zum Fotografieren erzählt, er mir von seiner Leidenschaft fürs Schwimmen. Ich schwärmte von meiner besten Freundin, er gab zu, dass ihm seine Kumpels aus München fehlen. Und als wir uns schließlich nach dem Essen und einer weiteren Cola trennten, damit ich heimgehen und er endlich ins Wasser springen konnte, fragte er mich, ob ich am nächsten Tag wiederkäme. So um drei? Oder ob ich schon etwas anderes vorhabe? Oder ob ich vielleicht nur im Freibad schwimmen …? Nein, versicherte ich ihm sofort, ich schwämme sehr, sehr gerne im Weiher und würde *natürlich* am nächsten Tag wiederkommen!

In Wirklichkeit, denke ich jetzt mit einem Anflug von schlechtem Gewissen, war ich seit meinem fünften Geburtstag nicht mehr im Weiher. Aber um mit Mattis zusammen zu sein, würde ich sogar in Gülle schwimmen.

Mein Seitenstechen wird stärker. Keuchend schleppe ich mich bis zum Kiesstrand, froh, extra früh losgelaufen zu sein. So kann ich wieder zu Luft kommen, meiner Gesichtsfarbe erlauben, sich zu normalisieren, und mich schon mal im Wasser erfrischen, bevor Mattis …

Da sehe ich ihn aufs Ufer zu kraulen, und mein Herz macht einen Sprung. Er ist schon da!

Schwer atmend schaue ich ihm entgegen. Kann meinen Blick nicht von seinen braunen Armen lösen, die das

Wasser durchpflügen. Die letzten Meter verlegt er sich aufs Brustschwimmen, entdeckt mich und lächelt mir zu, und ich lecke mir über die Lippen und lächele nervös zurück. Dabei schießt mir durch den Kopf, dass das blöde Joggen überhaupt nichts genützt hat: Ich bin so aufgeregt, dass ein wilder Farbregen auf meinen Monitor niederprasselt, dominiert von Blau in allen Schattierungen.

Und als Mattis aus dem Wasser watet und ich seinen nassen Körper sehe, mit Muskeln genau an den richtigen Stellen und Badeshorts, die ziemlich tief sitzen, da beginne ich zu ahnen, was das verwirrende Blau bedeuten könnte. Außerdem bin ich mir jetzt sicher, dass ich in den nächsten Minuten kein Wort herausbringen werde. Nicht, wenn Mattis so wenig anhat und seine feuchte Haut wie flüssige Bronze in der Sonne glänzt.

»Hey. Schön, dass du gekommen bist«, sagt er, streicht sich das schwarze Haar aus der Stirn und bleibt tropfend vor mir stehen.

Mit hämmerndem Herzen fühle ich seine Nähe, stelle mir vor, wie ich die Hand ausstrecke und ihm über die nackte Brust streiche. Gut, dass er nicht Gedanken lesen kann.

Ich reiße mich zusammen und krächze: »Hallo.«

Mattis weist mit dem Daumen auf das andere Ende des Weihers. »Ich habe mein Zeug dahinten.«

Ich schaue verwirrt auf die Stelle, auf die er gedeutet hat. »Da ist doch gar kein Strand.«

»Nein, aber eine schöne, einsame Wiese unter ein paar Pappeln.«

»Kommt man von dort denn ins Wasser?«

Er nickt. »Man muss sich nur ein bisschen durchs Gebüsch kämpfen.«

Zweifelnd schaue ich ihn an. Ich weiß nicht, ob ich Lust dazu habe, mir Arme und Beine im Gebüsch zu zerkratzen, wenn es auch anders geht. »Aber ... warum bleiben wir nicht einfach hier?«

Er zuckt mit den Schultern. »Hier sind ziemlich viele Leute. Dort ist es schön ruhig.«

Ruhig? Einige Sekunden lang weiß ich nicht, was ich antworten soll. Warum will er es unbedingt *ruhig* haben? Mir fällt ein, wie Mattis sich immer gleich nach Hause trollt, wenn die Schule aus ist. Sich nie freiwillig irgendwo dazustellt. Auf keiner Party auftaucht. Ob Mattis ein Problem damit hat, unter Menschen zu sein?

Bevor ich mich eines Besseren besinnen kann, habe ich die Frage laut ausgesprochen.

Mattis' Mundwinkel zucken, es sieht aus, als müsse er sich das Lachen verkneifen. »Quatsch«, sagt er. »Ich kann mich einfach besser entspannen, wenn nicht so viele Leute um mich rum sind. Ich fühle mich nicht so gerne beobachtet, das ist alles.«

Unwillkürlich schaue ich mich um. Sehe eine Touristenfamilie mit kleinen Kindern, die genug mit sich selbst zu tun hat, und ein älteres Paar, das in seine Bücher vertieft ist. Aber auch drei Mädchen um die vierzehn, die Mattis in stummer Bewunderung anstarren. Zwei Mittelalte, die wirken, als träumten sie bei seinem Anblick selbstvergessen von besseren Zeiten. Und eine Schönheit Anfang zwanzig mit knallroten Lippen, die ihren Blick mit unverhohlenem Begehren über Mattis' Körper gleiten lässt.

Da wird mir klar, was Mattis meint: Er steht tatsächlich unter Beobachtung. Von allen Seiten.

Kein Wunder, denke ich, als ich ihm wieder in die Augen schaue. Mattis sieht einfach viel zu gut aus, als dass man ihn ignorieren könnte, wenn man ein weibliches Wesen und nicht blind ist. Seltsam finde ich nur, dass ihm das nicht schmeichelt. Im Gegenteil, es scheint ihn zu nerven – so sehr, dass er auf eine einsame Wiese unter Pappeln flieht.

Ich frage mich, ob ich es besser verbergen sollte, dass ich ebenfalls hin und weg von ihm bin, mehr noch: dass ich mich auf den ersten Blick in ihn verliebt habe. Würde ihn auch das nerven? Ob ich versuchen sollte, lässiges Desinteresse vorzutäuschen, um mich damit von den anderen Mädchen und Frauen abzuheben? Aber, verdammt noch mal, wie soll ich das schaffen, wenn in meiner Seele völlig unkontrolliert die Farben toben?!

In meine Grübeleien hinein sagt Mattis: »Gib mir deinen Rucksack, ich trage ihn, du siehst so fertig aus. Sag mal, kommst du vom Sport?«

»Nö. Bin den ganzen Weg gerannt«, murmele ich und verfluche meine Strategie, Stressabbau durch Joggen zu betreiben.

»Gerannt? Mitsamt deinem Rucksack?« Mattis sieht erstaunt aus.

Ich nicke betreten, und er lacht. »Du bist süß, Sophie. Irgendwie so anders.«

Süß, klingt es in meinem Kopf nach, Mattis findet mich süß! Zitronengelbe Freude spritzt über meinen goldenen, blauen, rot gesprenkelten Monitor, gefolgt von beigen Schlieren aus nagender Unsicherheit. *Süß* ist prima. Aber *irgendwie so anders*?

Ich forsche in Mattis' Gesicht, ob er ahnt, wie nah er der Wahrheit gekommen ist. Ob er fühlt, *wie* anders ich bin. Doch alles, was ich finde, ist ein tiefer Blick aus dunklen Augen, ein Blick, der für kleine, scharfe, tintenblaue Stromstöße in meinem Bauch sorgt. Und als wir in einträchtigem Schweigen das Ufer entlanglaufen, Mattis meinen Rucksack trägt und ich ihn in Gedanken mit Noah Brunner vergleiche – der während unserer kurzen Beziehung nie und nimmer auf die Idee gekommen wäre, mir freiwillig irgendetwas abzunehmen –, da denke ich, dass nicht nur ich anders bin.

Sondern auch er.

Mattis, mit dem das Schweigen sich überhaupt nicht peinlich anfühlt, sondern gut und richtig. Mattis, der nicht gerne im Zentrum der Aufmerksamkeit steht und der sich damit von sämtlichen Jungs abhebt, die ich kenne. Mattis, der mich – mich! – ganz offensichtlich der Schönen mit dem knallroten Lippenstift vorzieht.

Ob er, wie ich, ein Geheimnis hat, das seine Andersartigkeit erklärt?

Schwarze, glitzernde Neugierde breitet sich in mir aus, und mir wird bewusst, dass ich Mattis nicht mehr nur anhimmele. Ich brenne darauf, ihn besser kennenzulernen. Plötzlich bin ich froh, dass wir auf der Wiese unter den

Pappeln liegen werden und nicht am Kiesstrand. Bei der Vorstellung, mich fern von allem und jedem an Mattis' Persönlichkeit herantasten zu können, kribbelt es rosarot in meinem Bauch.

Sofort schrillen in meinem Kopf die Alarmglocken los. Ich werde höllisch aufpassen müssen, ermahne ich mich, bei diesem Herantasten nicht allzu viel von mir selbst preiszugeben! Denn während ich Mattis' Geheimnis unbedingt ergründen möchte, muss ich das meine sorgsam bewahren. Aus einem simplen Grund:

Ein einsamer Wolf zu sein, warum auch immer, ist zweifellos sexy.

Eine einsame Halluzinierende zu sein zweifellos nicht.

10

»Komm rein, es ist ganz warm!«

Mattis steht bis zu den Hüften im Wasser und streckt mir die Hand entgegen. Und obwohl ich der Vorstellung, in der braunen Plörre zu schwimmen, nach wie vor nicht viel abgewinnen kann, klettere ich die wilde Uferböschung runter: Allem würde ich eher widerstehen als der Verlockung, Mattis Bendings Hand zu nehmen.

Das Wasser – warm, von wegen! – umspielt meine Beine und beschert mir eine unattraktive Gänsehaut. Während ich durch die Brühe wate und Mattis' ausgestreckter Hand immer näher komme, mustere ich ihn verstohlen. An *ihm* ist nichts unattraktiv, so viel steht schon mal fest.

Ich komme zu dem Schluss, dass die Gerüchte, er verdiene sich sein Taschengeld als Unterwäsche-Model, wohl stimmen müssen. Wäre ich eine professionelle Fotografin und nicht nur eine knipsende Schülerin, dann würde ich mir Mattis jedenfalls nicht entgehen lassen. Liebe Güte, dürfte ich ihn *jetzt* fotografieren, wie er lächelnd, braungebrannt und so dermaßen sexy in diesem Weiher steht, könnte ich mir mit dem Verkauf der Bilder wahrscheinlich Bleistifte für die nächsten tausend Jahre kaufen!

»Wenn du erst mal drin bist, ist es echt angenehm«, versichert mir Mattis, der von meinen schmachtenden Gedanken nichts ahnt. »Tauch einfach mit mir unter. Bei drei?«

Er greift nach meiner Hand, und unsere Finger verschränken sich ineinander.

Wortlos nicke ich, völlig durch den Wind von der Welle goldsprühenden Blaus, die bei der Berührung seiner Hand über meinen inneren Monitor schwappt. Doch da ist Mattis schon unter Wasser, zieht mich mit sich und bringt durch den Temperaturschock mein Gehirn wieder in Gang.

»Scheiße, ist das kalt«, pruste ich, als ich wieder auftauche, und Mattis lacht.

Danach schwimmen wir durch den Weiher, und ich bin der Verpflichtung, zu reden, erst einmal ledig. Zum Glücklichsein genügt es mir vollkommen, an Mattis' Seite grünliche Entengrütze zu durchpflügen, immer mal wieder einen Blick auf sein Profil zu riskieren und dann und wann seinen Arm oder sein Bein zu berühren – rein zufällig natürlich, wenn wir uns beim Schwimmen zu nahe kommen.

Mattis ist ganz Gentleman, passt sein Tempo dem meinen an. Und als wir nach zwanzig Minuten die Böschung hochklettern und uns durchs Gebüsch zwängen, um auf die Pappelwiese zu kommen, bin ich wohlig müde, aber nicht erschöpft.

Nicht der schlechteste Zustand, frohlocke ich. Denn was das Joggen nicht geschafft hat, hat nun das Schwimmen besorgt: Meine Nervosität ist auf ein Minimum geschrumpft, sodass ich gute Chancen habe, ausnahmsweise mal nicht zu stottern, Müll zu reden oder Leberkäse durch die Gegend zu spucken. Eine beruhigende Vorstellung. Hey, dieser Schwimmausflug ist schließlich fast so was wie ein Date! Ein Date, für das praktisch alle Mädchen meiner Klassenstufe töten würden. Ein Date mit dem Jungen, bei dessen Anblick die Liebe mich getroffen hat wie ein Blitzschlag. Ein Date also, bei dem es wirklich darauf ankommt.

Wenn ich *das* versaue, werde ich es mir nie verzeihen.

»Gefällt's dir hier, oder willst du doch lieber an den Strand?«, erkundigt sich Mattis, als wir ein paar Minuten später auf unseren Handtüchern liegen.

Die Sonne knallt auf uns runter, es riecht nach Gras, über uns rauschen die Pappeln, und ich schaue in Mattis' dunkelbraune Augen. Mal ehrlich, wo auf der Welt könnte es mir besser gefallen als hier?

»Alles prima«, sage ich und halte meine Euphorie, ganz allein mit dem Jungen meiner Träume auf dieser Wiese zu liegen, sorgfältig aus meiner Stimme heraus. »Am Strand sind eh nur Touris.«

Er schaut mich aufmerksam an. »Und die magst du nicht?«

»Ich weiß nicht.« Ein paar Sekunden lang muss ich überlegen. »Irgendwie machen wir uns immer alle darüber lustig, was diese Urlauber in Walding suchen. Dass sie Geld bezahlen, um *hier* zu sein. Ich meine, was gibt's hier schon zu sehen?«

»Authentisches bayerisches Landleben?«, schlägt Mattis vor.

Ich verziehe das Gesicht. »Und was bitte schön ist daran interessant?«

»Viel, wenn man es nicht kennt. Das Neue ist doch oft interessant.«

Ja, wenn es so aussieht wie du. Wenn es so schöne Lippen hat, eine so samtige Stimme und hoffentlich, hoffentlich keine superscharfe Freundin in München.

Mutig sage ich: »Für dich ist das hier doch auch neu. Dafür, dass du uns Waldinger also hochinteressant finden müsstest, haust du nach der Schule immer auffällig schnell ab.«

Mattis zögert kurz. Dann sagt er: »Ich mache gern Sport. Da geht eine Menge Zeit drauf.«

»Und abends? Keine Lust, unser aufregendes, authentisch bayerisches Nachtleben kennenzulernen?«

Er grinst. »Okay, hilf mir auf die Sprünge. Worin bestand euer Nachtleben noch gleich?«

Ich ziehe bedeutungsvoll die Brauen hoch. »Private Orgien mit Vivian und ihrem Anhang, wenn du's exklusiv haben willst. Billard im Jugendhaus, Dartspielen im Pub oder billiges Saufen auf dem Sportplatz, wenn du dich lieber unters gemeine Volk mischst.«

»Hm. Dann lasse ich das mit dem Nachtleben doch lieber langsam angehen.«

Ich lache. »Sag nur, du hast keine Lust, auf Vivians nächster Party der Stargast zu sein!«

Mattis schaut mir in die Augen. »Die Vorstellung, meine Zeit mit dir zu verbringen, gefällt mir wesentlich besser.«

Sofort stieben aufgeregte, hellrote Funken in mir auf. Flirtet er etwa mit mir?

Er flirtet mit mir!

Doch die Funken verlöschen, als mir seine geheimnisvolle Super-Freundin einfällt. Die mit der Dauerkarte fürs P1. Die, gegen die ich sowieso keine Chance habe. Ach, wenn ich bloß wüsste, ob sie lediglich eine von Börnys überspannten Erfindungen ist – oder ob sie wirklich existiert!

Aber wie soll ich das rausfinden? Einfach fragen scheidet definitiv aus. Wenn Mattis mich lediglich als Sozialkontakt betrachtet – als eine aus seiner Klasse, mit der er am Weiher rumhängt, weil er gerade nichts Besseres zu tun hat –, dann lehne ich mich damit viel zu weit aus dem Fenster.

Also zupfe ich an meinem Bikini herum und versuche es durch die Blume, indem ich das Thema wechsele. »Sag mal, vermisst du dein Leben in München eigentlich? Deine Kumpels, klar, das hast du ja erzählt. Aber sonst?«

Ein Mädchen?

Mattis verschränkt die Arme unter dem Hinterkopf und schaut in den blauen Himmel. »Es gibt schon Dinge, die ich vermisse. Aber eigentlich sind das nur Kleinigkeiten.«

Na, das klingt doch schon mal gut. Hoffnungsvoll hake ich nach: »Und was wäre das?«

»Alltagskram halt. Lass mich überlegen.« Er runzelt die Stirn, dann wendet er mir wieder den Kopf zu. »Gut, ein paar Beispiele: Wenn ich ins Kino will, habe ich drei Filme zur Auswahl statt zwanzig. Wenn ich Klamotten brauche, besorge ich sie mir jetzt im Internet statt in Schwabing. Wir essen nur noch gutbürgerlich, wenn wir ins Restaurant wollen, nicht mehr indisch oder afrikanisch, weil es hier eben nur das Dorfgasthaus gibt. Oder nimm die Schule: Im Kunstunterricht schauen wir ständig Dias an, statt auch mal eine Exkursion in die Pinakothek zu machen, wo wir Originale sehen könnten. Das ist natürlich alles nicht wirklich schlimm. Aber doch irgendwie ... reduziert.«

Ich bin so erleichtert, dass Mattis von Filmen und afrikanischen Restaurants redet statt von einer Freundin, nach der er sich Tag und Nacht verzehrt, dass ich eifrig sage: »Ja, vielleicht ist es ein bisschen reduziert. Aber dafür gibt es hier ganz, ganz viel anderes, das du haben kannst!« Spontan beschließe ich, ihm sein neues Leben bei uns in der Einöde so richtig schmackhaft zu machen. »Walding hat auch einiges zu bieten, weißt du? Wenn auch keine Pinakothek. Aber zum Beispiel ... äh ...«

Mattis lacht, seine dunklen Augen blitzen. »Hast du mir nicht vor fünf Minuten erklärt, hier gäbe es absolut nichts Interessantes? Nichts zu sehen und nichts zu erleben? Abgesehen von eurem heißen Nachtleben, natürlich.«

Shit. Das habe ich in der Tat so ähnlich gesagt.

»Na ja«, rede ich mich raus, »es gibt nicht viel, was *Touristen* interessieren könnte. Aber, äh, es gibt den Weiher und die schöne Natur.« Ich setze mich auf, weise mit einer vagen Handbewegung auf unsere Umgebung: weit und breit kein Multiplex-Kino, dafür Bäume, Gras und Himmel. »Und wir haben einen riesigen Reiterhof ganz in der Nähe. Und das Jugendhaus, und den Irish Pub und ... das Café ... und einen ziemlich bekannten Bio-Bauernhof, nur eine Viertelstunde von hier entfernt, und ... äh ... ja.«

Na super. Schon stottere ich wieder und rede Müll. Wenigstens habe ich mir die Erwähnung des Heimatmuseums verkniffen. Hatte ich mir nicht vorgenommen, dieses Date *nicht* zu versauen?

Mattis setzt sich ebenfalls auf, verschränkt die Hände locker vor den Knien. »Schon gut, entspann dich. Mir gefällt's doch in Walding.«

»Im Ernst?«, frage ich unsicher.

»Absolut. Ich finde es total schön hier.« Mattis lächelt. »Vor allem heute. Mit dir.«

Heute.

Mit mir.

Blaugoldene Wogen bauen sich auf meinem inneren Monitor auf, als ich Mattis in die Augen schaue. Er lächelt immer noch, betrachtet mich dabei unter langen, schwarzen Wimpern. Unsere Blicke schlingen sich umeinander, und plötzlich habe ich das Gefühl, er kann bis tief in meine Seele schauen – bis hin zu meinem Geheimnis – zu den blauen Wellen, der goldenen Gischt, dem roten Funkenregen. Oh Gott, was macht dieser Junge bloß mit mir?!

Was immer es ist: Es ist beängstigend. Zugleich aber fühlt es sich unglaublich gut an. Die tobende Flut auf meinem Monitor mischt sich mit dem sanften Elfenbeinweiß der Hoffnung, und in diesem Moment beschließe ich, dass ich jede einzelne Sekunde meines Zusammenseins mit Mattis auskosten will.

Selbst wenn er gar nicht wirklich mit mir flirtet und ich viel zu viel in seine Worte, seine Blicke hineindeute.

Selbst wenn Mattis jedem Mädchen so tief in die Augen schaut, dass ihre Seele bloßliegt.

Selbst wenn er nur nett sein will und auf nichts anderes aus ist als auf meine Freundschaft.

Und mir damit unweigerlich das Herz brechen wird.

11

Mattis und ich verbringen auch den Montag, den Dienstag und den Mittwoch am Weiher. Jeden Abend danke ich dem lieben Gott – oder wer immer da oben sitzt – für das wunderbare Frühsommerwetter, und jeden Morgen springe ich mit ungewohntem Elan in einen neuen, herrlichen Tag.

Was meine Mutter misstrauisch genug macht, dass sie am Donnerstag nach meinem Arm greift, als ich mit gepacktem Rucksack und Vorfreude im Bauch aus dem Haus stürmen will.

»Warte mal, Sophie. Bist du wieder mit diesem Mattis verabredet?«

Unwillig bleibe ich stehen und entwinde mich ihrem Griff. »Ja. Und?«

»Willst du mir nicht ein bisschen was von ihm erzählen, wenn ihr eure gesamte Zeit miteinander verbringt? Ich als Mutter sollte ja schließlich wissen, mit wem meine Tochter, äh, abhängt und chillt.«

Ich verdrehe die Augen. Wenn Mama sich in dem

versucht, was sie für Jugendsprache hält, wird es regelmäßig peinlich.

»Also?«, fragt Mama hartnäckig. »Wie ist Mattis denn so?«

»Nett«, sage ich und wünsche mich an den Weiher. Oder in den Wald. Oder irgendwohin, nur nicht mit Mama in diesen Flur. Ich meine, was erwartet sie denn? Soll ich ihr zwischen Tür und Angel eine Charakteranalyse von Mattis liefern, samt einer detaillierten Beschreibung seines familiären Hintergrunds?

»Frau Bending soll Künstlerin sein«, sagt Mama, als ich schweige. Sie lehnt sich an die Wand und verschränkt die Arme vor der Brust.

Ich atme tief durch. Mama scheint fest entschlossen zu sein, mich nicht aus diesem Haus gehen zu lassen, ehe ich ihr nicht alles über Mattis erzählt habe – und über seine künstlerische Mutter, seinen Vater, seine Geschwister und seinen Hund. Falls er einen hat, darüber haben wir noch nicht gesprochen.

»Stimmt«, sage ich kurz.

»Frau Bending malt, sagt Christa«, bohrt meine Mutter weiter. »Offensichtlich verkauft sie ihre Bilder sogar.«

Ich sehe Mamas Blick und weiß, sie hat Frau Bending schon längst in eine ihrer Schubladen einsortiert: Künstlerin – Drogen – vernachlässigter Haushalt – Kinder auf der schiefen Bahn. Augenblicklich bin ich genervt. Ich liebe meine Mutter, aber ihre Engstirnigkeit macht mich rasend.

Also lehne ich mich an die Wand ihr gegenüber, verschränke ebenfalls die Arme und sage: »Ja, Frau Bending verkauft ihre Bilder über eine große Galerie in München. Toll, oder? *Die* ist echt erfolgreich.«

Meine Mutter reckt das Kinn. »Tja. Wenn man das Dasein als Künstlerin als Erfolg werten will.«

»Warum nicht?«, frage ich angriffslustig. »Was hast du gegen Künstler? Was ist schlechter daran, Bilder zu malen, als *Hausfrau* zu sein, Mama?« Ich spreche das Wort extra abfällig aus, will sie provozieren.

Und schaffe es.

»Deine Großmutter ist Künstlerin«, sagt Mama kühl. »Das genügt mir, um dieser Lebensform gegenüber misstrauisch zu sein.«

Meine Großmutter ist ...?

Ich schnappe überrascht nach Luft, grüne und rote Pfeile aus Schreck und Erregung flitzen über meinen Monitor. Für einen Moment fehlen mir die Worte, dann bringe ich stotternd heraus: »Oma Anne ist ... Sie ist gar nicht ... Sie ist nicht in der Psychiatrie?«

»Nicht mehr.« Mama meidet meinen Blick und scheint bereits zu bereuen, dass ihr diese Info herausgerutscht ist.

Ich starre meine Mutter an, warte, ob noch mehr kommt. Vergebens. Mama hat zugemacht wie eine Auster. Doch die Erkenntnis, dass meine irre Oma gar nicht in einer Gummizelle sitzt, sondern irgendwo ein freies Leben als Künstlerin führt, hat mich so durcheinandergebracht, dass ich es zum ersten Mal in meinem Leben wage, nachzubohren.

»Warum redest du eigentlich so ungern über Oma Anne? Was ist damals passiert, Mama?«

»Das weißt du«, sagt sie steif. »Anne hat Dinge getan, die man nicht verzeihen kann.«

»Aber was, Mama? Was hat sie getan?«

»Lass es gut sein. Bitte.«

»Warum erzählst du es mir nicht?« Ich werde wütend. »Offensichtlich sitze ich da ja einer ganz schönen Lüge auf. Immer habe ich gedacht, Oma ist in der Psychiatrie, ihr habt sie mir als schlechtes Vorbild hingestellt. Und jetzt kommt raus, dass sie gar nicht verrückt ist?«

»Sie *war* es. Das ist schlimm genug.«

Mama wendet sich ab, um in die Küche zu gehen. Wie üblich will sie sich der Auseinandersetzung entziehen, und das bringt mich endgültig auf die Palme. Warum ist meine Mutter so feige? Was ist damals geschehen, dass es um jeden Preis unter dieser erstickenden Decke aus Schweigen begraben bleiben muss?

Jetzt bin ich es, die zu meiner Mutter stürzt und sie am Ärmel festhält. »Bleib hier!«, rufe ich aufgebracht. »Siehst du nicht, wie ungerecht das ist? Mann, ich soll euch jeden kleinsten Mist berichten, soll mich ohne Widerrede von dir und Papa über alles und jedes ausfragen lassen, aber euch darf ich nichts fragen! Alles verheimlicht ihr mir! Nie darf ich über meine eigene Großmutter – «

»Es reicht, Sophie«, unterbricht Mama mich, und ihre Stimme klingt ungewohnt scharf. Sie schüttelt meine Hand ab. »Was Anne getan hat, ist nicht für Kinderohren bestimmt. Basta.«

»Aber ich bin kein Kind mehr!«, schreie ich. »Ich bin sechzehn! Ich bin in zwei Jahren erwachsen, darf wählen, den Führerschein machen und mich ins Koma saufen, wenn ich Lust dazu habe! Also warum, verdammt noch mal, behandelst du mich wie ein Baby?«

Mama ringt sichtlich darum, nicht zurückzuschreien. Sie wird selten laut, jetzt scheint sie allerdings kurz davor zu stehen. Sie ballt die Fäuste, entspannt sie wieder.

Dann hat sie sich gefasst. »So, wie du dich gerade verhältst, beweist du nur, dass du noch lange nicht erwachsen bist. Ins Koma saufen, du liebe Güte! Ist das deine Vorstellung von Reife?«

»Darum geht es doch gar nicht«, sage ich, und mein Zorn wird zu graubrauner Verzweiflung.

»Ach. Und worum geht es dann?«

Um meine Oma, die mir ihren Wahnsinn vererbt hat, will ich rufen. Um mich selbst, weil ich endlich wissen will, was mich erwartet! Es geht darum, dass du begreifst, dass ich nicht mehr dein kleines Mädchen bin. Dass ich keine Märchen mehr hören will. Dass ich alt genug bin, um die Wahrheit zu verkraften.

Aber nichts davon kommt über meine Lippen.

Denn schmutzig-beige meldet sich der Zweifel zu Wort. Vielleicht bin ich alt genug für die Wahrheit. Doch bin ich auch stark genug? Will ich wirklich wissen, was mir bevorsteht, auch wenn dieses Wissen meine schlimmsten Ängste bestätigen würde? Herrgott, ich traue mich ja nicht mal, meine Farb-Halluzinationen zu googeln! Sich im Stillen vor einer Geisteskrankheit zu fürchten ist unangenehm. Die Diagnose vom Internet ausgespuckt zu bekommen oder von meiner Mutter zu hören und nie mehr verdrängen zu können wäre absolut unerträglich.

Nein, dazu bin ich nicht bereit.

Mama und ich schauen uns an, lauernd, unglücklich, und ich frage mich, wie dieser Morgen mir so entgleiten konnte. Statt freudestrahlend auf dem Weg zu Mattis zu sein, stehe ich in unserem Flur, zermartere mir das Hirn und führe Grundsatzdiskussionen mit meiner Mutter – wenn man mein Geschrei und ihre verbissene Abwehr so nennen kann.

Plötzlich will ich nur noch weg.

»Ich hab keinen Bock auf den ganzen Scheiß«, sage ich müde zu Mama. »Lass mich einfach an den Weiher gehen.«

Ohne ihre Antwort abzuwarten, drehe ich mich um und verlasse das Haus. Mama hält mich nicht zurück, aber ich fühle ihren stummen Vorwurf im Rücken: Ich habe ihr nichts von Mattis erzählt, wie sie es sich gewünscht hat, stattdessen habe ich einen Streit vom Zaun gebrochen, indem ich an das Tabu gerührt und Mama mit Oma Anne bedrängt habe.

Die gar nicht in der Psychiatrie einsitzt, wie ich immer geglaubt habe.

Sondern als Künstlerin arbeitet und in Freiheit lebt.

Und die damit, schießt es mir durch den Kopf, auf einen Schlag in meine Reichweite gerückt ist.

12

Aber drei Stunden später habe ich Oma Anne vollständig vergessen. Ich liege auf der weichen, stillen Wiese, und jeder Gedanke an meine Familie, meine Probleme und überhaupt an alles erscheint mir unendlich weit weg – alles außer Mattis, der neben mir auf der Seite liegt und mir aus dreißig Zentimetern Entfernung in die Augen schaut. Über uns zwitschern die Vögel, ein leiser Wind streicht über meine sonnenwarme Haut, und ich bin glücklich.

Wer hätte das gedacht, nachdem dieser Tag so schlecht angefangen hat, denke ich und muss lächeln.

»Du hast Grübchen in den Wangen, wenn du lächelst. Wusstest du das?«, fragt Mattis leise. Seine Stimme klingt wie rauer Samt.

»Hat mir noch nie jemand gesagt«, flüstere ich zurück und lächele gleich noch ein wenig mehr.

Mattis streckt den Arm aus und streicht mit dem Zeigefinger über meine Wange.

Ich rühre mich nicht, wage kaum zu atmen. Bin wie hypnotisiert von dem Gefühl seines Fingers auf meiner

Haut, von seinem Blick, dem Versprechen darin. Ob es jetzt passiert, wirklich und wahrhaftig? Ob mein Traum wahr wird?

Ob Mattis mich küsst?

Seine große, braune Hand legt sich um meinen Nacken. Er zieht mich näher zu sich heran, und mein Herz klopft zum Zerspringen ... als er mich wieder loslässt und sich abrupt auf den Rücken legt.

Mattis verschränkt die Arme hinterm Kopf und starrt in den Himmel, und ich frage mich verwirrt und enttäuscht, was ich falsch gemacht habe.

»Ich muss nach München fahren. Morgen«, sagt Mattis, dreht den Kopf und schaut mir wieder in die Augen. Doch diesmal ist sein Blick nicht zärtlich, sondern entschlossen, beinah grimmig.

Ich schlucke. »Okay. Hast du was Bestimmtes vor?«

»Ja.«

Ich will die nächste Frage nicht aussprechen, aber sie ist so logisch und folgerichtig, dass ich es trotzdem tue. »Triffst du jemanden? Ein Mädchen?«

Er zögert. »Ja.«

Es stimmt also doch, denke ich benommen. Es gibt sie, die Super-Freundin in München. Deshalb küsst er mich nicht, hatte es nie ernsthaft vor.

Ich drehe mich ebenfalls auf den Rücken und schaue blind in die Pappelzweige über mir. Auch wenn ich es nicht wahrhaben wollte, jetzt ist es amtlich: Ich war die ganzen letzten Tage nichts als ein Zeitvertreib für Mattis. Ein Kumpel. Ein Landei, mit dem er sich nur mangels besserer Alternative getroffen hat. Die nette Sophie, die zwar Grübchen hat, aber niemals ein H&M-Model mit Türsteher-Kontakten sein wird.

Gedemütigt zwinkere ich die Tränen fort, die mit Macht nach draußen drängen.

Da sagt Mattis: »Am Samstag können wir uns wieder sehen, wenn du Lust hast.«

Wenn du am Samstag überhaupt noch weißt, wie ich heiße, denke ich, und in das schleimige Grün meiner Eifersucht mischt sich bitteres Oliv. Will ich Mattis' Kumpel sein? Ein Notnagel für die Tage, an denen seine Freundin keine Zeit für ihn hat? Oh nein! Ich liebe ihn, und ich will, dass er mich auch liebt. Weniger, erkenne ich mit rasiermesserscharfer Klarheit, geht nicht mehr.

»Na dann, viel Spaß in München«, sage ich und rappele mich auf. Ich packe mein Zeug zusammen, ziehe mir das Kleid über.

Entgeistert schaut Mattis zu mir hoch. »Warum gehst du denn jetzt?«

Tja, warum wohl?

»Ich hab noch was vor«, sage ich und höre selbst, wie armselig meine Lüge klingt. »Fotografieren«, setze ich rasch hinzu.

»Aber ...«, setzt er an, doch ich habe mich schon in Bewegung gesetzt und verlasse fluchtartig die Wiese.

»Bis Samstag dann!«, ruft Mattis mir nach.

Oder auch nicht, denke ich und verkneife es mir, mich ein letztes Mal nach ihm umzudrehen. Denn Mattis soll nicht sehen, dass ich den Kampf gegen die Tränen verloren habe. Stetig und salzig laufen sie mir über die Wangen, silbern tropfen sie über meinen inneren Monitor. Überdecken das Gold, verdrängen das Blau.

Ich hasse Silber.

Den nächsten Tag vertreibe ich mir damit, üble Laune zu haben und sie ungehemmt auszuleben. Mit Mama bin ich zerstritten, Mattis nimmt Bus, Regionalbahn und was-weiß-ich-noch-alles auf sich, um nach München zu seinem blöden Topmodel zu kommen, und Lena – die Einzige, die mich vielleicht aufmuntern könnte – vergnügt sich mit Leon im Ferienlager. Ausgerechnet heute kommt eine Postkarte von ihr an, ein altmodisches Ding in Siebziger-Jahre-Farben, das Lena wohl lustig findet.

Ich nicht.

Gar nichts ist lustig, wenn Mattis mich nicht will, mich nie wollte. Wie konnte ich nur je etwas anderes glauben?

Immerhin, denke ich trübe und starre aus dem Fenster meines Zimmers, in dem ich seit Stunden untätig hocke, immerhin hat er es nicht bis zum Ende durchgezogen. Anders als Noah. Der sich nicht damit begnügt hat, mich zum Spaß aufzureißen, sondern der mich unbedingt auch noch um das betrügen musste, was man nur ein Mal im Leben zu verschenken hat und das sämtlichen Mädchenzeitschriften zufolge schön, ergreifend, atemberaubend sein sollte.

Was es bei mir definitiv nicht war.

Ich verdränge den Gedanken an Noah, an mein erstes und einziges Mal, an meinen Jammer danach. Mein aktueller Liebeskummer reicht vollkommen aus. Missmutig stehe ich vom Schreibtisch auf, lasse den zerkauten Bleistift, mit dem ich sinnlos herumgekritzelt habe, in den Papierkorb fallen. Vielleicht sollte ich tatsächlich mal einen Bleistift-Großhandel ausrauben.

Oder mich aufs Bett werfen und an die Decke starren.

Oder Musik anmachen, so laut aufdrehen, dass ich nicht mal mehr das empörte Klopfen meiner Eltern an der Zimmertür höre (die ich natürlich vorher abgeschlossen habe), und mich in Tagträumen verlieren, die niemals Wirklichkeit werden – Träumen von Mattis und mir. Mattis, den ich so golden, schimmernd und strahlend liebe, wie es nach dieser kurzen Zeit eigentlich gar nicht möglich sein sollte. Vor allem, weil er meine Liebe ja nicht erwidert. Weil er eine Freundin in München hat. Womit das Gedankenkarussell sich von Neuem zu drehen beginnt.

Ich setze meinen Plan mit der lauten Musik in die Tat um, liege gefühlte acht Stunden auf meinem Bett und denke an Mattis, Mattis, Mattis. Und weiß am Abend dieses beschissenen Tages immer noch nicht, ob ich ihm die kalte Schulter zeigen oder ihm heulend um den Hals fallen soll, wenn er morgen tatsächlich beschließt, dass ich gut genug dafür bin, ihm das Wochenende zu versüßen.

13

»Sophie-hie! Besuch für dich!«, ruft Mama.

Es ist Samstag, neun Uhr in der Früh, und nachdem ich die halbe Nacht grübelnd wach gelegen habe, bin ich jetzt noch nicht mal angezogen. Ich springe aus dem Bett, so elektrisiert, als habe meine Mutter mich nicht gerufen, sondern an eine Steckdose angeschlossen. Besuch! Mattis! Er will mich sehen!

Entgegen allen guten Vorsätzen, mich distanziert und gleichgültig zu geben, schnappe ich mir meinen Morgenmantel, werfe ihn mir über und rase die Treppe runter. Mama steht an der Tür und plaudert höflich mit jemandem, den ich nicht sehe. Ist er es? Ist er es nicht?

»... für die frühe Störung«, entschuldigt sich der Jemand gerade, und mein Herz springt fast aus meiner Brust, als ich Mattis' raue Stimme erkenne. »Ich war noch nie im Café Lamm frühstücken, und ich dachte, vielleicht hat Sophie ja Lust, mit mir ...«

»Ja«, keuche ich, als ich die beiden erreiche. »Klar hab ich Lust!«

Meine Mutter dreht sich zu mir um, und ihr missbilligender Blick macht mir schlagartig klar, wie ich aussehe: verschlafen, verstrubbelt und im Morgenmantel. Mist. Vielleicht hätte ich vor dem An-die-Tür-stürzen mein Gehirn anschalten sollen.

Aber Mattis lächelt mich an, so liebevoll, dass die pinken Stacheln und silbernen Tropfen in mir sich auflösen und ich zurücklächele, breit und sonnig. Obwohl er gestern bei seiner Freundin war. Ich kann einfach nicht anders.

Und als ich eine Viertelstunde später mit ihm aus dem Haus trete, blitzgeduscht und mit offenem, glänzendem Haar, wenn auch mit ungezupften Augenbrauen, da bin ich so voller kribbelnder Vorahnung, dass ich es meiner Mutter sogar verzeihe, dass sie Mattis die ganze Zeit über ausgefragt hat.

»Willst du wirklich ins Café Lamm?«, frage ich, als wir die Hauptstraße entlangschlendern. »Das Frühstück dort ist nicht besonders gut.«

»Mir egal, wo ich frühstücke«, sagt Mattis. »Hauptsache, du bist dabei.«

Ich schaue in seine Augen, überrascht von diesem Geständnis, und entdecke einen Hunger darin, der weder Croissants noch Brezeln gilt. In meinem Bauch fliegt ein ganzer Schwarm bunter Schmetterlinge auf.

Mattis räuspert sich. »Möchtest du lieber woanders hin als ins Lamm?«, fragt er. »Was gibt's hier denn sonst noch?«

»Nichts«, gebe ich zu. »Walding ist nicht München, wie du weißt.«

»He, immerhin habt ihr ein Jugendhaus, einen Reitstall und einen berühmten Bio-Bauernhof!« Mattis grinst, wird aber gleich wieder ernst. »Hättest du denn Lust, mit zu mir zu kommen? Ich kann ziemlich gute Spiegeleier braten.«

Ich zu ihm! Oh mein Gott!

»Spiegeleier zu braten ist ja auch nicht gerade schwer«, sage ich, um zu überspielen, dass ich bei seinem Vorschlag beinah einen Herzinfarkt bekommen habe.

»Stimmt, das ist nicht schwer. Aber Speck braten kann ich auch«, sagt Mattis und zieht eine Augenbraue hoch. »Und Kaffee kochen! Na, was sagst du jetzt?«

»Dass du wahrscheinlich bloß auf das Knöpfchen eures Kaffeevollautomaten zu drücken brauchst, oder? Gib's zu.« Ich lache atemlos.

»Nee, ich koche richtigen Kaffee in einer original italienischen Blechkanne auf dem Herd.« Er lächelt triumphierend.

»Wenn das so ist, komme ich natürlich mit«, sage ich gnädig, obwohl ich in Wirklichkeit vollkommen aus dem Häuschen bin. »Kaffee wie im Italienurlaub kann ich mir unmöglich entgehen lassen.«

»Dachte ich's mir doch.« Mattis schaut mir tief in die Augen, und ganze Bäche von Tintenblau fluten meinen Körper. »Also lass uns umkehren. Ich wohne nämlich in der anderen Richtung.«

Die Bendings leben in einem kleinen, hübsch renovierten Bauernhaus etwas außerhalb von Walding, zwischen Weizenfeldern, Mais und Wiesen.

»Wow«, staune ich, als wir durch den üppig blühenden Garten zur Haustür gehen. »Da habt ihr euch aber wirklich den entlegensten Winkel ausgesucht, was? Wie lange brauchst du denn von hier zur Schule?«

»Zwanzig Minuten«, sagt Mattis. »So lange war ich in München auch unterwegs. Nur dass ich in der U-Bahn saß statt zu laufen.«

München. Ein gutes Stichwort.

»War's denn schön mit deiner Freundin?«, frage ich, meinen Blick fest auf die Haustür geheftet.

Er zögert kurz. »Schön würde ich nicht sagen. Nein.«

Ich nehme meinen ganzen Mut zusammen, bleibe zwei Meter vor der Haustür stehen und wende mich Mattis zu. »Und was würdest du sagen?«

Er schaut mich an, sucht nach den richtigen Worten. Als er spricht, klingt seine Stimme noch rauer als sonst.

»Ich würde sagen, dass es nie schön ist, mit jemandem Schluss zu machen. Ich würde sagen, dass Nicola geweint hat, und dass ich mich verdammt mies gefühlt habe deshalb. Dass ich aber trotzdem die ganze Zeit über sicher war, das Richtige zu tun. Weil man nicht mit jemandem zusammen bleiben kann, wenn man sich Hals über Kopf in eine andere verliebt hat.«

Ich starre Mattis an. Frage mich, ob ich das gerade richtig verstanden habe. Ob er es wirklich so gemeint hat, wie es bei mir angekommen ist.

»Ich wollte es Nicola nicht am Telefon sagen«, dringt Mattis' Stimme in mein rotierendes Hirn. »Also musste ich zu ihr nach München fahren. Alles andere wäre unfair gewesen.«

Farbblitze zucken über meinen Monitor, rot, zitronengelb und beige, während mir abgehackte Gedanken durch den Kopf schießen: Sie heißt Nicola – und er hat mit ihr Schluss gemacht – aber nicht am Telefon – Lenas letzter Freund hat sie per SMS abserviert – Noah hat mir diese widerliche DVD in die Hand gedrückt – anders, Mattis ist so anders, und ich bin so verliebt in ihn ... *Warum* hat er Schluss gemacht?

Meinetwegen?

In diesem Moment wird von innen die Haustür aufgerissen, und Mattis und ich zucken gleichzeitig zusammen. Ein etwa neunjähriger Junge steht im Türrahmen und kräht: »Hab ich Mama doch gleich gesagt, dass das deine Stimme ist! Warum bist du denn schon wieder zurück, Mattis? Und das Mädchen da, ist das diese Sophie?«

Mattis reißt seinen Blick von mir los, die Störung ist ihm sichtlich unangenehm.

»Erraten, du Schlaukopf«, sagt er zu dem Kleinen und dann erklärend zu mir: »Mein Bruder Johannes.«

»Bleibt ihr jetzt hier?«, fragt Johannes neugierig.

Statt einer Antwort zieht Mattis die dunklen Augenbrauen zusammen. »Ich dachte, du wolltest mit Mama einkaufen gehen.«

»Sie musste unbedingt noch was an ihrem Bild verbessern, irgendein Rot neu mischen. Du kennst sie ja, wenn sie nicht genau die richtige Farbe findet.« Johannes, von Mattis' finsterem Blick nicht im Mindesten beeindruckt, zuckt mit den Schultern. Altklug fügt er hinzu: »Was will man machen. Mama spinnt halt mit ihrer Kunst.«

»Das habe ich gehört!«, erklingt eine gut gelaunte Stimme aus dem Inneren des Bauernhauses. Keine zwei Sekunden später steht Frau Bending vor uns und schüttelt mir lächelnd die Hand. Ihre Augen stehen leicht schräg wie die von Mattis, leuchten aber smaragdgrün.

»Sophie, nicht wahr? Ich bin Nathalie. Keine Angst, wir sind gleich weg.« Sie lacht und streicht sich eine kastanienbraune Locke aus der Stirn. »Johannes hat leider recht, was meine Malerei betrifft. Wenn ich nahe daran bin, den perfekten Farbton zu finden, muss alles andere warten.«

Fasziniert betrachte ich sie. Nathalie Bending ist schön, darin gleicht sie ihrem älteren Sohn. Aber während Mattis eine nachdenkliche Lässigkeit ausstrahlt, versprüht seine Mutter die Energie eines Wirbelsturms.

»Ist Papa noch da?«, höre ich Mattis fragen.

Nathalie schüttelt den Kopf. »Der erfüllt heute mal alle Klischees und verbringt den ganzen Vormittag im Baumarkt.«

Wieder lacht sie, zwinkert uns zu, und dann sind Nathalie und Johannes auch schon weg. Sie laufen den Gartenweg hinunter, springen ins Auto und brausen davon. Uff.

In die plötzliche Ruhe hinein sagt Mattis aufatmend: »Okay, jetzt haben wir das Haus für uns. Frühstück?«

Ich bin immer noch ein bisschen überrumpelt. Von seiner quirligen Familie und von seinem Geständnis, dass er mit Nicola Schluss gemacht hat. Eigentlich will ich, bevor ich ans Essen denken kann, erst noch mehr erfahren, will mir ganz sicher sein, dass zwischen Mattis und dieser Nicola alles vorbei ist.

Doch da nimmt Mattis meine Hand und zieht mich ins Haus, und ohne zu überlegen gewähre ich ihm etwas, das ich sonst nur Lena entgegenbringe: Vertrauen.

So weiß und süß wie Sahneeis.

Mattis schlägt vier Eier in die Pfanne, und ich stehe daneben und bin vollkommen zufrieden damit, ihm zuzuschauen.

Ich betrachte seine braunen Hände, die geschickt mit Küchenutensilien, Butter und Pfeffer hantieren. Seine kräftigen Oberarme, deren Muskeln sich anspannen, wenn er die schwere, gusseiserne Pfanne anhebt. Sein konzentriertes Gesicht, dessen Profil kein Bildhauer perfekter meißeln könnte. Seine vollen, sinnlichen Lippen, seine schwarzen Augenbrauen.

Stehe ich, Sophie Kirschner, tatsächlich mit *diesem* Jungen in der Küche seiner Eltern? Und hat dieser Junge tatsächlich *meinetwegen* mit seiner Freundin Schluss gemacht?

Mattis wirft mir einen Blick zu und ertappt mich dabei, wie ich ihn anschmachte. Verlegen trete ich neben ihn und zwinge mich, nur noch auf die Eier in der Pfanne zu gucken.

»Riecht lecker«, bemerke ich.

»Sehr«, sagt er leise, und plötzlich spüre ich seine Nase in meinem Haar.

Die Eier zischen, das glibberige Eiweiß wird fest, doch ich nehme es kaum wahr, obwohl ich immer noch auf den Herd starre. Wie könnte ich an Spiegeleier denken, wenn Mattis seine Lippen auf meinen Scheitel drückt?

Wenn er seinen Arm um mich schlingt und mich an sich zieht?

Wenn er mit seiner warmen Hand mein Gesicht anhebt und sein dunkler Blick sich in meinen brennt?

Ich sehe wieder, aber ich sehe absolut selektiv. Ich sehe nur noch *ihn*. Seine Augen, in denen Verlangen und eine Spur Unsicherheit stehen. Seinen Mund, der meinen Blick hypnotisch anzieht und mich veranlasst, ohne nachzudenken meine Arme zu heben. Sie um Mattis' Nacken zu schlingen, um ihn zu mir herabzuziehen.

Lippen treffen auf Lippen, meine Augen schließen sich wie von selbst, und der zarte, vorsichtige Kuss wird im Handumdrehen leidenschaftlich und entflammend, wird zu einem Rausch, dem ich mich nicht entziehen kann, nicht entziehen will, nicht entziehen werde. Ein Meer aus Blau brandet in mir auf, als ich Mattis' Zunge willkommen heiße, und endlich erkenne ich es, instinktiv und ohne jeden Zweifel.

Begehren.

Ich habe Mattis vom ersten Augenblick an begehrt. Ich begehre ihn himmel-, tinten-, mitternachtsblau, begehre ihn mit jeder Faser meines Körpers, begehre ihn so kompromisslos, dass ich über mich selbst erschrecke, weil ich so etwas noch nie empfunden habe.

Mattis spürt die Veränderung, erkennt meine plötzliche Angst, und sofort zieht er sich zurück.

Ebenso rasch ziehe ich ihn wieder an mich. »Nicht loslassen«, flüstere ich, und er lächelt, fragend, vorsichtig, bis ich meine Lippen erneut auf seine drücke.

Wir küssen uns so selbstvergessen, dass alles um uns herum verblasst. Die Küche, das Haus, die Welt verschwinden, bis nichts mehr existiert außer Mattis und mir, außer unseren Körpern, die sich aneinanderpressen, dem Blau, das sich tief und ziehend in meinem Schoß sammelt, und …

… dem Geruch nach verbrannten Eiern.

»Shit!«, flucht Mattis, löst sich von mir und reißt die qualmende Pfanne vom Herd.

Wir schauen auf die schwarzen Klumpen, die eigentlich Spiegeleier werden sollten. Dann blicken wir uns in die Augen und prusten gleichzeitig los.

Mattis schaltet die Herdplatte aus, streicht sich durch das dunkle Haar, das ich gründlich zerzaust habe, und sagt: »Tja, uns bleibt immer noch der Kaffee. Und vielleicht eine Scheibe Brot?«

»Klingt nach einem perfekten Frühstück«, erwidere ich, und Mattis grinst und nimmt mich wieder in die Arme.

Das perfekte Frühstück kann noch ein bisschen warten.

14

Als wir nach einem improvisierten, aber leckeren Frühstück mit unseren halb leeren Kaffeetassen am Küchentisch sitzen, fühle ich mich wie aus der Zeit gefallen. Mein innerer Monitor ist mit einem flauschigen Weinrot überzogen, das meine Seele sofort als Glück erkennt, und ich bin mir sicher, dass ich nie etwas Wunderbareres erleben werde als das hier: am Kaffee nippen. Mattis' glühenden Blick erwidern. Seine lächelnden Lippen betrachten, die vom Küssen ein wenig geschwollen sind. Und bei alldem wissen, dass *ich* es bin, die für Schwellung, Lächeln und Glühen verantwortlich ist.

Ich und Mattis. Mattis und ich. Wir sind ein Paar.

Am liebsten würde ich diese herrliche Küche nie wieder verlassen.

»Soll ich dir den Rest des Hauses zeigen?«, macht Mattis meine Träumereien zunichte. Und versöhnt mich augenblicklich dadurch, dass er nach meiner Hand greift und mit dem Daumen über meinen Handrücken streicht.

Wir schlendern durch das Bauernhaus, und erstaunt stelle ich fest, dass jedes Zimmer in einer anderen Farbe gestrichen ist. Das Wohnzimmer mit seinen gemütlichen Sofas und dem Kamin ist sonnengelb, das Bad hellblau, das Atelier orange, das Arbeitszimmer von Mattis' Vater – er ist Journalist, erzählt mir Mattis – ist lindgrün gestrichen und Johannes' Kinderzimmer wieder gelb, aber in einer lichten, zarten Schattierung.

»Meine Mutter ist fest davon überzeugt, dass Farben unsere Stimmung beeinflussen«, sagt Mattis, während er mich durch den Flur zum letzten Zimmer führt: seinem.

Ich denke an den perfekten Rotton, den Nathalie Bending vor dem Einkaufen unbedingt noch mischen wollte. »Farben scheinen ihr viel zu bedeuten. Vielleicht muss man als Malerin so sein.«

»Oh, diese Aussage würde sofort ihren Widerspruch hervorrufen!« Mattis verzieht das Gesicht, dann verstellt er seine Stimme und klingt nun fast wie seine Mutter: »Niemand *muss* irgendwie sein, mein lieber Mattis. Ein jeder lebe nach seiner Natur!«

Ich lache, gleichzeitig spüre ich bei diesen Worten einen Stich. Denn genau danach sehne ich mich schon so lange: nach meiner Natur leben zu dürfen statt sie ständig zu verbergen.

Ob ich das mit einer Mutter wie Nathalie gelernt hätte?

Ob sie meine Wahrnehmungen vielleicht sogar interessant fände, wo sie doch so auf Farben steht?

Oder ob das Credo »Ein jeder lebe nach seiner Natur« nur gilt, solange man sich im Bereich des Gesunden bewegt? Aber was ist gesund? Wieso bin ich eigentlich so sicher, dass mein innerer Monitor etwas Krankhaftes ist? Und wie kann ich das herausfinden, wenn ich nie mit irgendjemandem darüber spreche, verdammt?!

»So, hier ist mein Revier«, unterbricht Mattis meine davonjagenden Gedanken und lotst mich in einen weißen, ziemlich leeren Raum, in dem ich augenblicklich ruhiger werde.

Später, sage ich mir und atme tief durch. Später werde ich mich wieder mit Nathalie, mir selbst und diesen Fragen befassen, die so aufwühlend und zugleich verlockend in meinem Hinterkopf lauern. Erst einmal will ich ein bisschen mehr über Mattis erfahren. Und dafür ist sein Zimmer die perfekte Gelegenheit.

Neugierig schaue ich mich um. Sehe hohe Regale, in denen unzählige abgegriffene Bücher stehen. Gerahmte Poster von Segelschiffen auf hoher See. Einen Langbogen, der am Kleiderschrank lehnt. Holzpfeile in einem ledernen Köcher.

Mattis bleibt mit verschränkten Armen im Türrahmen stehen und beobachtet mich. Ihm scheint klar zu sein, dass er in seinen eigenen vier Wänden mehr von sich preisgibt als irgendwo sonst, und mit einem Mal komme ich mir vor wie ein Eindringling. Aber ich möchte ihm beweisen, dass ich das nicht bin und dass ich sein Vertrauen verdiene. Also gehe ich zu ihm zurück und sage leise: »Ich will nicht alles unter die Lupe nehmen wie ein Detektiv. Zeig du es mir. Zeig mir das, was dir wichtig ist.«

Im nächsten Augenblick fürchte ich auch schon, zu weit gegangen zu sein. Schließlich bin ich nicht seine Sozialpädagogin, sondern seine brandneue Freundin! Sollte ich nicht so was sagen wie: »Cooles Zimmer, und wie liegt es sich so auf diesem einladenden Bett?«

Ich bin sicher, Vivian würde genau das von sich geben. Und ich bin sicher, Typen wie Noah würden genau das erwarten. *Meine* Bemerkung hingegen würde sie bloß zu einem verächtlichen Lachen reizen.

Mattis lacht jedoch nicht. Er zieht mich in seine Arme und küsst mich (was mir als Reaktion äußerst gut gefällt), und dann sagt er: »Mein Zimmer ist der perfekte Rückzugsort. *Das* ist mir wichtig. Und jetzt darfst du gerne alles unter die Lupe nehmen, Sophie.«

Aber das tue ich nicht. Ich streiche ihm mit beiden Händen die Haare aus der Stirn und spreche die Frage aus, die mir beharrlich im Kopf herumspukt.

»Warum hat das so eine große Bedeutung für dich, Mattis? Allein zu sein, dich zurückzuziehen, Ruhe zu haben. Ist es ... also, versteh mich da nicht falsch, aber ... hat das einen bestimmten Grund? Ist es eine Art ... Veranlagung?«

Mattis zieht die Augenbrauen hoch. »Du willst wissen, ob ich ein Psycho bin.«

Mir wird heiß, und ich rudere hastig zurück. »Nein, nein, natürlich kein *Psycho*, aber, äh ...«

»Mach dir keine Sorgen«, sagt er fest. »Ich mag Menschen und bin auch gerne mit ihnen zusammen. Sogar Partys mag ich – ab und zu. Es ist nur ... Wenn ich irgendwo war, wo es laut ist, mit vielen neuen Leuten, oder den ganzen Tag in der Schule, oder ... na ja, in anstrengenden Situationen, dann habe ich danach gerne Stille um mich. Das brauche ich irgendwie. Darum ist mein Zimmer auch nicht quietschbunt wie der Rest des Hauses, in dem meine Mutter sich ausgetobt hat. Sondern weiß.«

»Ach, so ist das«, murmele ich, obwohl ich gar nichts kapiere. Ein Junge, der *nicht* auf dröhnende Bässe und Vierundzwanzig-Stunden-Berieselung durch Medien aller Art steht, ist mir schlicht noch nicht untergekommen. Okay, Leon ist auch ein netter Kerl, der es bestimmt mal ein paar Stunden ohne äußere Reize aushalten würde. Aber freiwillig die Stille suchen? Zugeben, dass man Zeit mit sich allein braucht? Das, dachte ich immer, ist den wenigen vorbehalten, die sich nach einem Leben hinter Klostermauern sehnen.

Unsicher fragt Mattis: »Das ist nicht das, was du von mir erwartet hast, oder?«

Er ist ein bisschen blass um die Nase, und in diesem Moment begreife ich, dass er – der lässige, superattraktive Mattis, der neue Star unseres Gymnasiums, der heimliche Schwarm aller Elftklässlerinnen – Angst hat.

Davor, dass ich ihn ablehne, nachdem er sich mir so weit geöffnet hat. Davor, dass ich erkenne, wie er wirklich tickt, und dass es mir nicht gefällt. Und da ich selbst unter genau denselben Ängsten leide, verstehe ich Mattis nur allzu gut.

Seelenverwandt, schießt es mir durch den Kopf.

Doch diesem romantischen Gedanken folgt sofort die bittere Erkenntnis, dass Mattis und ich keineswegs das gleiche Absonderlichkeitsniveau teilen. Mattis ist vollkommen, jedenfalls in meinen Augen, und daran ändert sein Bedürfnis nach Stille überhaupt nichts. Ich jedoch schramme, will man meinen Eltern glauben, stets gefährlich nah am Irrsinn vorbei.

Nicht er ist der Psycho. Sondern ich.

Mattis wartet auf meine Antwort, zupft an seiner Unterlippe, kratzt sich nervös am Arm. Meine Bitterkeit wird von aprikosenfarbenen Wellen der Zärtlichkeit verdrängt, vom überwältigenden Bedürfnis, Mattis zu beruhigen, ihm zu versichern, dass es nichts an ihm gibt, was mich stört, und schon gar nicht die Tatsache, dass er kein P1-Partylöwe ist, wie Bernice vermutet hatte.

Also sage ich sanft: »Du bist perfekt für mich, Mattis.«

Ich schlinge die Arme um seinen Hals. »Das mit der Stille ist ungewöhnlich, aber das macht doch nichts. Im Gegenteil! Was meinst du, warum ich mich in dich verliebt habe? Nur weil du so gut aussiehst? Weißt du, dieses Zurückgezogene, das macht dich sogar noch attraktiver. Das fand ich von Anfang an total anziehend, glaub mir.«

Ich bin dermaßen bemüht, ihm seine Sorgen zu nehmen, dass ich erst jetzt merke, was da aus mir hervorsprudelt: eine hemmungslose Liebeserklärung. Mist, ist es dafür nicht ein bisschen zu früh? Abrupt verstumme ich, und mein inneres Pink fährt seine Stacheln aus.

Doch Mattis wirkt gar nicht abgeschreckt von meinem Gefühlsausbruch, sondern einfach nur erleichtert.

Er lächelt mein Pink weg, küsst mich so leidenschaftlich, dass alles in mir mitternachtsblau wird, und raunt: »Und weißt du, was ich von Anfang an fand?«

Ich hänge dem Geschmack seiner Lippen nach, spüre mein verwirrendes Begehren und kann mich im ersten Moment gar nicht auf seine Frage konzentrieren. Doch als ich wieder klar denken kann, möchte ich es natürlich wissen.

»Dass du total hübsch bist, und seit du die Haare offen trägst, bist du sogar noch hübscher«, sagt Mattis und wickelt sich eine meiner Strähnen um den Zeigefinger. »Aber das ist gar nicht das Entscheidende.«

»Sondern?« Ich bin begierig auf weitere Komplimente von ihm und versuche gar nicht erst, das zu verbergen.

Mattis bringt ein wenig Abstand zwischen uns. Er lässt die Strähne los, streicht sie mir hinters Ohr und mustert mich nachdenklich.

»Das, was mir als Erstes an dir aufgefallen ist, ist diese ... Wie soll ich es nennen? Innerlichkeit, vielleicht. Du wirkst auf mich, als ob du genau in dich hineinhorchen würdest, ständig. Als wäre da sehr viel mehr in dir als in anderen Menschen. Und das fasziniert mich.«

Die Alarmglocken in meinem Kopf fangen an zu schrillen.

Er kann also tatsächlich in meine Seele schauen.
Er sieht es mir an?!
Dass ich so oft mit meinen geheimen Farben beschäftigt bin ... Dass ich ihnen nicht ausweichen kann, nicht in der Schule, nicht am Weiher, nicht in Mattis' Armen ...

Dass ich auf die Farben achten muss, achten will, weil sie mir meine Gefühle deutlicher machen, weil sie meine Gefühle *sind* ... Das alles ahnt er?

Aber wie viel davon kann er wirklich wissen?

Du könntest es ihm erzählen, flüstert eine sehnsüchtige Stimme in mir. Dann müsstest du endlich nicht mehr allein damit fertigwerden. Keine silberne, eiskalte Einsamkeit mehr. Nie wieder, Sophie!

Ich zögere, fühle mich überfahren von der unvermuteten Chance, mich hier und jetzt einem Menschen zu offenbaren. Einem Jungen, der mich sehr mag. Der einfühlsam ist. Der es vielleicht akzeptieren würde. Der mir damit vielleicht, ganz vielleicht die Angst vor der Psychiatrie nehmen könnte.

Lockend fügt die Stimme hinzu: Wenn es jemand versteht, dann er.

Hoffnung regt sich in mir, elfenbeinfarben und zart. Ich schaue Mattis in die schönen, schräg stehenden Augen, sehe die Verliebtheit darin, und in diesem Moment bricht etwas Hartes, Verkrustetes in mir auf. Das Elfenbein mischt sich mit dem süßen Sahneeis-Weiß des Vertrauens, und ich möchte nur noch eines: meine Maske abwerfen und mich Mattis zeigen, schutzlos und verletzlich und mit allem, was mich ausmacht.

Augenblicklich wehre ich mich dagegen.

Panisch pfeife ich das Geständnis zurück, das mir schon auf der Zunge liegt, sperre mich gegen das Weiß und klammere mich stattdessen an das, was ich gewöhnt bin: Leugnen. Jetzt nur nicht unvorsichtig werden, hämmere ich mir ein, nur nicht die altbekannten Pfade verlassen! Um Gottes willen nichts tun, was ich später unter Garantie bereuen werde! So oft haben meine Eltern mir eingebläut, dass farbige Gefühle etwas Gefährliches sind, so eindringlich haben sie mir geraten, sie zu unterdrücken oder zumindest zu verbergen, dass ich jetzt nicht einfach umschalten kann. Nicht umschalten *darf*.

Es geht nicht, und wenn ich es noch so sehr möchte.

Ich habe nicht genug Mut.

Die Enttäuschung über mich selbst legt sich bleigrau über meinen inneren Monitor. Doch ich ignoriere sie ebenso wie das schwächer werdende Weiß, rette mich Mattis gegenüber in ein Mona-Lisa-Lächeln, hinter dem er vermuten kann, was er will, und wechsele kurzerhand das Thema.

»Du hast mir gar nicht erzählt, dass du zum Bogenschießen gehst.« Ich deute auf den Langbogen und den Köcher mit den Holzpfeilen, und meine Hand zittert nur ein kleines bisschen.

Mattis sieht mir noch einen Augenblick lang forschend in die Augen, dann akzeptiert er meine Ausflucht und lässt mich los. Er geht zum Kleiderschrank, greift nach dem Bogen und streicht über das glatte Holz.

»Zum Bogenschießen gehe ich fast noch lieber als zum Schwimmen. Willst du's auch mal probieren? Dann nehme ich dich mit.«

Ich hebe abwehrend die Hände. »Oh, nein, nein, nein, das ist nichts für mich. Schon beim Dart bin ich immer die Schlechteste! Ich treffe nie.«

»Ich könnte es dir doch beibringen.«

»Ich fürchte, da ist Hopfen und Malz verloren.«

Mattis sieht enttäuscht aus.

»Ich möchte trotzdem mitkommen«, überlege ich, froh, mich nicht mehr mit meinem Innenleben beschäftigen zu müssen. »Ich könnte dich beim Bogenschießen fotografieren. Das würde mich reizen!«

»Mich fotografieren?« Mattis runzelt die Stirn. »Hm. Ich weiß nicht.«

»Damit hast du doch Erfahrung, oder?«

»Wieso?«

Ich komme ins Stottern. »Na ja, ähm, du bist doch Model.«

Mattis starrt mich entgeistert an, dann bricht er in schallendes Gelächter aus. »Wie kommst du denn darauf?«

Verlegen knete ich meine Hände. »Das wissen doch alle. Bernice und Walli haben es rumerzählt, und – «

»Eine blühende Fantasie haben die beiden, kann ich da nur sagen.«

»Und Nicola?«, frage ich schnell. »Modelt die auch nicht? Für H&M?«

»Quatsch. Sie geht in meine ehemalige Parallelklasse, und wenn sie jobbt, dann im Café.«

Ich komme mir dämlich vor. Gleichzeitig aber atme ich auf. Dass meine Vorgängerin ein ganz normales Mädchen ist, weder extrem schön noch einschüchternd prominent, beruhigt mich irgendwie. Es legt die Messlatte an mich selbst nicht ganz so hoch.

»Du solltest nicht jeden Quatsch glauben, den du hörst«, sagt Mattis, von der Absurdität der Model-Gerüchte immer noch erheitert. »Also, was ist jetzt? Kommst du mit zum Bogenschießen? Ich würde mich wirklich freuen.«

»Abgemacht.« Ich blinzele ihm zu. »Aber ich nehme die Kamera mit. Warum sollte ich Käfer fotografieren, wenn ich *dich* vors Objektiv kriegen kann?«

Ich gehe zu ihm rüber und hoffe, dass er mich in den Arm nimmt, was er zu meinem Entzücken auch sofort tut.

»Dann fotografier mich halt«, seufzt er an meinem Ohr. »Warum kann ich dir eigentlich nichts abschlagen?«

»Weil du in mich verliebt bist?«, schlage ich mit klopfendem Herzen vor.

Mattis lacht leise. »Das wäre eine Erklärung.«

Und dann macht er sich daran, diese Erklärung mit warmen, süßen Lippen zu untermauern.

15

Ich sitze am Fenster meines Zimmers und kaue an dem Bleistift herum, mit dem ich mich eben an einer stümperhaften Zeichnung von Mattis versucht habe. Nachdenklich schaue ich in den grauen Morgen hinaus, in dem noch die Reste des nächtlichen Regens hängen. Um zehn sind Mattis und ich verabredet, und ich kann es kaum erwarten, endlich loszugehen.

Denn mein Zuhause erscheint mir enger denn je.

Wenn wir abends mit der rosa Kerze am Tisch sitzen, Papa in ungemütlichem Schweigen sein Abendessen vertilgt und Mama mich über meinen Tag ausfragt, muss ich mich zusammenreißen, um nicht mitsamt meinem Teller nach oben zu flüchten. Am liebsten würde ich allein in meinem Zimmer essen, von Mattis träumen und Mamas Verhöre einfach vergessen.

Zumal ihr anhaltender Argwohn völlig unbegründet ist: Weder hat Mattis sich gleich nach dem ersten Kuss auf mich gestürzt, um mich zu ungeschütztem Sex zu nötigen (was Mamas größte Sorge zu sein scheint), noch verteilt seine Künstler-Mutter am Mittagstisch eine Runde Drogen. Mattis spielt nicht mit meinen Gefühlen (das hoffe ich jedenfalls), und ich habe ihn auch nicht in unser peinliches Familiengeheimnis eingeweiht (wie auch, ich kriege ja selbst kaum was erzählt). Somit ist alles gut.

Finde zumindest ich.

Mama aber ist verletzt, weil ich fast die gesamten Pfingstferien bei Mattis verbringe. Mein eigenes Zuhause, sagt sie, sei schließlich kein Hotel. Was für ein ätzender Spruch! Auch wenn ich zugeben muss, dass er eine gewisse Berechtigung hat: Ich bin nur noch daheim, wenn es sich gar nicht vermeiden lässt.

Viel lieber, als mich unter Mamas Vorwürfen zu winden, schwimme ich mit Mattis im Weiher. Fläze mich neben ihm auf unserer versteckten Wiese und schaue träumerisch in die Pappeln, die Schäfchenwolken, den weiten Himmel. Gehe mit zu den Bendings und lasse mich von Nathalie zum Mittagessen einladen. Sie kocht prima und ist so lustig, dass bei Tisch fast mehr gelacht als gegessen wird.

Und dann ist da noch das Allerbeste: die tiefblauen Stunden in Mattis' Zimmer. Mit meinem hinreißenden Freund auf seinem Bett zu liegen ... In seinen Armen ... An seinem Mund ... Das ist so atemberaubend, dass ich umso hungriger nach Mattis werde, je näher wir uns kommen.

Kurz: Ich bin glücklich mit Mattis, verbringe die Tage mit ihm wie in einem seligen Rausch, tauche, ohne zu zögern, vollkommen in seine Welt ein. Ist es da ein Wunder, dass ich keinen Bock habe, nach Hause zu kommen? Zu Mami, Papi und ihrer rosa Kerze?!

Ich werfe den Bleistift in den Papierkorb und stütze das Kinn auf die Fäuste. Mamas waidwunder Blick macht mir zu schaffen, bereitet mir ein schlechtes Gewissen, spricht von Verrat und enttäuschter Elternliebe. Und treibt mich damit zuverlässig aus dem Haus, dorthin, wo ich mich so viel wohler fühle als bei meiner eigenen Familie.

Ich frage mich, was wohl der Grund dafür ist, dass ich bei den Bendings leichter atme, befreiter lache und in manchen Momenten sogar meinen inneren Monitor akzeptiere. Liegt das bloß an Mattis? Oder auch an Nathalies Fröhlichkeit? An den vielen Farben? Die sind in dem alten Bauernhaus so allgegenwärtig, dass mir meine leuchtende, glitzernde, funkensprühende Innenwelt nahezu normal vorkommt.

Bei uns daheim sind die Wände weiß, die Möbel kieferbraun und die Teppiche beige. Schmerzhaft wird mir klar, dass ich in der blassen Umgebung meines Zuhauses ziemlich fehl am Platze bin – und es wahrscheinlich immer war.

Ich seufze und werfe einen Blick auf meine Armbanduhr. Viertel nach neun, immer noch zu früh. Vielleicht sollte ich trotzdem schon losgehen. Ich könnte ja unterwegs ein bisschen fotografieren. Meine Kamera nehme ich sowieso mit, da Mattis und ich heute endlich zum Bogenschießen gehen wollen. Schließlich haben wir schon Samstag, und ich möchte die Fotos von Mattis unbedingt noch am Computer bearbeiten, bevor am Montag die Schule wieder losgeht.

Schule.

Bei dem Gedanken daran wird mir mulmig, und ein durchsichtiger, schmutziger Film überzieht meinen inneren Monitor. Ich kann mir das Getuschel und die ätzenden Kommentare der anderen so lebhaft vorstellen: *Was, die graue Maus ist mit dem sexy Typen zusammen? Wie hat sie das denn geschafft? – Ach, bestimmt nutzt er sie nur aus. – Genau wie Noah. Schnelle Nummer und tschüss. – Wusstest du eigentlich, dass das damals eine Wette war? – Nee, echt? Na ja, ich hatte mir schon so was in der Art gedacht.*

Ich schüttele heftig den Kopf, um die flüsternden Stimmen aus meiner Fantasie zu vertreiben. Was die anderen sagen oder nicht sagen, kann mir völlig wurscht sein. Noah ist Vergangenheit, in der Gegenwart zählt nur Mattis. Und der würde niemals mit mir schlafen, nur um eine beschissene Wette zu gewinnen. Er würde mir danach auch keine DVD schenken, damit ich mir anschauen kann, wie ... Nein. Nein!

Abrupt stoße ich den Schreibtischstuhl zurück und stehe auf. Schluss mit den trüben Gedanken, Kamera umhängen und raus aus dem Haus! Die Schule fängt früh genug wieder an und mit ihr eine Realität, die ich in diesen verzauberten Pfingstferien erfolgreich verdrängt habe. Eine Realität, in der leider auch Menschen wie Noah, Vivian und Bernice vorkommen.

Dieses Wochenende aber, sage ich mir entschlossen,

gehört noch mir und Mattis allein. Und ich werde meine Liebes-Luftblase keine Sekunde eher verlassen als nötig.

Der Bogenschießplatz liegt mitten im Wald.
Auf einer von Fichten umgebenen, langgestreckten Lichtung stehen in regelmäßigen Abständen Zielscheiben aus gepresstem Stroh. Am Rande der Lichtung duckt sich unter mächtigen Zweigen eine Hütte. Dunst steigt aus der feuchten Wiese auf und verleiht dem Platz eine beinah gespenstische Atmosphäre.

Ich fröstele und schlinge mir die Arme um den Oberkörper.

»Die Zielscheibe dort hinten steht ja ganz schön weit weg«, sage ich munter, um das unwirkliche Gefühl zu vertreiben. »Kann man die überhaupt noch treffen?«

»Das sind siebzig Meter«, sagt Mattis. »Und klar kann man die Scheibe treffen. Wenn auch nicht mit den Dartpfeilen aus dem Pub.« Er lacht und legt mir den Arm um die Schultern.

Ich schmiege mich an ihn, atme seinen Duft ein, und sobald ich ihn rieche und seine Wärme fühle, empfinde ich nichts mehr als gespenstisch. Im Gegenteil, jetzt kommen mir der Dunst, die düsteren Fichten und die stille Einsamkeit in diesem Wald äußerst romantisch vor. Fast magisch.

Magisch ... Als Nächstes erwarte ich dann wohl, denke ich spöttisch, dass Mattis sich mir als sexy Vampir, Werwolf oder gefallener Engel zu erkennen gibt. Ich grinse über mich selbst.

Mein Vampir/Werwolf/gefallener Engel stapft mit mir durch das feuchte Gras zur Hütte hinüber, schließt auf und holt aus einer staubigen Schublade Armschutz und Fingertab. Ich beobachte ihn, während er sich beides anlegt, und bin in Gedanken bereits bei den Fotos, die ich von ihm schießen will. Wie sehe ich Mattis in dieser Umgebung? Wie möchte ich ihn abbilden?

Auf jeden Fall nicht als Fantasiewesen, sinniere ich, das ist denn doch zu albern. Eher als einen modernen Robin Hood. Einen verflucht verführerischen Robin Hood, wenn ich ihn mir so anschaue, mit diesem kräftigen, wohlgeformten Oberkörper unter dem weißen T-Shirt ... Ich schlucke, und trotz des kühlen Morgens wird mir heiß.

Eigentlich müssten meine Fotos einfarbig werden, denke ich beschämt. Ich müsste sie mit der Farbe meines Begehrens einfärben: Blau. Okay, das verliebte Gold müsste auch noch mit drauf, und die hellrote Aufregung, wenn Mattis mir einen seiner sinnlichen Blicke schenkt, und das glücklich-flauschige Weinrot, wenn ich daran denke, dass er tatsächlich mir gehört, und ...

»Kann's losgehen?«, fragt Mattis, und ich schrecke aus meinen Fototräumereien auf.

Ich reiße mich zusammen, nicke und klopfe auf meine Kamera, als Zeichen dafür, dass ich bereit bin.

Doch als ich Mattis zur Schusslinie folge, die aus einer Reihe von Steinplatten inmitten der Wiese besteht, kehren meine Gedanken zurück zu den eingefärbten Fotos. Ich habe sie so klar vor mir gesehen, dass ich sie gar nicht mehr aus dem Kopf bekomme, und plötzlich ist die Versuchung, diese Fotos Wirklichkeit werden zu lassen, riesengroß.

Ob ich es schaffen würde, meine Farben tatsächlich vom Innen ins Außen zu holen, mit Hilfe von Kamera, Computer und Photoshop-Programm? Ob ich mich daranwagen soll – nur ein einziges Mal? Ob es mich erleichtern würde, meine Gefühle auf diese Weise ausdrücken zu dürfen?

Ich könnte es heimlich tun, flüstert es lockend in mir. Ohne das Ergebnis je irgendjemandem zu zeigen. Niemand müsste davon erfahren, niemand würde Fragen stellen.

Ich hebe meine Kamera und richte sie auf Mattis. Schaue aufmerksam zu, wie er die Sehne spannt, zielt und dabei ein Auge zukneift. Er schießt den Pfeil nicht sofort ab, wie ich es vermutet hätte, sondern wartet und konzentriert sich. So lange, bis er vollkommen in sich ruht und doch unbeirrbar die Mitte der Zielscheibe fixiert, die in siebzig Metern Entfernung auf ihn wartet.

Auch ich ziele – mit meiner Kamera. Wie immer, wenn ich fotografiere, zersplittert die Welt in tausend Details, und jedes einzelne möchte ich würdigen: Mattis' lange, schwarze Wimpern ... Seine gekrümmten Finger, die in den nächsten Sekunden die Sehne loslassen werden ... Die minimale, kaum wahrnehmbare Veränderung seines Gesichtsausdrucks, als er sich entschließt, zu schießen und ... Klick! Der Pfeil zischt davon.

Ich atme erleichtert auf. Ich habe genau den richtigen

Moment erwischt, und als Mattis noch einen Augenblick lang wie eine Statue verharrt, dann entspannt den Bogen sinken lässt und mir den Kopf zuwendet, da strömt mir das Glück so weich und rot durch den Körper, dass ich fast erwarte, Mattis könne es sehen.

»Möchtest du es nicht doch mal probieren?«, lockt er mich lächelnd. »Ich helfe dir auch. Es macht Spaß, du wirst sehen.«

»Na gut«, gebe ich nach. Um sofort einzuschränken: »Aber nur ein Mal!«

Er streckt die Hand nach mir aus, und ich gehe zu ihm und bleibe etwas unsicher auf den Steinplatten stehen. Meine Kamera verstaue ich in der Fototasche, die über meiner Schulter hängt. In sicherem Abstand lege ich sie auf den Boden.

»Und jetzt«, sagt Mattis leise, »nimm den Bogen. Wir fangen mit der Zehn-Meter-Scheibe an.«

Ich schlucke, fühle mich blau wie ein Tintenfass. Mattis hat absolut nichts Unanständiges gesagt, aber seine raue Samtstimme ... in Verbindung mit diesem tiefen Blick ... Das macht es mir doch ziemlich schwer, ans Bogenschießen zu denken.

Trotzdem nehme ich Pfeil und Bogen entgegen und befolge Mattis' Anweisungen: seitlich zur Schusslinie stehen. Schultern entspannt runterhängen lassen (entspannt?!), Pfeil auf die Pfeilauflage legen, Arm gerade halten, Bogen heben.

Mattis' Worte erreichen mein Ohr, doch ich habe Mühe, sie in Handlung umzusetzen. Denn ich bin vollauf mit anderem beschäftigt: mit dem Gefühl, das seine breite, harte Brust an meinem Rücken auslöst. Mit seinen kräftigen Armen, die meinen Oberkörper umschlingen, um mir zu helfen, den Bogen richtig zu halten. Mit Mattis' Wärme, seinem Duft, der Verheißung seiner Nähe.

Mattis' Hand legt sich um meine. »Wir zielen zusammen«, sagt er und steht nun so dicht hinter mir, dass nicht mal mehr ein Blatt Papier zwischen uns passen würde. Unsere Hände liegen gemeinsam auf Bogen und Sehne. Ganz langsam ziehen wir die Sehne zurück. Richten den Pfeil auf die Zehn-Meter-Scheibe. Und atmen unwillkürlich schneller dabei, wobei zumindest meine Erregung keineswegs in sportlichem Ehrgeiz begründet liegt.

»Jetzt«, flüstert Mattis, und wir lassen die Sehne los. Der Pfeil schießt durch den Dunst. Ich habe nur an das tiefe, lockende Blau in meinem Schoß gedacht, habe kein bisschen gezielt, habe mich blind auf Mattis verlassen.

Und treffe genau ins Gold.

»Glückwunsch.« Ich höre das Lächeln in Mattis' Stimme. »Du bist begabt, weißt du das?«

Okay, *das* ist zwar die größte Lüge seit der Geschichte vom Osterhasen, aber sie wärmt mich trotzdem – weil Mattis mir eine Freude damit machen will.

Seine Hand streicht mein Haar beiseite, sein Mund senkt sich auf meinen Nacken, und ich lasse unwillkürlich den Bogen los, der wie in Zeitlupe ins vom Tau benetzte Gras fällt. Ich drehe mich um, suche Mattis' Lippen und fühle dabei einen Hunger, der mich mir selbst fremd vorkommen lässt.

Wenn ich Mattis' Fotos tatsächlich am Computer verändere, weht es mir flüchtig, fiebrig durch den Kopf, dann muss das Ergebnis vibrieren, leben, atmen. In allen Blautönen muss es pochen und pulsieren, übersprüht und durchdrungen von Gold. Nur dann ist es wahrhaftig. Nur dann bildet es ab, was ich in Mattis' Armen fühle.

Und in diesem Moment weiß ich, dass ich es versuchen will: Ich möchte meine Farben aus ihrem Gefängnis entlassen.

Wenn auch nur für die Dauer einiger einsamer Stunden am Mac.

16

Erst einmal stehe ich allerdings einer anderen Herausforderung gegenüber: Ich muss Mattis widerstehen.

Und das ist wesentlich schwieriger, als am Computer Fotos einzufärben.

Wir liegen in seinem Bett und knutschen. Draußen regnet es in Strömen, weshalb unser Ausflug zum Bogenschießen etwas kürzer ausgefallen ist als geplant. Schon um kurz vor zwölf standen wir tropfend und durchgefroren im Hausflur der Bendings, und da die ganze Familie beim samstäglichen Einkauf war, verzogen wir uns sofort in Mattis' Zimmer. Wo wir uns nicht nur unserer nassen Strümpfe entledigten, sondern auch gleich der feuchten Jeans, um uns danach unter der Bettdecke aneinander zu wärmen.

Das ist uns gelungen, schießt es mir zwischen zwei wilden Küssen durch den Kopf: Mir ist heiß bis in die Fingerspitzen.

Denn bisher lagen wir immer nur *auf* dem Bett.

Heute liegen wir *im* Bett. Unter einer gemeinsamen

Decke. Nur durch ein bisschen dünnen Stoff voneinander getrennt.

Und diese Tatsache bleibt nicht ohne Folgen.

Mattis' Hände gleiten unter mein Top. Erst sanft, dann verlangender streichelt er meinen Rücken. Mit klopfendem Herzen tue ich es ihm gleich, entdecke tastend die Haut unter seinem T-Shirt. Währenddessen erreichen seine Finger den Verschluss meines BHs. Schicken sich an, ihn zu öffnen und … zögern.

Verunsichert frage ich mich, was Mattis jetzt von mir erwartet. Muss ich mich zieren, um nicht den Eindruck zu erwecken, ich sei leicht zu haben? Oder soll ich ehrlich sein und ihn ermutigen, weiterzumachen? Denn die Vorstellung, Mattis' zärtliche Hände nicht nur auf meinem Rücken, sondern auch auf meinem Busen zu spüren, gefällt mir durchaus. Aber darf ich ihm das zeigen?

Weil ich nicht weiß, wie ich auf die unausgesprochene Frage reagieren soll, die in seinen Augen steht, versuche ich mich an einem ermutigenden Lächeln.

Und Mattis versteht.

Er setzt sich auf, zieht mich zu sich hoch und küsst mich, langsam, innig und so erotisch, wie ich noch niemals geküsst worden bin, nicht einmal von ihm. Alles in mir wird weich und fließend und pulsierend unter diesem Kuss, und Mattis streift mir das Top hoch. Heftig atmend lasse ich zu, dass er es mir auszieht. Er wirft es achtlos neben das Bett, sein eigenes T-Shirt folgt.

Ich lasse meinen Blick über seinen nackten Oberkörper gleiten – die breiten Schultern, die glatte Brust, den muskulösen Bauch, die schwarze Haarlinie, die im Bund seiner Boxershorts verschwindet – und ich gerate in einen merkwürdigen Zustand zwischen Erregung und Scheu: Obwohl ich Mattis' Körper mit den Augen verschlinge, kann ich mich selbst nur schwer davon abhalten, die Arme vor meiner Brust zu kreuzen. Oh Mann, wie kindisch wäre *das* denn! Zumal ich ja immerhin noch meinen BH anhabe, im Bikini hat Mattis mich schließlich auch schon gesehen.

Also lege ich, statt mich schamhaft zu bedecken, meine Hand um Mattis' Nacken und ziehe ihn zu mir heran. Fordere einen weiteren seiner erotischen Küsse ein. Versinke in seinem Duft und spüre seine nackte Haut ... bis mein inneres Blau so dunkel wird wie das Meer bei Sturm. Mit einer fließenden Bewegung greift Mattis nach dem Verschluss meines BHs, öffnet ihn und streift mir die Träger über die Schultern. Zack, liegt der BH neben unseren Oberteilen auf dem Boden, und ich bin nackt bis auf den Slip.

Unwillkürlich schießt mir durch den Kopf, dass Mattis, wenn er so geschickt darin ist, Mädchen von ihren BHs zu befreien, das alles wohl schon ziemlich oft gemacht hat. Nicola war sicher nicht die Einzige, mit der er im Bett war. Klar, die Mädels stehen Schlange bei ihm – warum hätte er immer widerstehen sollen?

Das aufgewühlte Meeresblau weicht beiger Verunsicherung. Wenn Mattis schon so viele Mädchen nackt gesehen hat, wie findet er dann wohl mich? Bin ich überhaupt schön genug für ihn? Ob er mich, meinen Körper, meinen Durchschnittsbusen, vielleicht insgeheim vergleicht – mit den Großstadtschönheiten aus seiner Vergangenheit?

Doch in diesem Moment gleiten seine Hände nach vorn, umfassen meine Brüste, spielen mit den empfindlichen Spitzen, und das zweifelnde Beige löst sich auf, als mich Lust durchrieselt wie ein Schauer süßer, tintenblauer Regentropfen. Mein Gott, ich hatte ja keine Ahnung, wie gut sich das anfühlen kann!

Raum und Zeit und selbst Mattis' Ex-Freundinnen verlieren ihre Bedeutung, während wir uns küssen und liebkosen und reizen, als gäbe es niemanden auf der Welt als uns. Meine Erregung übernimmt das Kommando, drängt mich dazu, die Beine um Mattis' Hüften zu schlingen und mich auf ihn zu setzen. Mattis stöhnt und legt die Hände auf meinen Hintern. Überdeutlich fühle ich seine Erektion, bewege mich auf seinem Schoß und bin erfüllt von kopflosem, gewitterblauem Verlangen – als sich urplötzlich mein Verstand einschaltet.

Eine Woche!, flüstert er vorwurfsvoll. *Ihr seid erst eine Woche zusammen. Schaltet gefälligst mal einen Gang runter!*

Mein Körper ist mit dieser Ermahnung ganz und gar nicht einverstanden. Im Gegenteil: Er hat keine Angst vor dem sturmgepeitschten Blau, sondern will sich hineinstürzen, um sich darin aufzulösen. Will Mattis' Hände ermutigen, bis an meine intimsten Stellen vorzudringen. Will ihm jetzt sofort die Boxershorts vom Leib zerren und mir selbst den Slip und …

»Stopp«, keuche ich. »Ich ... Das ... geht mir zu schnell.«

Geht es nicht!, protestiert mein Körper aufgebracht, doch mein Verstand ist stärker.

Wie überwältigend es sich auch anfühlen mag, Mattis so nahe zu sein, wie sehr das Blau mich auch danach drängt, jede Trennung zwischen uns aufzuheben – ich will es nicht. Nicht heute. Nicht, wenn ich mich nicht bewusst dazu entschlossen habe.

Und zwar *davor*.

Ein einziges Mal in meinem Leben hatte ich Sex, und ich habe selten etwas so bereut wie diese Stunde mit Noah, in der ich mich von seinen Küssen, seinen Schmeicheleien und seinen unverhüllten Forderungen habe überrumpeln lassen. Als er mich am nächsten Tag fallengelassen hat wie eine heiße Kartoffel, als er mir diese widerliche DVD überreicht hat ..., da habe ich mir geschworen, dass mir so etwas niemals, niemals wieder passieren wird.

Schon klar, Mattis ist nicht Noah, und seine Zärtlichkeiten sind mit Noahs grober Fummelei überhaupt nicht zu vergleichen. Trotzdem möchte ich erst wieder Sex haben, wenn ich ganz sicher weiß, dass ich bereit dafür bin.

Und heute bin ich es noch nicht.

Meine Lust zieht sich beleidigt zurück, verblasst zu einem milchigen Himmelblau, und ich sehe die Enttäuschung in Mattis' Blick. Einige Sekunden lang verharrt er unschlüssig, zwischen Erregung und verletztem Rückzug schwankend.

Doch dann streicht er mir übers Haar und sagt: »Okay. Ist in Ordnung. Du gibst das Tempo vor.«

An meiner Erleichterung merke ich, wie sehr ich mich davor gefürchtet habe, dass Mattis wütend wird. »Du verstehst das?«, hake ich unsicher nach und rutsche von seinem Schoß, um es uns beiden nicht noch schwerer zu machen.

»Natürlich.« Er betrachtet mich und grinst dann schief. »Auch wenn es mir nicht gerade leichtfällt, jetzt aufzuhören. Das kannst du mir glauben.«

»Ich finde es auch, ähm, schwierig«, sage ich. »Aber es ist besser so, denke ich.«

Du liebe Güte, was gebe ich da bloß von mir! Ich spüre, wie ich rot werde. Über Sex zu reden fand ich schon immer furchtbar.

Mattis lässt sich zurückfallen, zieht mich mit sich unter die Decke und schlingt den Arm um mich. So bleiben wir liegen, seltsam schwebend zwischen abebbender Lust und Verlegenheit.

Bis Mattis das Schweigen mit den Worten bricht: »Ich hab dich das noch gar nicht gefragt. Bist du noch …«

»Nein«, sage ich hastig, bevor er das Wort *Jungfrau* aussprechen kann. Mein Gesicht ist schon rot genug. »Bin ich nicht mehr.«

»Okay«, sagt er rau, und ich kann seinen Tonfall nicht deuten: Ist er nun erleichtert oder enttäuscht?

»Und du?«, frage ich zurück und male mit der Fingerspitze kleine Kreise auf seine Brust. »Wie viele Freundinnen hattest du schon?«

»Ein paar.«

Ein paar?! Was soll das denn heißen, bitte schön?

»Wenn du sie nicht mal mehr zählen kannst, waren es wohl ziemlich viele, hm?« Ich bemühe mich, meinen Worten einen neckenden, unbeschwerten Klang zu verleihen, doch auf meinem inneren Monitor bricht grellgrün und schleimig die Eifersucht auf. Gleichzeitig kehrt mit Macht das Beige zurück.

»Ach was«, wehrt er ab. »Mit Nicola war ich ziemlich lange zusammen. Und davor ... Na ja, ein Mönch war ich nicht. Aber ich war meinen Freundinnen nie untreu oder so.«

Seine Worte beruhigen mich keineswegs, und ich frage mich, warum ich dieses blöde Gespräch nicht im Keim erstickt habe. Will ich wirklich wissen, wie viele Mädchen Mattis schon im Bett hatte? Will ich wissen, ob ich einfach die nächste in einer langen Reihe von Eroberungen bin – die nächste, aber ganz bestimmt nicht die letzte? Denn selbst wenn Mattis nicht zur Untreue neigt, kann er ja einfach Schluss machen, wenn ich anfange, ihn zu langweilen.

Da legt Mattis den Zeigefinger unter mein Kinn, hebt meinen Kopf an und schaut mir direkt in die Augen. »Sophie, mach dir keine Sorgen. Bitte. Auch wenn ich schon Erfahrung habe, heißt das nicht, dass das mit dir ...« Er holt tief Luft. »Also, ich habe für keine meiner Freundinnen so gefühlt wie für dich. Mit dir, das ist ...« Wieder bricht er ab, sucht nach den richtigen Worten.

Und ich warte, atemlos und ängstlich.

Meine Gefühle fahren Achterbahn: unten das schleimige, eifersüchtige Grün, oben goldüberglänzte Liebe. Unten das Beige dieser nagenden Unsicherheit, oben elfenbeinfarbene Hoffnung. Die Hoffnung darauf, dass ich für Mattis *the one and only* bin.

»... anders«, sagt Mattis schließlich hilflos. »Mit dir ist es einfach anders. Ich kann das schlecht erklären, ich habe es ja selbst noch nie erlebt, aber du bist mir ... vertraut, obwohl wir uns erst so kurz kennen. Ich, na ja, ich glaube, Sophie, dass ich ...«

»Was?«, flüstere ich.

Mattis wälzt sich herum, beugt sich über mich und küsst mich, heftig und zärtlich zugleich. Dann flüstert er in mein Ohr: »Eigentlich ist es ganz einfach. Es ist nur so schwer auszusprechen. Ich ... liebe dich, Sophie. Ich liebe dich.«

Er liebt mich.

Ich umschlinge Mattis' Rücken so fest, dass ich selbst kaum mehr Luft bekomme, und alle Farben in mir verabschieden sich, alle bis auf das Gold, das aufstrahlt, funkelt und glänzt.

»Ich liebe dich auch«, höre ich mich durch das Gold hindurch sagen, und es fühlt sich ganz natürlich an, ihm das zu gestehen – ihm meine Euphorie zu zeigen – ihm meine Seele offenzulegen und mich damit verletzlich zu machen.

Schließlich ist Mattis das gleiche Risiko eingegangen.

Wir bleiben eng umschlungen liegen, rühren uns nicht, als könnten Liebe und Glück davonflattern, wenn wir uns zu rasch bewegten. Alles ist neu und wunderbar und zerbrechlich, und vor lauter Behagen dämmere ich in einen leichten Schlaf hinüber ...

... als ein Gedanke in mir aufblitzt und ich schlagartig hellwach bin.

Denn Mattis liebt gar nicht mich.

Er liebt die, die ich ihm präsentiere: das ganz normale Mädchen aus seiner Klasse.

Aber was ist mit der, die ich wirklich bin?

Und wer bin ich überhaupt?

Ich bin Sophie, der Farben-Freak. Sophie, die überall Gold sieht, wenn sie verliebt ist, und die in Blau badet, wenn sie Lust auf Sex hat. Verdammt, dieses ganze Farben-Ding ist total abartig – und doch gehört es zu mir wie meine Seele, meine Gedanken, meine Arme und Beine.

Meine Farben und ich sind eins.

Mattis liegt halb auf mir, entspannt, mit geschlossenen Augen, glücklich nach unserer gemeinsamen Liebeserklärung, doch für mich ist nun alles anders. Durch meine Adern rauscht das Adrenalin, mein Herz klopft wie verrückt. Denn wenn ich möchte, dass Mattis mich wirklich liebt, dann muss ich es ihm sagen.

Ich muss ihm einen Blick auf mein größtes Geheimnis gewähren.

Vor nichts auf der Welt habe ich so viel Angst.

17

Am Sonntag besuchen die Bendings eine alte Großtante in München (worauf Mattis und Johannes sich ungefähr so sehr gefreut haben wie auf eine Wurzelbehandlung beim Zahnarzt), und ich verbringe den Tag in ungewohnter Einsamkeit daheim.

Mattis fehlt mir.

Weil ich ihn nicht anschauen, anfassen, küssen kann, beschäftige ich mich wenigstens mit seinem Abbild: Ich bearbeite die Fotos vom Bogenschießen. Oder habe es zumindest vor, als gegen elf mein Smartphone klingelt. Es ist Lena, und sie will mich *so-fort!* im Tannenversteck treffen.

Die Stimme meiner Freundin zu hören, nachdem ich zwei Wochen lang nichts als Mattis im Kopf hatte, beschert mir ein freudiges Zitronengelb, und ich schließe bereitwillig das Fotobearbeitungsprogramm, das ich gerade erst geöffnet habe. Meine Farbexperimente können noch ein bisschen warten. Ich habe Lena verdammt viel zu erzählen, und sie mir, ihrer Aufregung nach zu urteilen, auch.

Mama wirft mir einen kühlen Blick zu, als ich im Garten an ihr vorbeilaufe. Sie kniet trotz des diesigen Wetters im Tomatenbeet und knipst unerwünschte Triebe mit dem Daumennagel ab.

»Wieder auf dem Weg zu den Bendings?«, sagt sie bissig. »Na, wäre ja auch zu viel verlangt, unsere Tochter zum Sonntagsessen mal daheim zu haben.«

Ich fühle blassorangen Widerwillen in mir aufsteigen. Wohin, frage ich mich, ist eigentlich Mamas Harmoniesucht entschwunden?

»Lena ist zurück«, sage ich knapp. »Was dagegen, dass ich sie sehe?«

Die Miene meiner Mutter hellt sich auf. »Ach. Dann triffst du dich gar nicht mit diesem Jungen?«

»Dieser Junge heißt Mattis, und nein, heute hat er keine Zeit. Was hast du eigentlich gegen ihn?«

»Nichts!«, sagt Mama. »Gar nichts. Ich finde es nur nicht gut, dass du wegen Mattis Bending deine Familie und deine Freunde vernachlässigst.«

»Wen vernachlässige ich denn? Es waren doch alle in den Ferien!«, sage ich aufgebracht.

»*Wir* nicht«, entgegnet Mama spitz. »*Wir* waren da. Und in deiner Klasse gibt es sehr viele nette Mädels, die waren bestimmt auch nicht alle verreist.«

Automatisch gehe ich in Abwehrstellung. »Mit den vielen netten Mädels bin ich aber nicht befreundet. Also treffe ich sie auch nicht in den Ferien, es sei denn zufällig. Und was euch betrifft – ich bin kein Kleinkind mehr, das am liebsten an Muttis Rockzipfel hängt, weißt du?«

Sowie der Satz raus ist, weiß ich, dass ich ihn mir hätte verkneifen sollen. Mamas Blick bekommt diesen waidwunden Ausdruck, den ich in der letzten Woche zu hassen gelernt habe, und sie wendet sich abrupt ab und macht einem weiteren Tomatenblättchen den Garaus. »Wenn du so gut allein zurechtkommst, liebe Sophie, was willst du dann überhaupt noch hier bei uns?«

Mama hört sich an, als würde sie mich am liebsten rausschmeißen, und für einen Augenblick bin ich sprachlos. Mit offenem Mund und hängenden Schultern starre ich sie an: meine Mutter, meine sanfte, ängstliche Mutter, die jetzt voll auf Konfrontation geht und offensichtlich kurz davorsteht, mir ihre Liebe aufzukündigen.

Nur, weil ich erwachsen werde?!

Meine Stimme klingt genauso verletzt, wie meine Mutter guckt. »Ich hab dir nichts getan, Mama. Ich weiß echt nicht, warum du so zu mir bist.«

Ich warte. Auf eine Erklärung, eine Entschuldigung. Zehn Sekunden, zwanzig, dreißig.

Aber Mama antwortet nicht, und sie schaut mich auch nicht an. Sie knipst nur immer weiter Tomatenblättchen ab. Wenn sie so weitermacht, ist bald nichts mehr von den Jungpflanzen übrig.

»Wie du willst«, sage ich. »Dann gehe ich jetzt zu Lena.«

Trotz meiner Worte zögere ich, bleibe noch einen Moment vor dem Beet stehen. Gebe meiner Mutter eine letzte Chance, mir zu sagen, warum sie so sauer ist.

Und fühle mich schrecklich, als sie nicht den Versuch macht, diese Chance zu ergreifen. Enttäuschtes Bleigrau verdrängt das Orange in mir, und ich drehe mich um und flüchte in den dämmerigen Schutz des Tannenverstecks.

»Ich muss dir was sagen, Sophie.«

Lena hockt mit glänzenden Augen, roten Wangen und deutlich weniger Speck um die Taille auf dem nadeligen Boden. Die Zeit mit Leon am Chiemsee hat ihr offensichtlich gut getan. Erst jetzt, wo ich Lena wiederhabe, merke ich, wie sehr ich sie vermisst habe.

Durch das tannengrüne Dämmerlicht werfe ich ihr einen neugierigen Blick zu. »So, so, du musst mir also was sagen. Ist es das, was ich denke?«

Lena lacht und sieht sehr glücklich dabei aus. »Ich weiß ja nicht, was du denkst.«

Ich grinse, ihre gute Laune ist ansteckend. »Dass du deinen Prinzipien untreu geworden bist.«

Einen Moment lang schaut sie mich verständnislos an. »Meinen Prinzipien ... ach so!« Wieder lacht sie und schüttelt den Kopf. »Du meinst meine Drei-Monats-Regel. Nee, der bin ich nicht untreu geworden.«

An ihrem vierzehnten Geburtstag hatte Lena die Regel aufgestellt, mit keinem Jungen zu schlafen, mit dem sie nicht mindestens drei Monate lang zusammen ist. Da ihre Beziehungen bisher nie so lange gehalten haben, ist Lena immer noch unschuldig. Sehr bewundernswert – und ein bisschen nervig: Warum hat *sie* sich so gut im Griff und *ich* nicht? Ich kämpfe ja schon nach einer einzigen Woche mit meiner wahnsinnigen Lust auf Mattis!

»Na, Gott sei Dank«, sage ich halbherzig. »Und was ist es dann?«

Lena atmet tief durch und hebt feierlich die rechte Hand. »Das hier.«

Und da sehe ich ihn: einen schmalen, silberfarbenen Ring.

Baff starre ich auf den Ring, bis ich es schaffe zu stottern: »Du ... Mensch, Lena ... Ein Ring?«

Sie lässt die Hand wieder sinken und wirkt ein bisschen verlegen. »Es ist bloß ein Freundschaftsring! Du kannst dich wieder einkriegen. Ich bin nicht *verlobt*, okay?«

»Okay«, hauche ich und kann es kaum glauben. Da fährt meine nüchterne Freundin, die immer Lichtjahre braucht, um sich zu verlieben, ein einziges Mal mit einem Jungen in den Urlaub, und womit kommt sie zurück? *Mit einem Ring!*

»In Prien gibt es dieses süße Schmuckgeschäft«, erzählt Lena und rutscht aufgeregt auf dem feuchten Boden herum, »und als wir abends bummeln waren und ich im Schaufenster so hübsche Ohrringe gesehen habe, hat Leon auf den Ring daneben gezeigt und gesagt, der würde mir bestimmt gut stehen.« Sie kichert. »Am nächsten Tag ist er in der Mittagspause losgezogen und hat ihn mir gekauft. Ist das nicht süß? Er trägt den gleichen.«

»Oh«, mache ich schwach.

»War gar nicht teuer«, beeilt Lena sich zu sagen. »Jetzt guck nicht so! Du machst mich ganz verlegen.«

Ich versuche mich zusammenzureißen. Aber dass es so ernst ist zwischen Leon und meiner besten Freundin, muss ich erst mal verdauen. Ob sie in Zukunft überhaupt noch Zeit für mich haben wird?

Und ich für sie?, schießt es mir durch den Kopf.

Sofort habe ich ein schlechtes Gewissen. Welches Recht habe ich, mir um Lenas Zuneigung zu mir Sorgen zu machen, nachdem ich selbst in den gesamten Ferien kaum einen Gedanken an sie verschwendet habe? Ich war mit Mattis beschäftigt, morgens, mittags und abends, in Gedanken und Taten. Mattis und ich – etwas anderes hatte in meinem neuen Kosmos keinen Platz.

Ich knete meine Hände. »Tja. Dann muss ich dir wohl auch was gestehen.«

»Du hast M. B. im Freibad getroffen!«, sagt Lena wie aus der Pistole geschossen.

»Nein. Aber am Weiher.«

»Echt?« Lena wird noch zappeliger, als sie es eh schon ist. »Und, hast du mit ihm geredet?«

»Kann man so sagen. Wir sind zusammen, Lena.«

Jetzt ist sie es, die völlig baff ist.

Ich muss lächeln, aber wirklich unbeschwert fühlt es sich nicht an. Wie ein Schwarm dunkler Krähen fliegen die Gedanken über mein Glück, die mir seit gestern nicht mehr aus dem Kopf gehen wollen: Mattis glaubt, mich zu lieben. Doch wen liebt er da eigentlich? Wird er aufhören, mich zu mögen, wenn ich mich ihm offenbare? *Darf* ich mich ihm offenbaren? *Muss* ich es?

»Du und M. B.!«, stößt Lena hervor. »Wow, das ist ja so was von sensationell! Was meinst du, wie Viv und Börny gucken werden, wenn sie das erfahren!«

Ich schlucke.

Lena greift nach meiner Hand. »Was hast du denn, Sophie? Bist du denn nicht irrsinnig glücklich?«

»Doch. Klar. Natürlich bin ich glücklich.«

Meine Stimme klingt dünn und falsch, und ich meide Lenas Blick. Aber warum sollte ich vor Freude und Stolz in die Luft springen, wenn Mattis' Zuneigung vielleicht morgen schon Vergangenheit sein wird?

Lena lässt meine Hand los und verschränkt die Arme vor der Brust. »Du verschweigst mir doch was«, stellt sie mit schmalen Augen fest.

»Ach, Quatsch.«

»Du brauchst es gar nicht zu leugnen! Du hast den heißesten Jungen der ganzen Schule an Land gezogen, und du schnappst *nicht* vor Freude über? Das ist doch nicht normal!«

Als ich bloß mit den Schultern zucke, fügt Lena mit gerunzelter Stirn hinzu: »Sophie, du hast dir für den Kerl die Augenbrauen gegelt und dich von deinem Pferdeschwanz verabschiedet. Du hast mir verzweifelte Zettelchen geschrieben und von Liebe auf den ersten Blick gefaselt. Du warst total neben der Spur! Und jetzt bist du seine Freundin *und nimmst es dermaßen cool?*«

Ich schlucke. Bin versucht, Lena alles zu erzählen.

Doch dann gehorche ich der Gewohnheit, die mir streng befiehlt zu schweigen. Also sage ich nur: »Mann, Lena, was willst du denn hören? Wir sind zusammen, und es ist toll. Das ist alles.«

Es kommt barscher heraus, als ich es beabsichtigt hatte.

Lena starrt mich an. Ihre glückliche, aufgeregte Stimmung ist dahin, und ich habe ein schlechtes Gewissen. Angestrengt schaue ich an ihr vorbei, fixiere die dunkelgrünen Tannennadeln neben ihrem linken Ohr. Mir ist schon klar, was Lena von mir erwartet: dass wir jedes kleinste Detail meiner erstaunlichen Beziehung unter die Lupe nehmen. Und ich würde ihr den Gefallen so gerne tun, aber ... es geht nicht. Obwohl ich in der Vergangenheit alles mit Lena geteilt habe, obwohl sie mich besser kennt als jeder andere Mensch auf der Welt, gibt es doch zwei Dinge, die sie nicht von mir weiß: dass ich farbige Gefühle habe und dass im Keller meiner Familie eine Leiche mit Namen »Oma Anne« liegt. Wenn ich diese beiden Geheimnisse bewahren möchte, *kann* ich nicht mit Lena über Mattis reden – jedenfalls nicht so, wie sie sich das vorstellt.

Okay, ich könnte ihr erzählen, dass Mattis unglaublich gut küsst. Dass sein nackter Oberkörper genauso sexy aussieht, wie man ihn sich unter seinen hippen T-Shirts vorstellt. Dass Mattis zärtlich und verständnisvoll ist und ein As im Bogenschießen und im Schwimmen. Dass er nicht sauer ist, wenn ich ihn im Bett bremse, sondern mir stattdessen eine Liebeserklärung macht.

Aber dann würde Lena noch weniger verstehen, warum ich nicht überschnappe vor Glück, und schon käme ich in Erklärungsnöte.

›Ach, weißt du, Lena, ich bin ein bisschen durchgeknallt, in mir drinnen gibt es so einen Monitor, der mir meine Gefühle als Farben zeigt. Jetzt habe ich entsetzliche

Angst, dass Mattis mich nicht mehr will, wenn er das erfährt, denn natürlich habe ich es ihm verschwiegen. Dir verschweige ich es schließlich auch seit Jahren, obwohl du meine beste Freundin bist. By the way, ich hoffe, dieser kleine Vertrauensbruch macht dir nichts aus.‹

Soll ich ihr *das* sagen?

Lena akzeptiert viel, wenn es um mich geht. Aber mir ist durchaus bewusst, dass jede Freundschaft ihre Grenzen hat. Was mache ich, wenn Lena sich nach meinem Bekenntnis von mir zurückzieht? Weil sie, sagen wir mal, Angst vor mir kriegt? Verrückte machen jedem Angst, denn sie sind unberechenbar.

Scheiße, ich will auf keinen Fall, dass meine beste Freundin – meine einzige Freundin, wenn ich ehrlich bin – mich als *so eine* sieht! Was, wenn sie mich nicht tröstet, sondern mir lediglich einen Besuch beim Psychiater empfiehlt?

Fast noch schlimmer ist, denke ich trübe, dass Lena sich verraten vorkommen wird. Weil ich ihr nie etwas von meiner Macke erzählt habe. Über sie weiß ich schließlich auch alles, sogar die wirklich peinlichen Sachen: dass sie mal in unseren Musiklehrer verknallt war. Dass sie sich für ihren Busen schämt, weil sie ihn für birnenförmig hält. Dass sie sich nie, nie, nie die Bikinizone rasieren würde. Dass ihre Mutter das ebenfalls nicht tut, sich aber dafür das Schamhaar färbt. (Man stelle sich das mal vor!!! Die rundliche, biedere Christa Landegger mit ihrem allwöchentlichen Schweinebraten und ihrem Posten im Elternbeirat … Na ja, sie arbeitet im Drogeriemarkt, da sitzt sie gewissermaßen an der Quelle für solche Spielereien.) Wie auch immer: Lena ist mir gegenüber vollkommen offen.

Und dieser Freundin soll ich nun gestehen, dass ich jahrelang unehrlich zu ihr war? Dass ich ihr nicht nur einen wesentlichen Teil meines Selbst verschwiegen habe, sondern dass ich diesen Teil von einer Oma geerbt habe, die es gar nicht mehr geben dürfte? Oma Anne ruht in einem niederbayerischen Dorf bei meinem Opa im Grabe. So lautet die offizielle Version, die meine Eltern in Walding verbreitet haben. Dass bloß der Opa tot ist, die Oma hingegen quicklebendig irgendwo als Künstlerin herumstümpert, nachdem sie für ein grässliches Verbrechen die Geschlossene von innen kennengelernt hat, das ahnt niemand. Auch Lena nicht, denn ich habe sie ebenso selbstverständlich belogen wie alle anderen.

Und wenn ich jetzt mit meinen Farbwahrnehmungen rausrücke, um meine Angst zu begründen, Mattis zu verlieren – dann werde ich unweigerlich bei Oma Anne enden.

Der ganze Mist hängt miteinander zusammen, das wird mir immer klarer. Es ist unmöglich, an die Geheimnisse meiner Familie zu rühren, ohne eine Lawine loszutreten. Eine Lawine, von der ich nicht weiß, wen sie unter sich begraben wird.

Unglücklich schaue ich in Lenas abwartende Miene. Ich muss schweigen, leugnen, schauspielern, nicht anders als sonst auch. Warum nur fällt mir das mit einem Mal so schwer?

Lena steht auf und klopft sich die Tannennadeln vom Rock. Kühl sagt sie: »Gut. Dann bis morgen.«

Ich schrecke aus meinen Grübeleien hoch. »Bis morgen? Können wir nicht was zusammen unternehmen? Es ist Sonntag, du hast doch bestimmt nichts – «

»Doch«, unterbricht sie mich. »*Jetzt* hab ich was vor. Ich rufe Leon an. Denn weißt du, was das Schöne an Leon ist? Der erzählt es mir, wenn ihn etwas bedrückt. Der vertraut mir.«

Ich zucke zusammen, spüre Lenas Worte wie Schläge ins Gesicht. Sehe ihre zusammengepressten Lippen und will etwas sagen, irgendwas, um sie zurückzuhalten. Aber alles, was mir einfällt, ist tabu, und so bleibe ich stumm.

Hilflos schaue ich ihr nach, wie sie sich durch die Tannenzweige drängt und über den Rasen ihres Gartens stapft. Vermasselt, schießt es mir durch den Kopf, ich hab alles vermasselt.

Plötzlich muss ich an meine Mutter im Tomatenbeet denken, an ihre unerklärliche Bitterkeit, bloß weil ich einen Freund habe.

An Mattis, der die falsche Sophie liebt und die richtige vielleicht noch nicht einmal mag.

Erneut an Lena, die ich zwei Wochen lang nicht gesehen habe und mit der ich mich nach gerade mal zehn Minuten heillos zerstritten habe.

Und wie eine graubraune Schlammfontäne wallt die Verzweiflung in mir hoch. Mama, Mattis, Lena: Alles läuft aus dem Ruder, und ich begreife nicht, wieso. Oder doch? Sind es diese verfluchten Geheimnisse, die mein Leben durchziehen wie ein giftiges Pilzgeflecht?

Lena knallt die Terrassentür hinter sich zu. In meinem Inneren beginnen silbergraue Tropfen den Monitor hinabzurinnen, und sie hüllen mich in einen eisigen Regen aus Einsamkeit.

18

Am nächsten Tag wage ich es kaum, bei Lena zu klingeln, um sie zur Schule abzuholen. Als ich es doch tue und sie aus dem Haus hüpft, atme ich auf: Lenas Miene ist freundlich, ihre Wut offensichtlich verraucht.

»Hab vielleicht ein bisschen überreagiert gestern«, sagt sie. »Verzeihst du mir, Sophie?«

Ich nicke, muss über ihr Pathos lachen, und mit dem Lachen fällt eine halbe Zentnerlast von mir ab.

Die andere Hälfte der Zentnerlast bleibt allerdings fest auf meinen Schultern liegen. Denn in weniger als einer Viertelstunde ist es so weit: Ich werde im Brennpunkt der allgemeinen Aufmerksamkeit stehen.

Und das wird kein Spaß werden.

Mein Magen zieht sich furchtsam zusammen, als ich daran denke, was mir bevorsteht. Ich meine, ich bin es ja gewöhnt, dass man ab und zu über mich tuschelt. Ich kenne Vivians abfällige Blicke, Börnys hinterlistige und Wallis amüsierte, die jederzeit umschlagen können in scharfen Spott.

Aber bisher habe ich mich immer ganz gut geschlagen. Habe den anderen keine Angriffsfläche geboten, habe mich im Allgemeinen ruhig verhalten und alles verborgen, was sie gegen mich aufbringen könnte. Mit meinem neuen Look vor den Ferien habe ich mich für meine Verhältnisse bereits weit aus dem Fenster gelehnt. Aber diese Provokation war überhaupt nichts im Vergleich zu dem, was ich ihnen heute zumute: Mattis ist vom Markt. Und schuld daran bin – ich.

Ich, das langjährige Mauerblümchen Sophie, habe den Elite-Mädels ihren Superstar weggeschnappt. Mattis' ferne Münchener Freundin war für Vivian und Co. keine echte Konkurrenz. Sie war ja nie anwesend und konnte ihnen deshalb auch nicht dazwischenfunken.

Ich aber bin hier. Nicht Vivian mit ihren kaum verhüllten Kurven hat das Rennen gemacht, nicht die blondmähnige Bernice, und auch sonst keines der hübschen Mädchen, die sich vor den Ferien so hartnäckig um Mattis geschart haben.

Mich wird er heute vor aller Augen küssen.

Und dafür werden sie mich hassen.

Meine Handflächen werden feucht. Niemand bricht ungestraft aus der Rolle aus, die er im Klassengefüge besitzt, und mir ist klar, dass ich es werde büßen müssen. Nur wie?

Was werden sie sich ausdenken?

Werde ich es mit einem Achselzucken abtun können, oder wird es richtig wehtun?

Darüber habe ich heute Nacht lange gegrübelt, als ich

nicht schlafen konnte – wegen Mattis, wegen Mama und Lena. Zu einem Ergebnis gekommen bin ich nicht.

Na, zumindest mit Lena ist ja alles wieder gut, denke ich verzweifelt optimistisch, als wir den Weg runterlaufen, der zur Hauptstraße führt. Und mit Mattis ist eigentlich auch alles gut. Von meinen Ängsten und Verrücktheiten ahnt er schließlich noch nichts. Vielleicht sollte ich mir einfach nicht so viele Sorgen machen. Ich sollte alles so kommen lassen, wie es kommt, und gelassen abwarten. Eine andere Lösung fällt mir ja sowieso nicht ein.

Also versuche ich, das schmutzige Kaugummigrau auf meinem inneren Monitor zu ignorieren und meine gesamte Aufmerksamkeit auf Lena zu richten. Ich streiche die feuchten Handflächen an meinen Jeans ab.

»Jetzt, wo du nicht mehr sauer bist, könntest du mir ein bisschen was von eurem Urlaub erzählen«, schlage ich in unbeschwertem Tonfall vor. »Dass du dich verlobt hast, weiß ich ja schon. Aber wie war es sonst?«

»Verlobt!« Sie boxt mit der Faust gegen meine Schulter. »Ganz schön frech bist du geworden. Ist das Mattis' Einfluss, hm?«

Wir grinsen uns an, die Sonne bricht durch den Morgendunst, und ich fühle mich schon viel besser. »Na los!«, fordere ich Lena auf. Und dann lausche ich bereitwillig ihren Geschichten.

Von kreischendem Geplansche im fünfzehn Grad kalten Chiemsee, von Schnitzeljagden und nervigen Kids. Von Gitarrenklängen am flackernden Lagerfeuer. Von langen, verträumten Gesprächen mit Leon unterm

Sternenhimmel. Von Nächten im Zelt, die zu meiner heimlichen Zufriedenheit wohl auch nicht viel keuscher waren als meine blauen Stunden mit Mattis und in denen Lena ihre Drei-Monats-Regel mehr als einmal fast gebrochen hätte. Meine eigenen Probleme sind vergessen, ich plaudere und höre ihr zu und lache, und alles ist fast so wie früher.

Bis wir die Schule erreichen, wo Mattis neben der großen Eingangstür lehnt.

Und alles noch viel schlimmer ist, als ich es befürchtet hatte.

Denn Mattis ist nicht allein, sondern umringt von all denen, die ich jetzt lieber *nicht* sehen würde: Oberzicke Nr. eins, die so wenig anhat, als wolle sie testen, ab welchem Grad an Nacktheit die Lehrer einen unverzüglich wieder heimschicken. Oberzicke Nr. zwei, deren Elba-Sonnenbräune sich leider sehr vorteilhaft gegen ihr langes Goldhaar abhebt. Walli, die zu laut lacht und dramatisch ihre roten Locken zurückwirft. Klara und Jasmin, die etwas zurückhaltender sind, Mattis aber dafür so verzückt anblicken, dass ich am liebsten auf der Stelle knurrend meine Besitzansprüche anmelden würde. Auch ein paar Jungs stehen dabei: Klassenstreber Fabian, der wohl froh ist, dass endlich mal jemand nett zu ihm ist. Alex, mein ewiger Verehrer.

Und Noah.

Gerade sagt er etwas, seine blauen Augen blitzen, und die ganze Gruppe bricht in Gelächter aus. Mattis lacht auch.

Ich fühle einen schmerzenden, senfgelben Stich, bevor ich mich barsch zurechtweise. Warum sollte mein Freund nicht über Noahs Witze lachen? Er hat schließlich keine Ahnung, dass Noah und ich mal zusammen waren. Er weiß nicht, was damals gelaufen ist, wie sehr Mr Charming mich gedemütigt hat. Für Mattis ist Noah lediglich ein Junge, der sich um seine Freundschaft bemüht, und der dabei sympathisch und unterhaltsam ist. Vielleicht, schießt es mir durch den Kopf, hätte ich Mattis von Noah und mir erzählen sollen, als wir unser »Jungfrau-oder-nicht«-Gespräch hatten. Vielleicht würde er dann jetzt woanders stehen als neben ihm.

Lena sagt: »Da ist er ja, dein Süßer. Wie immer mitten im Geschehen.«

»Dabei mag er das überhaupt nicht«, sage ich und fühle mich wie ein trotziges Kleinkind. »Er erträgt es nur, weil er höflich ist.«

In diesem Moment wendet Mattis sich uns zu und entdeckt mich.

Ein breites Lächeln erhellt sein Gesicht. Er streicht sich das dunkle Haar aus der Stirn, und mein Hals wird ganz trocken. Mattis sieht so gut aus, dass ich hier, in meiner normalen, gewohnten Umgebung, gar nicht mehr glauben kann, dass er wirklich der meine ist.

Er sagt etwas zu den anderen, dann löst er sich aus der Gruppe, die ihm in plötzlichem, neugierigem Schweigen nachstarrt. Lässig schlendert er auf mich zu, die Hände in die Hosentaschen gesteckt, doch sein strahlender Gesichtsausdruck straft seine Coolness Lügen und beschert mir trotz meiner Furcht ein flauschiges, glückliches Weinrot.

»Hey, Lena«, sagt Mattis, bevor er sich mir zuwendet und seine Stimme leiser, zärtlicher wird. »Hallo. Ich warte schon seit einer Ewigkeit auf dich.« Er legt seine große, warme Hand in meinen Nacken und zieht mich zu sich heran.

Und dann küsst er mich vor der gesamten, fassungslosen Meute mitten auf den Mund.

Ich habe keine Ahnung, was ich in diesem Augenblick fühle.

Blau und Gold prallen auf spitzes Dunkelgrün, auf schmutzige Schlieren und Beige. Leiser Triumph wagt sich ans Licht, sofort überblendet von grellen Warnlichtern. Es ist zu viel, zu viele Farben, zu viele Emotionen, und ich schaffe es nicht, das Knäuel zu sortieren, während Mattis mich küsst und alle anderen glotzen.

Schließlich lässt er mich los und lächelt, unbeschwert, sexy. Im Gegensatz zu mir, schießt es mir durch den Kopf, scheint er das Ignorieren aufdringlicher Blicke ziemlich perfektioniert zu haben. Zumindest wenn keine Pappelwiese in der Nähe ist, auf die er flüchten kann.

»Ich hab dich vermisst gestern«, sagt er und streicht mir eine Strähne hinters Ohr. »War ziemlich öde bei meiner Großtante.«

Ich schaue in seine dunklen Augen und würde mich am liebsten in sie hineinstürzen. Abtauchen, weg von hier sein und gleichzeitig für immer mit Mattis verbunden.

»Mein Sonntag war auch nicht so toll«, sage ich stattdessen, atme tief durch und weise auf die Schultür. »Wollen wir? Es wird gleich läuten.«

Zu dritt machen wir uns auf den Weg, schlängeln uns durch wuselige Fünftklässler mit quietschbunten Turnbeuteln, kichernde Dreizehnjährige und müde Abiturienten, die mit ihren Augenringen und den Energy-Drinks in den Händen aussehen, als seien sie gerade erst vom Feiern gekommen. Was wahrscheinlich auch der Fall ist. Wir passieren Mattis' Fans, die jetzt meine Feinde sind, und halten auch nicht an, als Vivian schrill in die Runde wirft: »Moment mal, das ist doch ein Witz, oder? Mattis Bending mit Miss Augenbraue?! Alter, das *kann* der doch nicht ernst meinen!«

Ich schlucke, schaue stur nach vorn. Halte mich an Mattis' Fingern fest, die sich mit meinen verschränken, und an Lenas gezischtem »Blöd bleibt blöd. Achte nicht auf die, Sophie!«.

Trotzdem schäme ich mich in Grund und Boden. Weil Mattis gehört hat, was Vivian gesagt hat, und weil er spätestens jetzt begreifen wird, dass wir im Universum der Beliebtheit auf völlig unterschiedlichen Planeten wohnen.

Was, wenn er anfängt, mich mit ihren Augen zu sehen?

Doch Mattis drückt mir einen demonstrativen Kuss auf die Schläfe und sagt gelassen: »Die werden schon sehen, wie ernst ich es meine.«

Und gleich fühle ich mich ein bisschen besser. Hey, ich habe Mattis und Lena! Sie werden mir beistehen, egal welche Strafe mich erwartet. Fast schon glaube ich es und möchte erleichtert lächeln.

Nur dass tief in mir etwas anfängt zu wispern.

Eine zäh-graue, furchtsame Ahnung.

Die Ahnung, dass ich da ganz allein durch muss.

19

Ich stehe unter Beobachtung.

Genau wie Mattis.

Aber während die Blicke, die ihm gelten, nach wie vor neugierig, bewundernd und sehnsüchtig sind, schauen Viv, Börny & Co. *mich* eindeutig lauernd an. Brütend. Aggressiv. So, als ob sie darüber nachdächten, wie sie mich am nachhaltigsten und härtesten treffen könnten. Schmale Augen folgen mir überallhin, durch die Klasse, über den Schulhof, auf den Sportplatz. Wo ich mit Mattis bin, verweilen die Blicke mit eisigem Zorn. Wo ich allein bin, gesellt sich zum Zorn Verachtung.

Scheiße, ich kriege es langsam echt mit der Angst zu tun.

»Ach, komm, was sollen sie dir denn tun?«, versucht Lena mich zu beruhigen. »Mach dir nicht in die Hosen, Sophie. Wir sind keine Kinder mehr, sie werden dich schon nicht auf dem Schulweg verhauen.«

Es ist Freitagnachmittag, Mattis ist beim Bogenschießen, Leon muss für eine Englischarbeit lernen, und so sitzen Lena und ich – wie in alten Zeiten – zusammen im Café Lamm. Genießen kann ich unseren Mädelsnachmittag allerdings nicht. Ich starre auf meinen Cappuccino, rühre zittrig darin herum. Ich habe jetzt fünf Tage Spießrutenlauf hinter mir und wäre mit den Nerven am Ende – wenn ich nicht wüsste, dass ich mir solche Empfindlichkeiten gar nicht leisten kann. Weil es gerade erst angefangen hat.

Ich werde meine Nerven noch brauchen, verdammt.

»Vielleicht verhauen sie mich nicht auf dem Schulweg«, sage ich. »Aber es fallen ihnen ganz bestimmt viele andere schöne Dinge ein.«

»Was meint Mattis denn dazu?«, fragt Lena.

Ich trinke einen Schluck von dem Cappuccino, den ich mittlerweile vor lauter Sorgen kaltgerührt habe, und verziehe das Gesicht.

»Er glaubt, die beruhigen sich von selbst wieder. Er nimmt sie alle nicht ernst. Einfach abwarten, bis die erste Aufregung sich gelegt hat, sagt er.«

»Meine Rede!« Lena nickt befriedigt. »Ey, lass dich doch von den eifersüchtigen Schlampen nicht so verunsichern.«

Ich hole tief Luft, atme langsam wieder aus. Irgendwo habe ich gehört, langsames Atmen wirke beruhigend auf den Körper und infolgedessen auch auf den Geist. Wenn dem so ist, weiß mein Geist allerdings nichts davon, denn er beruhigt sich kein bisschen. Hätte ich gerade einen Bleistift zur Hand, würde ich ihn abnagen wie ein Biber.

»Trotzdem ist es ätzend«, versuche ich mich zu rechtfertigen, »wenn einem so viel Hass entgegenschlägt.«

»Übertreibst du nicht ein bisschen? Die hassen dich doch nicht! Sie sind nur sauer, weil du die leckere Sahnetorte ganz allein aufessen darfst. Das ist alles.«

Ich kann nicht mal über den Vergleich mit der Sahnetorte lachen.

Lena schlägt mit der Faust auf den Tisch, so fest, dass die Tassen klirren und die Jungs am Nebentisch interessiert zu uns rüberschauen. »Verdammt, Sophie, worum geht es hier eigentlich? Wovor hast du wirklich Angst?«

Davor, dass sie mein Geheimnis entdecken, schießt es mir durch den Kopf. Dass sie irgendwie ans Licht zerren, was ich vor allen verstecke. Ich weiß, dass sie das eigentlich nicht können, aber meine Panik ist stärker als mein Verstand. Mann, ich hab so eine Scheiß-Angst davor, Mattis und Lena zu verlieren!

»Vor nichts hab ich Angst«, sage ich kurz.

Lena schaut mich zweifelnd an. »Sie haben dir nichts getan«, versucht sie von Neuem mir den Kopf zurechtzurücken. »Sie gucken bloß. Das ist weder verboten, noch tut es dir weh. Also hör auf, dir Gedanken darüber zu machen, okay?«

Ich beiße mir auf die Unterlippe, nicke und hoffe, dass Lena mir nicht ansieht, wie wenig ich ihren Optimismus teile. Denn sie *werden* mir wehtun.

»Gehen wir morgen ins Freibad?«, wechselt Lena das Thema. »Leon hätte auch Bock. Und wenn dein Mattis so ein göttlicher Schwimmer ist, wie du immer sagst«, sie grinst, »dann kommt er doch bestimmt gerne mit.«

Ich zucke mit den Schultern, zwinge meinen Kopf, sich auf den Themenwechsel einzulassen. »Mattis schwimmt lieber im Weiher. Deshalb ... Ach, ich weiß noch nicht.«

Weiher mit Mattis, setze ich im Stillen hinzu, ist nämlich tausendmal schöner als Freibad *ohne* Mattis. Darauf, das fünfte Rad am Wagen zu sein wie beim letzten Mal, als ich mit Lena und Leon im Freibad war, kann ich gut verzichten.

Lena schweigt für ein paar Sekunden.

Dann sagt sie: »Schade. Na ja, deine Entscheidung. Wenn du Mattis mir vorziehst – bitte.«

Erstaunt ziehe ich die Augenbrauen hoch. Fühlt sie sich etwa abgewiesen? Aber warum? Schließlich hat sie mich nicht gefragt, ob wir allein ins Freibad gehen wollen, sondern mit den Jungs! Ich schlucke den türkisen Missmut runter, der in mir aufsteigt. Ich will nicht schon wieder mit Lena streiten.

Versöhnlich sage ich zu ihr: »Nächsten Freitag ist Disco im Jugendhaus. Da könnten wir doch zusammen hingehen, oder? Nur du und ich.«

»Ach. Steht Mattis nicht auf laute Mucke?«, versetzt sie schnippisch. »Fragst du deshalb mich?«

Das Türkis wird stärker. Dennoch lächele ich. »Stimmt schon, Disco ist nicht so sein Ding. Aber das ist nicht der Grund, weshalb ich mit dir allein da hin will. Mensch, Lena, du bist meine beste Freundin! Unsere Kerle müssen nicht *überall* dabei sein, oder?«

Da endlich grinst auch sie, ein echtes, sonniges Lena-Lächeln, und ich atme auf. Sie wirft ihre blonden Locken zurück, und einer der Jungs am Nebentisch pfeift. Doch sie beachtet ihn gar nicht.

»Nur du und ich«, sagt sie feierlich zu mir.

Und mein Türkis macht sich endgültig vom Acker.

Als ich heimkomme, bin ich immer noch beschwingt. Doch sowie ich durch die Tür trete, spüre ich es: Irgendetwas ist anders als sonst.

Niemand antwortet mir auf mein »Hallo, ich bin wieder da!«.

Niemand steht in der Küche, um das Abendessen vorzubereiten.

Niemand hat den Fernseher angeschaltet, um im Hintergrund »heute« laufen zu lassen, während er gleichzeitig die Süddeutsche Zeitung überfliegt.

Alles ist still – bis auf ein leises, verzweifeltes Weinen und ein tröstendes Gemurmel.

Langsam gehe ich ins Wohnzimmer. Sehe Mama und Papa, die eng beieinander am Esstisch sitzen. Papas Hand streicht beruhigend über Mamas Rücken, der unter ihren Schluchzern zuckt. Scheiße, ich habe meine Mutter noch nie weinen gesehen. Was ist hier los?

Zaudernd bleibe ich stehen, überlege, ob ich mich besser gleich wieder rausschleiche. Mich in mein Zimmer verkrümele und meine Eltern ihren Streit – denn sie *müssen* sich gestritten haben, weshalb sollte Mama sonst weinen? – allein austragen lasse.

Da wendet mein Vater den Kopf und sieht mich an, so ernst, dass mir der Atem stockt.

»Geh bitte hoch, Schatz«, sagt er ohne Begrüßung und in einem Ton, der keine Widerrede duldet. »Ich komme gleich zu dir und erkläre es dir.«

Mama schaut mich nicht an. Sie weint nur einfach immer weiter.

Papa setzt hinzu: »Ich muss dir etwas sagen, Sophie.«

Ich stehe da wie angewurzelt, bin plötzlich starr vor Angst. Er muss mir etwas sagen? Hat Papa eine Freundin? Was, wenn meine Eltern sich scheiden lassen? Verflucht, was sonst sollte er mir *sagen* müssen?

»Sophie«, meint Papa streng. »Ich hatte dich gebeten hochzugehen!«

Er behandelt mich wie ein ungehorsames Kleinkind, aber obwohl mich das sonst rasend macht, ist es mir jetzt total egal. Soll er mit mir reden, wie er will. Hauptsache, sie lassen sich nicht scheiden. Hauptsache, ich habe über meinen eigenen Problemen nicht völlig übersehen, dass die wahre Katastrophe in meinen eigenen vier Wänden stattfindet.

Wie in Trance drehe ich mich um und stolpere die Treppe hoch. Gehe in mein Zimmer, lasse die Tür sperrangelweit offen und setze mich auf mein Bett. So, als könne es lediglich eine bis zwei Minuten dauern, bis Papa nachkommt und mir alles erklärt. Bis er mir sagt, dass ich mir überhaupt keine Sorgen zu machen brauche und sie sich niemals scheiden lassen werden. Sie sind meine *Eltern*, verdammt!

Wie lange ich so dasitze, lausche, nichts höre außer Weinen und Murmeln und das rauschende Blut in meinen Ohren, weiß ich nicht. Irgendwann tritt Papa dann tatsächlich durch die Tür. Ich schaue ihn mit Tränen in den Augen an und platze heraus: »Trennt ihr euch? Ist es das, was du mir sagen musst?« Und dann fange ich an zu heulen.

»Uns trennen? Wir?« Mit gerunzelter Stirn schaut Papa auf mich runter. »Natürlich nicht.«

Er setzt sich neben mich aufs Bett und streicht mir über den Rücken, genau wie er Mama über den Rücken gestrichen hat. Zwei heulende Frauen an einem Abend – armer Papa. Ich muss unter Tränen grinsen, und dann heule ich gleich noch ein bisschen heftiger, einfach, weil ich so erleichtert bin, dass sie sich nicht scheiden lassen.

Papa nimmt mich in den Arm. »Pschschsch, mein Mädchen, ist ja gut«, sagt er, wiegt mich hin und her, und ich lasse es mir gefallen. Ausnahmsweise.

Als meine Tränen endlich versiegen und ich mich so weit beruhigt habe, dass ich mich für meinen Ausbruch schämen kann – das Pink hält sich allerdings in erträglichen, stachellosen Grenzen –, wische ich mir die tropfende Nase mit dem Handrücken ab und schniefe: »Warum hat Mama geweint?«

Papa zieht ein Päckchen Taschentücher aus der Brusttasche seines Hemdes und reicht es mir. Ich putze mir trompetend die Nase, wische mir mit einem zweiten Tuch über das nasse, verquollene Gesicht, und dann schaue ich ihm in die Augen und erwarte seine Antwort.

Papa seufzt. Er legt sich die Hand in den Nacken, knetet ihn, als sei er verspannt, und streicht sich dann ein paar Mal über die Glatze.

Er schindet Zeit.

»Papa!«, sage ich flehend.

Da rückt er endlich damit heraus. Und wie immer, wenn mein Vater sich für etwas entschieden hat, zieht er es durch – ohne Zögern, ohne Schonung, weder für sich noch für andere. »Deiner Mutter geht es psychisch nicht gut«, erklärt Papa mit fester Stimme.

Psychisch? Meiner Mutter? Aber ... der labile Part der Familie, das bin doch ich?

»Ich bin ja kein Psychologe, aber mir scheint, sie leidet darunter, dass du dich abnabelst, Sophie«, fährt mein Vater fort. Er sagt es so sachlich, als referiere er über die Schadenssumme eines seiner Fälle bei der Versicherung. »Dafür kannst du nichts, du musst ja selbstständig werden. Mir ist das natürlich klar, aber ich bin da auch rationaler. Deine Mutter hingegen schleppt, wie du weißt, eine sehr belastende Erinnerung mit sich herum, und offensichtlich macht ihr das nach all den Jahren immer noch zu schaffen. Ich dachte eigentlich, die alte Geschichte sei für sie abgeschlossen, schließlich war sie noch ein Kind, als ... es passiert ist. Aber da habe ich mich wohl geirrt. Gerade ist es so schlimm wie seit Langem nicht mehr.«

Er hält inne, fragt sich wohl, wie viel er mir überhaupt erzählen darf.

Verwirrt hake ich ein: »Was hat das eine denn mit dem anderen zu tun? Ich werde erwachsen, okay – aber warum kommen *deshalb* Mamas Erinnerungen wieder hoch?«

Papa seufzt. »Ich hab doch schon gesagt, ich bin kein Psychologe. Für deine Mutter scheint das alles zusammenzuhängen, aber frag mich nicht, wie und warum. Vielleicht hat sie das Gefühl, ihr bricht der Halt weg, den wir, du und ich, ihr gegeben haben.«

Ich merke, dass mein Vater sich bemüht, die Kontrolle zu behalten. Das Ganze sachlich zu betrachten. Mamas Problem zu begreifen und sofort danach eine Lösung dafür zu finden.

Doch in seinen Augen erkenne ich etwas, das verdächtig nach Hilflosigkeit aussieht.

»Erzähl mir, was damals geschehen ist, Papa«, bricht es aus mir heraus. »Wie soll ich das alles denn sonst verstehen?«

Er zögert, setzt schon zu sprechen an. Dann schüttelt er den Kopf. »Es ist Mamas Geschichte. Du solltest sie von ihr selbst hören. Aber jetzt ist sicher nicht der richtige Zeitpunkt dafür, Kleines. Du willst Mama doch nicht quälen, oder? Wo es ihr eh schon so schlecht geht.«

Frustriert schließe ich die Augen. *Du willst Mama doch nicht quälen.* Wie schaffen Eltern es nur immer, einem ein schlechtes Gewissen zu machen, sogar für Dinge, für die man absolut nichts kann? Wie zum Beispiel Kindheitstraumata der eigenen Mutter, die wieder hochkommen, weil die Tochter es wagt, erwachsen zu werden.

Doch auch wenn Papas Argumentation mich nervt, bin es im Moment nicht ich, die wichtig ist. Sondern meine Mutter. Denn offensichtlich geht es ihr um einiges schlechter als mir.

Also schaue ich Papa an und frage beherrscht: »Können wir ihr nicht irgendwie helfen, damit klarzukommen?«

Papa steht auf, geht zum Fenster und schaut in den frühsommerlichen Garten hinaus. Breitbeinig wie ein Cowboy steht er da, die Hände in den Hosentaschen, mit dem Rücken zu mir. Aber er kann mich nicht täuschen: Er ist völlig überfordert.

»Na ja«, sagt er zum Fenster. »Deine Aufgabe ist das ja nicht. Belaste dich mal nicht damit, mein Schatz.« Er schweigt ein paar Sekunden, dann dreht er sich entschlossen zu mir um. »Weißt du was, ich mache mit deiner Mutter einen Kurzurlaub! Damit sie mal auf andere Gedanken kommt. Ein bisschen wandern, ein bisschen Wellness, feines Essen, das wird ihr guttun. Meinst du, du kommst hier für ein paar Tage allein klar?«

»Allein ... Ich ... Natürlich«, stottere ich. Meine Eltern haben mich noch *nie* allein gelassen!

»Du bist schließlich alt genug, um dir auch mal selbst was in die Pfanne zu hauen, wenn du Hunger hast, hm?«, setzt Papa hinzu. »Und einen Wecker für morgens hast du auch.«

Pfanne. Wecker. Ich nicke verdattert. Und muss das alles in Wirklichkeit erst mal verdauen. Offensichtlich meint Papa es ernst damit, dass er meine »Abnabelung« akzeptiert – und er scheint diese Abnabelung nicht für eine Einbahnstraße zu halten.

Ich bemühe mich, die kindische Unsicherheit aus meiner Stimme zu verbannen, als ich frage: »Wegen des Weckers ... äh ... Wollt ihr denn während der Schulzeit in euren Kurzurlaub? Musst du unter der Woche nicht arbeiten?«

»Es ist gerade ziemlich ruhig bei uns, da kann ich gut ein paar Tage freinehmen«, antwortet Papa aufgeräumt. »Ich dachte an ein langes Wochenende. Nächsten Donnerstagabend los und am Montagabend drauf zurück. Wäre das in Ordnung für dich, Schätzchen?«

Am nächsten Freitag ist die Jugendhaus-Disco, wo ich mit Lena hin will, schießt es mir durch den Kopf. Hey, ich könnte heimkommen, wann es mir passt!

Sofort schäme ich mich für die eigennützige Vorfreude, die mich bei diesem Gedanken durchströmt. Ich halte mir vor, dass ich nur an meine Mutter denken sollte, an ihr Wohl, daran, dass sie mal rauskommt – aber ganz kann das beschämte Pink mein erfreutes Zitronengelb nicht vertreiben. Normalerweise muss ich um dreiundzwanzig Uhr zu Hause sein, pünktlich und, natürlich!, nüchtern.

Diesmal wird das anders sein.

Diesmal hätte ich die Freiheit, ein bisschen – nur ein kleines, vertretbares bisschen – über die Stränge zu schlagen. Meine Freundschaft mit Lena zu feiern, die mir in letzter Zeit so zerbrechlich erscheint. Meine Probleme zu vergessen. Meine Zweifel zu betäuben, wenn auch nur für die Dauer einer Freitagnacht.

Und außerdem könnte Mattis zu mir kommen, in

meine sturmfreie Bude. Endlich könnten wir mal auf *meinem* Bett knutschen, *mein* Zimmer mit süßen Gefühlen erfüllen, *mein* Kissen mit dem Duft seiner Haare imprägnieren. Ich muss mir auf die Zunge beißen, um bei dieser Vorstellung nicht selig zu lächeln.

Ich meine, klar tut mir Mama leid, aber sie wird es ja auch schön haben. Wandern, Wellness, feines Essen, das ist doch was! Auch wenn ich mir nicht sicher bin, ob Wellness gegen böse Erinnerungen hilft.

Ich schaue Papa nicht an, als ich ihm versichere, dass er und Mama ruhig wegfahren können. »Vielleicht nach Garmisch?«, schlage ich vor.

Mein Vater hält Salzburg dagegen, und für ein paar Minuten diskutieren wir freundschaftlich mögliche Reiseziele, bis er verkündet, dass er Mama jetzt endlich von seiner Idee erzählen wolle – und bei der Arbeit Bescheid geben – und nach einem Hotel suchen – und ob ich wirklich sicher sei, dass das alles für mich okay sei?

»Klar«, sage ich mit exakt dem Grad an Enthusiasmus, der Papa weder am Wegfahren hindert noch verdächtig vorkommt.

Und *dabei* habe ich dann doch ein schlechtes Gewissen.

Ich beruhige mich damit, dass ich ja nichts wirklich Verbotenes vorhabe, sondern bloß mal ein, zwei Stunden länger wegbleiben will. Was ist da schon dabei? Auch, ob ich mit Mattis auf meinem Bett liege oder auf seinem, kann meinen Eltern genau genommen wurst sein. Es ist also alles im grünen Bereich. Und als Papa mir einen Kuss auf den Scheitel drückt und erleichtert mein Zimmer verlässt – ein Cowboy, der von Banditen bis zu Kühen wieder alles im Griff hat –, sage ich mir, dass das nächste Wochenende uns allen guttun wird: Papa, Mama und mir.

Eine Atempause für jeden für uns.

20

Wie erwartet hat Mattis am nächsten Tag keine Lust aufs Freibad, aber Lust auf mich. Und ich auf ihn. Deshalb sage ich Lena und Leon ab und gehe zu Mama auf die Terrasse, um ihr mitzuteilen, dass ich den Samstag bei den Bendings verbringen werde.

Beim gestrigen Abendessen brachte keiner von uns zur Sprache, dass Mama geheult hatte. Meine Eltern haben über ihren Kurzurlaub geplaudert – der an den Ammersee gehen wird – und so getan, als sei alles in schönster Ordnung. Und ich habe mitgespielt.

Trotzdem frage ich mich jetzt, wie Mama es aufnehmen wird, dass ich schon wieder zu Mattis gehe. Wird sie erneut anfangen zu weinen? Mich anblaffen? Eisern schweigen? Und, verdammt noch mal, muss ich mich deshalb wirklich schuldig fühlen?

Kurz überlege ich, ob ich Mattis bitten soll, heute mal zu mir zu kommen. Aber ich verwerfe die Idee sofort. Ich weiß schließlich, wie der Tag dann ablaufen wird: Mama wird Mattis bei jeder Gelegenheit ausfragen, und wenn wir in meinem Zimmer sind, wird sie alle fünf Minuten reinkommen, um uns mit einem Snack oder Getränken zu beglücken. Nur, damit auch ja nichts passiert.

Oh Gott, wie ich es herbeisehne, dass *es* passiert!

Ich weiß, es ist zu früh. Ich weiß, man sollte sich davor erst besser kennenlernen. Ich weiß, um Lenas Drei-Monats-Regel einzuhalten, hätte ich noch ganz schön viel Zeit zu überbrücken.

Ich weiß das alles.

Doch ich habe das Gefühl, Mattis bereits besser zu kennen als jeden Jungen zuvor. Besser sogar als jeden anderen Menschen auf der Welt, mit Ausnahme meiner Eltern und Lena. Mattis ist sensibel, rücksichtsvoll und ehrlich. Er meint es ernst mit mir. Er würde mich weder verletzen noch fallenlassen. Mit ihm zu schlafen wäre ü-ber-haupt kein Risiko.

Shit, wen versuche ich da eigentlich zu überzeugen?

Ich fühle mich von mir selbst ertappt: Mein blaues Begehren will die Herrschaft über mich erlangen, will meinen Verstand listenreich auf die andere Seite ziehen. Auf die Seite der Leidenschaft. Die unweigerlich in mir aufflammt, sobald ich Mattis sehe, ihn berühre, seine Hände auf mir spüre und seinen Mund …

»Huch, hast du mich erschreckt!« Mama, die auf einer Liege in der Sonne gedöst hatte, zuckt zusammen und starrt zu mir hoch. Dann kneift sie geblendet die Augen zusammen und fragt misstrauisch: »Wie lange stehst du schon da und beobachtest mich?«

»Ich habe dich nicht beobachtet. Ich habe …«

... von Mattis geträumt und mir eingestanden, wie wahnsinnig gerne ich Sex mit ihm hätte.

»... ähm, mich gefragt, ob es dir was ausmacht, wenn ich zu den Bendings gehe.« Ich schlucke und setze hinzu: »Falls es dich traurig macht oder so, kann ich auch hier bleiben.«

Mist, warum habe ich das gesagt? Kaum sind die Worte draußen, würde ich sie am liebsten zurücknehmen.

Das Misstrauen auf Mamas Gesicht verflüchtigt sich und macht einem Lächeln Platz. Sofort sieht sie jünger aus, weicher. »Das ist süß von dir, Sophie. Aber geh ruhig zu deinem Freund. Papa und ich wollen im Internet nach schönen Hotels gucken, da sind wir sowieso beschäftigt.«

Ich atme auf, ein bisschen erstaunt, dass sie es mir so leicht macht. »Na, dann viel Spaß.« Spontan beuge ich mich zu ihr runter und gebe ihr vor lauter Erleichterung einen Kuss.

»Dir auch«, sagt Mama leise.

Sie umarmt mich, und als ich ihren Lavendelduft einatme, überrollt mich aprikosenfarbene Zärtlichkeit. Mann, ich habe sie so lieb, meine nervenschwache, harmoniesüchtige Mutter! Und ich will nicht, dass es ihr schlecht geht.

Aber ich will auch nicht zu Hause bleiben.

Ich will bei Mattis sein.

Denn da gehöre ich hin.

Plötzlich fühle ich mich irgendwie nach Abschied. Traurig und aufgeregt, ängstlich und erleichtert zugleich.

Ungefähr so, als wenn man in den Bus Richtung Landschulheim einsteigt und die Eltern zurücklässt. Auf meinem inneren Monitor mischen sich Aprikose und trauriges Staubgrau mit Kaugummi und hellroten Funken, und ich mache, dass ich wegkomme.

Mattis zieht mich an der Hand durch den verwilderten Garten hinter dem Bauernhaus.

Obwohl ich schon mehrmals bei den Bendings war, zeigt er mir diesen Teil des Grundstücks heute zum ersten Mal, und ich bin völlig verzaubert: Alte, knorrige Apfelbäume strecken ihre Zweige über eine Wiese mit flammend rotem Klatschmohn, mit unzähligen Margeriten und blauen Kornblumen. Dazwischen bemühen sich die edleren Geschöpfe – Madonnenlilien, Rosen und Rittersporn – um ihren Platz an der Sonne.

»Früher waren hier mal Beete«, erklärt Mattis, als ich meinen Blick staunend über das Blütenmeer gleiten lasse. »Aber die Frau, der das Haus vor uns gehört hat, war alt und konnte den Garten nicht mehr pflegen. Tja, das ist das Ergebnis. Meiner Mutter gefällt es so, deshalb macht sie sich kaum die Mühe, die Beete freizuschneiden.«

»Es ist wunderschön«, sage ich hingerissen.

»Wart ab, bis du die Laube siehst«, entgegnet Mattis geheimnisvoll.

Der Garten ist riesig, und ich verstehe voll und ganz, warum Nathalie die Beete, an denen wir vorbeischlendern, nicht freischneidet: Sie wäre jahrelang damit beschäftigt und müsste am Ende sofort wieder von vorn anfangen. Nein, dann doch lieber ein bisschen wilde Romantik.

Gegen die ich übrigens auch nichts einzuwenden hätte, denke ich und mustere meinen Freund, der mich um eine Hecke aus hohen Sträuchern herumführt. Er sieht wieder mal zum Anbeißen aus. Die Sonne bricht sich auf seinem glänzenden, schwarzbraunen Haar, sein enges T-Shirt betont die breiten Schultern und lässt erfreulich viel von seinen Oberarmen frei.

Bogenschießer-Oberarme, muskulös und verführerisch.

Oh Mann, warum bin ich in Mattis' Nähe bloß so gierig?

Ich reiße meinen Blick von seinen Armen los und schaue schnell wieder auf die unschuldigen Sommerblumen. Es ist noch nicht einmal Mittag und mein innerer Monitor trieft bereits vor Tinte! Wie soll das erst werden, wenn wir *wirklich* Sex haben und ich nicht nur davon träume? Werde ich die Definition von Blau revolutionieren? Weil mein Blau sich bis in die tiefste Unendlichkeit hinein intensivieren wird?

»Hier sind wir«, sagt das Objekt meiner tintigen Begierde und lächelt erwartungsvoll. »Na, wie findest du es?«

Ich zwinge mich in die helle Wirklichkeit zurück und schaue mich um. Und ich muss zugeben, das Umschauen lohnt sich.

Mattis und ich stehen inmitten einer natürlichen Laube aus dichten, weiß blühenden Sträuchern, deren Zweige sich über uns zu einem natürlichen Dach vereinigen. Lichtstrahlen und Schatten verweben sich zu kunstvollen Ornamenten. Im Gras zu unseren Füßen wachsen rosa und lilafarbene Akeleien. Ihre zarten Blütenköpfchen neigen sich zum Boden. Es sieht aus wie ein nickender Gruß aus dem Elfenreich.

Elfenreich! Habe ich das gerade echt gedacht? Mattis und die ganze wilde Romantik in diesem Garten rauben mir noch den letzten Funken Verstand. Erst denke ich nur an Sex und jetzt an Elfen, und als Nächstes werden wieder die Vampire/Werwölfe/gefallenen Engel drankommen und dann ...

»Das hier ist doch wie geschaffen für uns beide, oder?«, raunt Mattis, zieht mich in seine Bogenschießer-Arme und küsst mich – so leidenschaftlich und selbstvergessen und heiß, dass mein Verstand den Kampf aufgibt und sich endgültig in Luft auflöst.

Wann wir uns ins Gras zwischen die Elfen-Akeleien gelegt haben, weiß ich nicht mehr. Auch nicht, wann ich Mattis sein T-Shirt über den Kopf gezogen habe. Wann er meinen BH aufgehakt hat, um meinen Busen streicheln zu können. Wann meine Brustwarzen so hart geworden sind. Wann ich den Knopf seiner Jeans geöffnet und gemerkt habe, dass nicht nur bei mir etwas hart geworden ist. Wann Mattis meinen Rock hochgeschoben hat ... Seine Hand zwischen meine Beine geglitten ist ... Sich unter meinen Slip vorgetastet hat ... Und er angefangen hat, mich an meinem empfindlichsten Punkt zu streicheln, bis sich Wellen aus blauem Feuer in mir ausgebreitet haben, Wellen, die ich um nichts in der Welt mehr aufhalten möchte ...

Tja, Tatsache ist, in unserem Rausch *haben* wir das alles getan, genau genommen sind wir mittendrin und damit in einer ziemlich peinlichen Situation, als Johannes' Stimme über uns kräht: »He, was macht ihr denn da? Das Essen ist fertig, ich soll euch holen.«

Wir fahren auseinander, keuchend, erregt und entsetzt.

»Ich hab euch überall gesucht«, setzt Johannes vorwurfsvoll hinzu und stemmt die Hände in die Hüften. »Fast hätte ich euch nicht gefunden!«

»Wäre auch besser gewesen«, sagt Mattis unwirsch.

Er ist genauso rot im Gesicht wie ich und zieht sich hastig Boxershorts und Jeans hoch, um den Beweis seiner Erregung zu bedecken. Etwas langsamer streift er sich sein T-Shirt über, während ich meinen Rock glattstreiche und mir fahrig den BH zuhake.

Die blauen Wellen in meinem Schoß ebben nur langsam ab. Mein Herz hämmert nach wie vor erwartungsvoll in meiner Brust, und ich wünsche mir nichts sehnlicher als weiterzumachen ... Weiterzumachen und den Weg zu Ende zu gehen. Alles mit Mattis zu tun, wonach es uns verlangt. Ich will Mattis in mir spüren, will endlich wissen, wie es ist, wenn man es mit Liebe macht.

Stattdessen gibt es *Mittagessen*.

Verstohlen blicken Mattis und ich uns an. Und obwohl das Ganze endpeinlich ist, obwohl wir beide frustriert sind, dass Johannes uns so kurz vor dem Finale unterbrochen hat, müssen wir grinsen. Wir lächeln uns mit glühenden Gesichtern, verschwitztem Haaransatz und blitzenden Augen zu, und ich frage mich, wie man im gleichen Moment vor Verlegenheit und unerfülltem Verlangen beinahe umkommen und dermaßen funkensprühend glücklich sein kann.

»Was hat Mama denn gekocht?«, wendet Mattis sich an seinen kleinen Bruder, als habe der uns lediglich beim Händchenhalten überrascht.

Johannes lässt sich auch brav ablenken, wahrscheinlich, weil er nicht checkt, was er da eigentlich gesehen hat. Im Stillen danke ich dem Himmel, dass Johannes im wahrsten Sinne des Wortes ein *kleiner* Bruder ist und nicht schon elf oder zwölf. Sonst könnte ich ihm jetzt wohl nicht mehr in die Augen schauen.

Was mich, während wir zu dritt in Richtung Haus laufen, zu einer unangenehmen Erkenntnis bringt.

Nämlich dass es ebenso gut Nathalie hätte sein können, die ihren Sohn und mich gefunden hätte, wie wir halbnackt und stöhnend im Gras rummachen. Oh mein Gott. Ich winde mich innerlich bei dieser Vorstellung und nehme mir fest!, fest!, fest! vor, mich nie wieder so gehen zu lassen.

Nach einem Seitenblick auf Mattis schränke ich meinen Vorsatz allerdings gleich wieder ein: *Draußen* werde ich mich nie wieder so gehen lassen. In Mattis' Zimmer hingegen … Wenn seine Eltern nicht da sind …

Mattis greift nach meiner Hand und streichelt zärtlich meinen Handrücken, während er mit Johannes über dessen neues ferngesteuertes Boot spricht. Strahlend golden durchrieselt mich die Liebe, und ich gestehe mir ein, dass es sich ganz und gar nicht falsch anfühlt, mich gehenzulassen und die Kontrolle zu verlieren. Jedenfalls nicht, wenn es in Mattis' Armen geschieht.

Zugegeben, es ist neuartig. Fremd. Und ein bisschen beunruhigend. Aber auch unendlich süß und verführerisch.

Und es verlangt entschieden nach mehr.

21

Johannes ist solidarisch mit uns und hält den Mund. Er grinst nur frech zu mir rüber, während ich neben Mattis am Esstisch sitze.

Bis Nathalie mich fragt, ob mir der wilde Teil des Gartens gefallen hat.

»Sehr«, sage ich und nehme mir eine zweite Portion Ratatouille, wenn auch nur, um einen Grund zu haben, auf die Steingutschüssel zu gucken statt in Nathalies Augen.

»Die Sophie mag es halt wild, oder, Sophie?«, sagt Johannes und kichert.

Ich kaue hektisch auf meinem Gemüse herum. So viel zu Johannes' Solidarität. Und dazu, dass kleine Jungs nicht checken, was Sache ist, wenn der große Bruder sich mit seiner Freundin im Gras wälzt.

Es ist Tobias, der mich rettet – auf unerwartete Weise: Er trinkt seinen Rotwein aus und stellt das Glas danach umgedreht auf den Tisch zurück.

»Tobias!«, rügt Nathalie.

»Papa!«, ruft auch Johannes und runzelt die Stirn. »Du sagst doch immer, nicht vor Gästen!«

»Was?« Mattis' Vater schaut verwirrt von einem zum anderen, dann bleibt sein Blick an dem umgedrehten Glas hängen. »Oh. Da war ich wohl in Gedanken. Tut mir leid.«

Er wirft mir ein betretenes Lächeln zu und stellt das Glas richtig herum neben den Teller.

»Kein Problem«, versichere ich, während ich mich im Stillen frage, was ich da verpasst habe. Ich meine, ich kenne Tobias noch nicht gut, habe ihn bisher nur zwischen Tür und Angel gesehen, aber er erschien mir immer sehr nett und souverän. Kein Typ jedenfalls, der mit dem Kopf so sehr in den Wolken steckt, dass er es nicht merkt, wenn er leere Gläser umdreht.

»Ich glaube, wir sind Sophie eine Erklärung schuldig, was?«, wirft Nathalie munter in die Runde.

»Och, lass mal, Mama«, murmelt Mattis.

»Ist doch nichts dabei!«, ruft Nathalie. »Also, Sophie, das mit dem Gläserumdrehen hat damit zu tun, dass Tobias hochsensibel ist. Mattis übrigens auch.«

Ich schaue sie verständnislos an. Hochsensibel? Nie gehört.

»Das bedeutet, man nimmt Reize und Informationen aus der Umwelt stärker wahr als andere Menschen«, fährt Nathalie fort, so flüssig, als habe sie das alles schon hundert Mal erzählt. »Du kannst dir das in etwa so vorstellen, als hätten Hochsensible einfach einen schwächeren Filter für Sinnesreize. Sie werden also richtiggehend überflutet von Informationen, die das Gehirn eines Nicht-Hochsensiblen automatisch aussortiert.«

»Klingt anstrengend.« Ich frage mich, was das alles mit dem umgedrehten Weinglas zu tun hat.

Nathalie zuckt mit den Schultern. »Einerseits ist es anstrengend, ja. Andererseits können Hochsensible das, was sie wahrnehmen, sehr gut miteinander verknüpfen, der schwache Filter hat also nicht nur Nachteile. Im Gegenteil: Viele Hochsensible sind auf diese Weise extrem einfühlsam. Sie spüren die wahren Stimmungen ihrer Mitmenschen, haben intuitive Erkenntnisse, die andere sich gar nicht erklären können. Hinzu kommt das besonders starke Empfinden nicht nur negativer, sondern auch positiver Gefühle wie Freude, Glück oder Liebe und Lust, und außerdem – «

»Jetzt hör doch auf«, unterbricht Mattis seine Mutter genervt. »Du bist nicht hochsensibel, also tu nicht immer so, als wüsstest du ganz genau Bescheid.«

»Ich bin vielleicht nicht hochsensibel, aber ich habe sehr viel darüber gelesen, um dich und deinen Vater besser zu verstehen«, sagt Nathalie ungerührt und schiebt sich eine Gabel Ratatouille in den Mund. Kauend fährt sie fort: »Ich halte mir deshalb durchaus zugute, ein gewisses Fachwissen zu besitzen.«

Mattis verdreht die Augen. »Dass du Papa und mich ununterbrochen analysieren willst, heißt nicht, dass du alle anderen damit langweilen darfst.«

»Ich finde das nicht langweilig«, entgegne ich schnell. Schließlich geht es hier um Mattis, und alles, was mit ihm zu tun hat, interessiert mich brennend. Unter anderem das mit dem intensiven Liebes- und Lustempfinden.

»Siehst du«, sagt Nathalie triumphierend zu Mattis, und der wirft mir einen verstimmten Blick zu.

Oha.

»Natürlich kann man nicht alle Hochsensiblen über einen Kamm scheren«, fährt Nathalie mit missionarischem Eifer fort. »Die Veranlagung äußert sich bei jedem etwas anders. Tobias zum Beispiel kann starke Gerüche nicht ertragen, selbst wenn sie von Dingen kommen, die er mag.« Sie deutet auf den Rotwein. »Deshalb dreht mein Mann Gläser, in denen stark riechende Getränke waren, gerne um. Mattis hingegen kommt mit Gerüchen ganz gut klar, aber nicht mit Stimulanzien wie Alkohol oder Energy-Drinks. Kaffee wiederum geht. Lärm ist schon wieder schwieriger, und auch Situationen mit vielen fremden Menschen sind anstrengend für ihn. Das hast du ja bestimmt schon gemerkt, Sophie.«

Ich nicke. So ähnlich hatte Mattis es mir auch erklärt, als ich zum ersten Mal sein weißes, spartanisch eingerichtetes Zimmer gesehen habe. Nur dass er das Ganze nicht »hochsensibel« genannt hat.

»Das ist übrigens auch einer der Gründe, warum wir aufs Land gezogen sind.« Nathalie macht eine weit ausholende Bewegung mit ihrer Gabel und verliert dabei ein Stück Zucchini. »Mattis und Tobias tut das Leben hier draußen einfach besser! Sie haben mehr Ruhe, und es fällt ihnen leichter, wieder runterzukommen, wenn sie überreizt sind.«

»Jetzt aber mal langsam«, wirft Tobias ein. »Es ging nicht nur um Mattis und mich, als wir beschlossen haben umzuziehen. Du hattest dir auch mehr Platz für deine Kunst gewünscht. In München hattest du kein Atelier.«

»Stimmt«, sagt Nathalie munter. »Aber von meiner Kunst reden wir im Moment nicht. Sondern von eurer Hochsensibilität.«

Tobias seufzt.

Mattis ist knallrot geworden und gibt ein Geräusch wie Donnergrollen von sich.

»Reden wir doch einfach über etwas ganz anderes«, schlägt Johannes unbehaglich vor. »Okay?«

Aber Nathalie ist nicht mehr zu stoppen. So, wie sie unbedingt den perfekten Farbton finden musste, bevor sie einkaufen ging, möchte sie jetzt unbedingt die perfekte Erklärung des Phänomens Hochsensibilität liefern, bevor sie über etwas anderes spricht. Und ich fange an zu ahnen, dass die fröhliche, vor Energie sprühende Nathalie Bending für den hochsensiblen Teil der Familie ganz schön anstrengend sein kann.

»Nur um keine Missverständnisse aufkommen zu lassen, Sophie«, sagt sie und streckt den Zeigefinger in die Luft, »die Veranlagung an sich ist überhaupt kein Problem, wenn man ein bisschen auf sich achtet. Wie gesagt, sie bringt auch viele Vorteile mit sich. Man sollte sich halt bloß nicht überfordern – weil man einfach schneller gestresst ist als Nicht-Hochsensible. Aber wenn man das weiß, kann man ja gegensteuern und mit ganz einfachen Mitteln für Ausgleich sorgen, zum Beispiel, indem man – «

Mattis springt auf und stößt seinen Stuhl zurück. Mit tiefschwarzen Augen funkelt er seine Mutter an. »So. Hast du genug über mich geredet? Bist du fertig, ja? Dann gehe ich jetzt mit Sophie an den Weiher, mir ist der Hunger nämlich vergangen. *Du* stresst mich gerade ganz gewaltig, Mama, nur damit du's weißt, und am Weiher«, wütend äfft er Nathalie nach, »kann ich so schön für *Ausgleich* sorgen. Mit dem *ganz einfachen Mittel*, dass ich mir dein therapeutenmäßiges Gelaber nicht mehr anhören muss.«

Er streckt mir die Hand entgegen und bellt: »Komm!«

Ich stehe erschrocken auf. Mein Blick fliegt zwischen Nathalie und Mattis hin und her. Ich habe Mattis noch nie so sauer gesehen, und obwohl ich ihn verstehe, tut mir Nathalie leid, die mit offenem Mund zu ihrem Sohn hochstarrt, den Zeigefinger wie eingefroren in der Luft.

Zugegeben, Nathalie ist ziemlich übers Ziel hinausgeschossen. Aber im Gegensatz zu meinen Eltern schweigt Mattis' Mutter wenigstens nichts tot! Sie verleugnet die Hochsensibilität ihres Mannes und ihres Sohnes nicht, sondern geht offen damit um, sieht die Vorteile, liest Bücher darüber, informiert sich. Und sie droht niemandem mit der Psychiatrie.

Weiß Mattis eigentlich, wie gut er es hat?

Scheiße, wenn ich *das* jetzt laut sage, geht Mattis allein an den Weiher.

Ich räuspere mich. »Tja, äh, dann danke fürs Essen«, sage ich lahm, gehe um den Tisch herum und greife nach

Mattis' Hand. Sofort setzt er sich in Bewegung, strebt wie unter Zwang zur Tür. »Wir können ja ein andermal weiterreden«, sage ich über die Schulter zu Nathalie, was mir ein drohendes Knurren meines Freundes einbringt.

Das Letzte, was ich höre, ist Tobias' Stimme. »Du könntest dich wirklich etwas mehr zurückhalten!«, meint er vorwurfsvoll zu seiner Frau. »Was soll Sophie denn jetzt von Mattis denken?«

Mattis knallt die Esszimmertür hinter uns zu, dass der Rahmen wackelt.

Und mit einem Mal bin ich fast erleichtert, dass bei den Bendings auch nicht alles perfekt ist.

22

Wir liegen auf der Pappelwiese, in der stillgrünen Einsamkeit, die ich mittlerweile lieben gelernt habe. Mein Kopf ruht auf Mattis' nasser Brust, meine Hand auf seiner Schulter. Er hat ziemlich viele Schwimmrunden gebraucht, um sich abzureagieren, und ich habe mangels Bikini am Ufer gesessen und ihm zugeschaut. (Was nicht die schlechteste Art war, meine Zeit zu verbringen, denn Mattis sieht beim Kraulen einfach megaheiß aus.)

Jetzt hat er den Arm um mich gelegt, ich höre seinen Herzschlag, und wenn mich sein Ärger nicht so sehr berühren würde, dann hätte ich schon wieder Lust auf ihn.

Okay. Ich *habe* schon wieder Lust auf ihn.

Wie könnte es auch anders sein? Mattis ist braungebrannt und fast nackt, die Tropfen auf seiner Haut glitzern in der Sonne, unser unterbrochenes Liebesspiel in der Laube schreit nach einer Fortsetzung, und ich kann nicht anders und drücke meine Lippen auf seine glatte Haut.

Mattis streicht mir übers Haar. Mit belegter Stimme fragt er: »Schreckt es dich nicht ab?«

Ich hebe den Kopf und schaue ihm in die Augen. »Was denn?«

»Das, was meine Mutter dir erzählt hat.«

»Dass du hochsensibel bist? Nein. Wieso?«

»Findest du das nicht …«, er räuspert sich, schaut in den Himmel. »Na ja. Irgendwie … unsexy?«

Ich muss lachen. Mattis ist nun wirklich der letzte Junge im gesamten Universum, den ich jemals als unsexy bezeichnen würde.

»Lach nicht«, sagt er düster.

»Mattis.« Ich warte, bis er mir wieder in die Augen schaut. »Du bist, wie du bist, und genau so habe ich dich kennengelernt. Du hast es mir doch selbst erklärt! Ist doch scheißegal, ob du einfach öfter mal die Stille brauchst, wie du das ausgedrückt hast, oder ob dieses Bedürfnis einen Namen hat.«

Mattis atmet tief ein. »Aber Hochsensibilität«, sagt er unglücklich. »Das klingt so nach Mimose. Oder, noch schlimmer, als hätte ich irgendeine Krankheit.«

»Quatsch. Hochsensibilität ist doch keine Krankheit!« Schätze ich jedenfalls. »Ist es doch nicht, oder?«

»Nein.« Mattis schaut wieder in den Himmel. »Und deshalb verstehe ich auch nicht, warum meine Mutter ständig mit dieser Bezeichnung um sich werfen muss.«

»Was bezeichnet wird, verliert seinen Schrecken, nehme ich an. Deine Mutter macht sich dann keine Sorgen, wenn du heimkommst und dich in deinem Zimmer verkriechst, statt irgendwo mit deinen Freunden abzuhängen wie die anderen Jungs. Sie weiß, dass du das eben brauchst. Weil du hochsensibel bist.«

Mattis presst die Kiefer aufeinander. »Trotzdem hasse ich es, wenn sie so über mich spricht. Ich komme mir dann vor wie eine Kuriosität. Wie irgendein seltsames, exotisches Tier.«

Plötzlich fühle ich mich unbehaglich. Das Gespräch driftet in eine Richtung ab, die meinen eigenen Problemen viel zu nahe kommt. Mattis kommt sich nur seltsam vor. Ich bin es.

Ich setze mich auf und schlinge mir die Arme um die Knie.

Mattis setzt sich ebenfalls auf und sagt zerknirscht: »Sorry. Ich sollte aufhören, mir selbst leidzutun. Kommt nicht mehr vor, ja?«

»Ach, Mattis.« Ich wende mich von ihm ab und schaue über den Weiher. Mit aller Macht schlucke ich den Kloß in meinem Hals hinunter, kämpfe darum, Mattis nicht merken zu lassen, wie viel Angst ich habe. Davor, dass alles vorbei ist, wenn ich mich entschließe, ehrlich zu ihm zu sein.

Herrje, wie konnte ich auch nur für eine Sekunde vergessen, dass meine verfluchten Farben immer noch zwischen uns stehen? Bitter frage ich mich, ob ich vorhin in der Laube tatsächlich mit Mattis geschlafen hätte. Obwohl er von der wahren Sophie überhaupt nichts ahnt. Wäre das nicht ein riesengroßer Betrug an seinem

Vertrauen in mich gewesen, an seiner Liebe? Wie unendlich mies hätte ich mich danach wohl gefühlt?!

Als ich die Tränen zurückgedrängt habe – aufgehoben für später, wenn ich allein bin –, sage ich leise: »Ich hab das ernst gemeint, Mattis. Dass ich dich liebe. Dich, mit all deinen Eigenheiten, mit allem, was dich ausmacht. Du bist perfekt für mich. Nichts an dir könnte mich jemals abschrecken.« *Und es wäre schön, so schön, wenn du mich genauso bedingungslos lieben würdest. Aber wie soll ich das herausfinden – ohne Gefahr zu laufen, dass du mich fallenlässt?*

Mattis lächelt. Er sieht erleichtert aus, und fast beneide ich ihn darum. Er greift nach meiner Hand, zieht mich an sich und lässt sich dabei auf den Rücken sinken, sodass ich halb auf ihm zu liegen komme. Meine Haare fallen wie ein Vorhang um sein Gesicht.

»Wenn du mich liebst und ich dich«, sagt er leise, »wie kommt es dann, dass du so bedrückt wirkst?«

Klar, denke ich wehmütig, Mattis ist ja hochsensibel. Er erkennt meine Stimmungen. Egal, wie sehr ich versuche, mich zu verstellen.

Ich fühle seinen forschenden Blick auf mir, will etwas sagen, doch mir fehlen die Worte. Stattdessen wird mir bewusst, wie nahe wir uns sind. Mein Busen drückt an Mattis' feuchten Oberkörper, sein Gesicht ist nur wenige Zentimeter von meinem entfernt, und das gierige Blau in mir macht sich bereit, aufzuwallen, um das Staubgrau meiner Traurigkeit und die schmutzigen Schlieren meiner Angst zu verdrängen.

Ich werde mich damit auseinandersetzen!, schwöre ich mir inbrünstig. Ich werde mehr über diesen verdammten inneren Monitor herausfinden, ich werde ihn nicht mehr verdrängen! Ich werde mir ein Beispiel an Nathalie nehmen und offen, absolut offen damit umgehen.

Aber später.

Nicht jetzt.

Noch ein Mal, nur ein einziges Mal, möchte ich es verschieben, denn ich will, ich kann Mattis noch nicht verlieren. Ich möchte ihn festhalten, so lange wie möglich, und mich erst in das Unvermeidliche fügen, wenn mein schlechtes Gewissen unerträglich wird. Dieser Punkt wird kommen, das ist mir klar. Eine Beziehung, in der nur einer der beiden ehrlich ist, hat diesen Namen nicht verdient. Seit meinem Desaster mit Noah, dem Wettkönig, weiß das schließlich niemand besser als ich.

Mattis wartet immer noch auf meine Antwort, aber ich gebe sie ihm nicht. Stattdessen drücke ich meine Lippen auf seinen Mund, küsse ihn mit einer Leidenschaft, in die sich Verzweiflung mischt. Und als er meine Hüften umfasst und mich ganz auf sich schiebt, gestatte ich es dem goldgesprenkelten Blau, mich zu überfluten, mich mitzureißen, mein Denken auszulöschen und meine Angst zu betäuben.

Ich kann Mattis noch nicht loslassen.

Es täte einfach zu weh.

23

Mein Vorhaben lässt mir keine Ruhe mehr.

Ich spüre, dass es Zeit wird. Dass ich tun muss, was ich mir geschworen habe.

Ich muss herausfinden, warum ich Farben sehe. Wozu es führen kann, ob es der erste Schritt in den Wahnsinn ist. Ob Oma Anne die gleiche Veranlagung hatte, ob meine Eltern deshalb so allergisch auf meine Innenwelt reagieren. Ob es möglich ist, dass auch ich etwas Schreckliches tun werde. Und wie zum Teufel ich das verhindern kann.

Tagelang grübele ich darüber nach, wie ich mehr über meine Oma herauskriegen könnte. Jetzt, wo ich mich endlich überwunden habe, trotz meiner Furcht die Wahrheit herauszubekommen, kann ich an nichts anderes mehr denken. Aber wo soll ich anfangen? Mein Vater will mir nichts erzählen, und meine Mutter darf ich nicht damit »quälen«. Dennoch weiß ich, dass ich nur eine Antwort auf meine Fragen bekommen werde, wenn ich Licht in die dunkle Vergangenheit meiner Familie bringe.

Weil diese Vergangenheit mein Erbe ist.

Weil sie mich bestimmt.

Ich wende meine Fragen, Zweifel und Ängste in meinem Kopf hin und her, her und hin, aber ich komme keinen Schritt weiter.

Ich brauche meine Eltern.

Entschlossen stehe ich vom Schreibtisch auf und mache mich auf die Suche nach Mama. Es ist Donnerstagnachmittag, in einer Stunde wollen sie und Papa an den Ammersee fahren, und wenn ich sie jetzt nicht frage, muss ich das ganze verdammte Wochenende lang darüber nachdenken, was Mama mir vielleicht erzählt hätte, wenn ich es nur gewagt hätte, sie darauf anzusprechen. Bisher hat meine Mutter zwar immer abgewehrt, wenn ich sie mit Oma bedrängt habe, aber seit sie an dieser psychischen Krise leidet, hat sie sich doch ziemlich verändert.

Ob ihre Krise wirklich nur mit meiner Abnabelung zusammenhängt? Vielleicht ist Mama in den letzten Wochen ja auch einfach zum gleichen Schluss gekommen wie ich: dass man sich dem, was man als so bedrohlich empfindet, irgendwann einmal stellen muss. Sie sich dem schlimmen Erlebnis aus ihrer Kindheit, ich mich dem Dämon meiner Farben.

Und wir beide uns der Wahrheit.

Ich balle unwillkürlich die Fäuste. Möglicherweise wird diese Wahrheit, wenn sie denn rauskommt, mir den Boden unter den Füßen wegziehen. Und wenn schon!, denke ich grimmig. Es gibt keine Alternative.

Also los.

Ich suche Mama in der Küche, im Wohnzimmer, im Bad und finde sie schließlich im Arbeitszimmer. Angespannt knete ich meine Hände. »Hast du grad Zeit für mich, Mama? Ich muss mit dir reden. Es ist wichtig.«

Mama hockt auf dem Boden, über eine flache Kiste gebeugt. Als sie sich umdreht und zu mir hochschaut, sehe ich, dass sie Tränen in den Augen hat. Oh nein, denke ich und mein Herz wird schwer, nicht schon wieder. Nicht schon wieder!

Du willst Mama doch nicht quälen, oder?

»Was gibt's denn, Schatz?« Mamas Stimme klingt hoch und piepsig. Es ist die Stimme eines verängstigten Kindes, nicht die einer erwachsenen Frau. »Kann es vielleicht noch ein bisschen warten?«

Fast kommen mir selbst die Tränen. Was soll ich denn jetzt tun? Trotzdem nach der alten Geschichte fragen, obwohl Mama offensichtlich total fertig ist? Oder nicht fragen und das Ganze ein weiteres Mal aufschieben? Noch einmal und noch einmal und noch einmal … bis in alle Ewigkeit?

Ich schaue auf Mama runter, sehe ihre roten Augen, die zitternde Hand, die das ergrauende Haar zurückstreicht. Und ich weiß, ich *darf* sie nicht fragen, nicht, wenn sie in dieser Verfassung ist. Vielleicht nach dem Wochenende, wenn sie erholt ist von Wellness, Wandern und gutem Essen. Vielleicht.

Vielleicht muss ich aber auch eine andere Lösung finden.

Klar ist nur eines: Aufhören zu suchen, zurückrudern, jetzt, wo ich endlich Mut gefasst habe – das kommt nicht in Frage.

Ich schaffe es, meiner Mutter ein Lächeln zu schenken. »Kein Problem«, sage ich und zwinge mich zu einem unbeschwerten Tonfall. »Hat auch Zeit bis nach eurem Urlaub.«

Sie nickt, und ich warte, ob sie noch etwas sagen will, zum Beispiel, dass es ihr schon wieder besser geht. Dass sie nur einen kurzen Moment der Schwäche hatte. Dass sie wieder meine liebevolle, verlässliche Mutter ist, die Mutter aus meiner Kindheit.

Doch ich warte vergeblich.

Also stapfe ich zurück in mein Zimmer und weigere mich, meine Ratlosigkeit zur Kenntnis zu nehmen. Ich werde eine Lösung finden, irgendeine! Nicht heute, aber bald. Und wenn ich mein Ziel erreicht habe – wenn ich endlich weiß, wer ich bin –, dann werde ich auch wissen, ob ich mich Mattis zumuten kann.

Ob ich guten Gewissens seine Freundin bleiben darf.

Ob ich endlich mit ihm schlafen kann.

Und ich bete zu wem-auch-immer, dass die Antwort auf all diese Fragen Ja lautet.

Dann ist es Abend, ich bin allein, und überall im Haus ist es still. Die Gelegenheit also, mit meiner Suche nach der Wahrheit anzufangen. Niemand wird mich stören. Niemand wird mich bei Recherchen überraschen, die nur mich etwas angehen. Ich könnte zum Beispiel googeln:

»Farbensehen« und »Halluzinationen« und »innerer Monitor«.

Könnte ich.

Aber was, wenn ich das tatsächlich mache – und in zehn Minuten weiß, dass ich an einer unheilbaren Geisteskrankheit leide? Ohne jemanden im Haus, der mich trösten kann. Ohne einen Arzt, der so spät noch Sprechstunde hat.

Oder wenn das Internet macht, was es so gerne macht: falsche Infos ausspucken? Man gibt »Mückenstich« und »entzündet« ein und erhält die Diagnose »Hirntumor«. Dann stürzt man sich voller Verzweiflung von der nächsten Brücke, obwohl man bloß Fenistil-Gel hätte auftragen müssen.

Will ich das???

Nein, ich muss es anders angehen. Ich muss dort suchen, wo alles angefangen hat. Dort, wo es passiert ist, das Schreckliche, Unaussprechliche. Dort, wo meine Veranlagung ihren Ursprung hat.

Bei Oma Anne.

Ich stütze die Stirn auf meine Hände und starre auf die Schreibtischplatte. Erblicher Wahnsinn, Oma Anne, Recherche, Wahrheitsfindung – alles schön und gut. Aber muss ich wirklich *jetzt* damit anfangen? Es ist neun Uhr abends, ich bin müde und allein, und mein Mut hat sich in die hinterste Ecke meiner Seele verkrochen. Die Furcht, dass mein Leben nur allzu bald auf den Kopf gestellt wird – dass ich alle verliere, die mir etwas bedeuten –, krabbelt meine Wirbelsäule hinauf. Gleichzeitig wird mein innerer Monitor klebrig wie mit altem Kaugummi überzogen. Und da beschließe ich, dass ich mich dringend ablenken muss.

Morgen ist auch noch ein Tag.

Ich fahre den Mac hoch und öffne das Photoshop-Programm. Wie lange habe ich mir schon vorgenommen, die Fotos der letzten Wochen zu bearbeiten? Ewig! Na also, das ist doch auch was Sinnvolles.

Ich fange mit dem schönsten Foto an – Mattis, mein sexy Robin Hood, beim Bogenschießen. Ich muss lächeln, als ich seinen konzentrierten Gesichtsausdruck sehe, das schöne Profil, die vollen Lippen, die mich so kurz nach diesem Schuss geküsst haben. Mein Gott, wie sehr ich ihn liebe!

Also Gold.

Eifrig beginne ich zu experimentieren.

Ich ersetze die Farben von Mattis' Körper, seiner Kleidung, seinen Haaren. Entscheide mich beim Gesicht für Gold, bei den Schultern für Tintenblau, dann für eine dunklere Schattierung. Füge Farbverläufe hinzu, spiele mit Filtern, lasse Konturen leuchten. Male und sättige und probiere Verfremdungseffekte aus, verwerfe und fange neu an.

Und als der Zwiebelturm der Waldinger Barockkirche Mitternacht schlägt und die Glockentöne durch mein offenes Fenster wehen, da habe ich endlich, endlich das perfekte Ergebnis vor mir auf dem Bildschirm: Mattis, mitternachtsblau und funkensprühend, vor einem märchenhaften, dunkel geheimnisvollen Fichtenwald. Genau in Höhe seines Herzens steht sein Name, und er glänzt in reinstem Gold.

Ich lehne mich auf meinem Stuhl zurück, erschöpft und glücklich. Meine inneren Farben vor mir auf dem Computerbildschirm zu sehen, verschafft mir ein eigenartiges Hochgefühl. Als würden sie tatsächlich ihre Bedrohlichkeit verlieren, wenn ich sie ins Außen übersetze. Als wären sie einfach nur genau das – Farben. Keine Vorboten der Psychiatrie. Keine Dämonen, die es mit aller Kraft zu bekämpfen gilt.

Ich schaue auf Mattis und würde am liebsten den Bildschirm küssen. Lächelnd speichere ich das Foto ab.

Entschlossen nehme ich mir vor, auf jeden Fall damit weiterzumachen, am besten gleich am Wochenende. Ich möchte all meine Gefühle zu Fotokunst werden lassen: meine Liebe zu Mattis und mein Begehren. Meine Angst vor dem, was mich bei meinen Nachforschungen über Oma Anne erwartet. Die Furcht, Vivian und ihr Gefolge könnten mir etwas antun, etwas Schlimmes, Gemeines, von dem ich noch nichts ahne. Die Gefühle von Demütigung und Wut, die ich in Noahs Nähe verspüre. Die Zärtlichkeit für meine Mutter, die kindliche Liebe für meinen Vater. Enttäuschung und Reue, Glück, Verzweiflung und Hoffnung, das Spitze und das Wässerige, das Flauschige und die Wellen – all das möchte ich rauslassen. Nie mehr verbergen, sondern alles wahrnehmen, übersetzen und sichtbar machen. Was für ein Traum!

Ich atme tief durch.

Es riecht nach Dunkelheit, Gras und ersten Kirschen, ein süßer, intensiver Sommernachtsgeruch, und ich wünsche mir, ich könnte diesen Geruch in meiner Erinnerung behalten. Um ihn abzurufen, wenn ich das nächste Mal Angst vor meinem Dämon habe. Dem Dämon, der vielleicht gar keiner ist. Würde er mir sonst helfen, denke ich und schaue ein letztes Mal auf meinen goldblauen Robin Hood, *solche* Bilder zu erschaffen?

Ich schließe das Programm, fahre den Computer runter und schlappe hinüber ins Bad. Im Spiegel schaut mir eine Sophie mit Augenringen, aber ziemlich zufriedenem Lächeln entgegen. Das allerdings eine Spur weniger zufrieden wird, als mir einfällt, dass ich in kaum sechs Stunden schon wieder aufstehen muss, um mich für die Schule fertigzumachen. Wo mich Vivian und Börny mit ihren lauernden Blicken erwarten.

Aber was soll's. Ich gehe jetzt ins Bett und träume von Mattis und meinen Fotos.

Und dem Rest stelle ich mich morgen.

24

Als Mattis am nächsten Nachmittag an der Haustür klingelt, bin ich richtig aufgeregt: Endlich sieht er mehr von meinem Zuhause als die Haustür und den Flur.

Und er will sich alles ganz genau anschauen. Interessiert sich für jeden Winkel, genau wie ich selbst, als ich zum ersten Mal bei den Bendings war. Beguckt sich das Wohnzimmer, die Küche, das Arbeitszimmer und die Terrasse. Sogar durch den Garten lässt er sich führen. Als wir mein Tannenversteck erreichen, wirft er mir einen unschuldigen Blick zu und bemerkt, das sei ja ein sehr lauschiges Plätzchen.

Ich lache. »Sorry, mein Lieber. Das lauschige Plätzchen gehört Lena und mir.«

»Jammerschade.« Mattis grinst und legt mir den Arm um die Taille.

Wir schlendern zurück ins Haus, machen uns einen Kaffee und trinken ihn auf den flachen Stufen, die zur Terrasse runterführen. Ich lehne mich an Mattis' Schulter. Die Junisonne brennt auf unsere Köpfe, ein Kohlweißling flattert um den Lavendel herum, und ich fühle mich einfach nur wohl.

»Was machst du eigentlich heute Abend?«, frage ich Mattis und blinzele träge ins grelle Licht.

»Bogenschießen«, sagt er. »Ein paar der Jungs wollen ein Turnier veranstalten. Kein richtiges, nur so zum Spaß.«

»Wie viele seid ihr denn?«, will ich wissen.

»Zehn. Manche sind schon älter, der Jüngste ist erst vierzehn. Aber sie sind alle nett. Es ist echt entspannt mit denen.«

»Dann vermisst du deine Freunde aus München also nicht mehr so sehr.«

»Doch. Schon.« Mattis zögert, und ich schaue ihn fragend an.

Er erwidert meinen Blick und lächelt. »Aber ich lebe jetzt hier. Und wenn ich mir dich so ansehe, bin ich verdammt froh darüber.«

Mattis legt seine sonnenwarme Hand an meine Wange und küsst mich. Und während ich unter seinem Kuss dahinschmelze und dabei denke, wie froh *ich* erst bin, dass er jetzt hier wohnt, fällt mir auf, dass ich mich kaum mehr danach sehne, in die Großstadt zu ziehen. Nicht, wenn Mattis lieber in Walding lebt.

»Und du?«, fragt er, als er mich wieder loslässt. »Freust du dich schon auf die Disco heute Abend?«

»Auf Lena freu ich mich«, sage ich. »Die Party selbst ... na ja. So toll ist Disco im Jugendhaus nicht.« Ich schiele zu ihm hoch. »Dir kommt das sowieso provinziell vor, oder?«

»Och«, macht er höflich.

Ich zwicke ihn in die Seite. »Sei ehrlich, Mattis Bending!«

Mattis grinst. »Vielleicht ein klitzekleines bisschen.«

»Wusste ich's doch«, flachse ich. »Du bist einer dieser arroganten Münchener, die auf uns Dörfler herabschauen.«

»Quatsch! Ich schaue nicht auf euch herab. Auf dich schon mal gar nicht.«

»Und auf Vivian?« Ich kann mir die Frage nicht verkneifen.

Sein Grinsen wird breiter. »Das sage ich dir nicht. Sonst beschimpfst du mich wieder als arroganten Münchener.«

»Da habe ich meine Antwort ja schon.«

Zufrieden kuschele ich mich enger an ihn. Auf Vivian darf Mattis gern herabschauen, am liebsten kilometertief. Sie ist nämlich immer noch scharf auf ihn, und mich verfolgt sie ununterbrochen mit ihren aggressiven Blicken. Je doofer Mattis unsere Klassen-Queen und ihr Gefolge findet, desto besser.

»Apropos Disco. Wusstest du, dass alle von dir denken, du seist Stammgast im P1? Die gesamte Elite ist davon schwer beeindruckt.« Ich kichere. »Für die würde eine Welt zusammenbrechen, wenn sie wüssten, dass du gar nicht aufs Partymachen stehst.«

»Sollten sie das nicht inzwischen gemerkt haben? Und überhaupt, wer bitte ist die Elite?«

»Vivian, Bernice, Walli, Noah«, zähle ich auf. »Und

noch drei, vier andere Jungs. Und vielleicht Klara, aber nur, wenn sie gerade einen hippen Freund hat.«

»Oookay«, meint Mattis gedehnt.

»Sag nur, das ist dir noch nicht aufgefallen.« Ich runzele die Stirn. »Die Klassenhierarchie ist so offensichtlich! Das kann doch nicht völlig an dir vorbeigehen.«

»Doch«, sagt er. »Wahrscheinlich, weil mir so was ziemlich wurscht ist.«

»Und dass sie dich alle vergöttern, das ist dir auch wurscht? Vivian fängt ja beinah an zu sabbern, wenn du mit ihr sprichst.«

»Jetzt übertreib mal nicht. Aber wenn's so wäre, dann ja: Das wäre mir auch wurscht. *Du* sollst mich mögen, Sophie. Das ist es, was wichtig für mich ist.«

Und damit ist das Thema für Mattis erledigt. Er schiebt sich seine Sonnenbrille auf die Nase, greift nach der Tasse und trinkt in aller Seelenruhe seinen Kaffee aus, der ihn offensichtlich sehr viel mehr interessiert als die sabbernde Vivian.

Ich schaue ihn von der Seite an und muss daran denken, dass sich vier Jungs aus unserer Klasse in den letzten Tagen neue Sonnenbrillen zugelegt haben – nämlich solche, die aussehen wie die von Mattis.

Denn obwohl er sich bei den anderen rar macht, ist Mattis nach wie vor megabeliebt. Sein Stil wird kopiert, seine Klamotten nachgekauft, und jeder sucht seine Nähe. Das schönste (wenn auch zickigste) Mädchen der Klasse kommt für ihn praktisch nackt in die Schule, die lässigsten Jungs schauen zu ihm auf, und ihm ... ihm ist es *wurscht*.

Ich schüttele den Kopf und muss lachen. »Du bist unglaublich, Mattis.«

»Weil ich das P1 nicht mag?« Er stellt die leere Tasse ab.

»Unter anderem.« Ich schiebe ihm die coole Trendsetter-Sonnenbrille wieder ins Haar und schaue ihm in die Augen. »Nein, im Ernst: Weil du so unabhängig bist. Weil du zu dir stehst und nicht so wahnsinnig viel auf die Meinung der anderen gibst. Das ist echt selten.« *Ich zum Beispiel stehe überhaupt nicht zu mir.*

»Hmhm«, brummt Mattis und weiß nicht, wohin er gucken soll.

Er sieht süß aus, wenn er so verlegen ist, und ich werde übermütig und setze noch eins drauf: »Ich glaube, deine Mutter hat ziemlich viel richtig gemacht bei dir, auch wenn sie dich mit ihren Weisheiten über deine Hochsensibilität nervt. Vielleicht hat es ja doch was genützt, dass sie sich so gründlich darüber informiert hat.«

Mattis stöhnt. »Du fängst jetzt nicht wirklich an, mit mir über meine Mutter zu reden, oder?«

Ich ziehe die Augenbrauen hoch. »Und warum nicht?«

»Weil, meine Süße, wir ganz allein bei dir zu Hause sind. Sollten uns da nicht andere Themen einfallen als Vivian, das P1 und *meine Mutter*?«

Ich lächele, und unwillkürlich lecke ich mir über die Lippen. »Wir könnten die Hausführung fortsetzen. Das Obergeschoss kennst du noch gar nicht.«

»Das klingt doch schon viel besser.« Mattis grinst.

»Liegt im Obergeschoss vielleicht zufällig auch dein Zimmer?«

»Zufällig ja«, sage ich und küsse ihn.

Wir gehen die Treppe hoch, und ich denke daran, dass ich nach der Schule eine geschlagene Stunde gebraucht habe, um mein Zimmer aufzuräumen und für Mattis vorzubereiten. Wovon er natürlich nichts ahnen darf. Mattis soll denken, in meinem kleinen Reich sieht es immer so aus, so schön und sauber und ... na ja, eben nicht nach Kinderzimmer.

Und er weiß es ja auch nicht: dass mein Schreibtisch normalerweise von angekauten Bleistiften wimmelt. Dass ich noch schnell meine alten Urkunden von den Wänden gerissen habe (3. Platz beim Skirennen auf der Zugspitze 2012, 7. Platz beim Eiskunstlauf 2010, Ehrenurkunde bei den Bundesjugendspielen 2009). Er weiß auch nicht, dass ich mir sonst nie die Mühe mache, goldgelbe Rosen zu schneiden und in eine schmale Vase ans offene Fenster zu stellen. Und dass bis vor einer halben Stunde die Frottee-Bettwäsche mit den bunten Herzchen aufgezogen war, nicht die glatte weiße aus Satin.

Mit klopfendem Herzen führe ich ihn in mein generalüberholtes Zimmer, und Mattis bleibt genau in der Mitte stehen.

»Kaum zu glauben, dass ich heute zum ersten Mal hier bin«, sagt er kopfschüttelnd. »Dabei warst du schon so oft bei mir!«

»Ja, wurde echt Zeit«, murmele ich nervös.

»Warum willst du mich eigentlich nicht mal deinen Eltern vorstellen?«

»So richtig offiziell, meinst du?« Ich verziehe das Gesicht. »Weil du dich fühlen wirst wie bei der Inquisition. Nur ohne Streckbank.«

»Das nehme ich in Kauf.«

»Ehrlich?«

Mattis lächelt und zieht mich an sich. »Ganz ehrlich«, sagt er und schaut mir tief in die Augen.

So tief, dass mir ganz schwummerig zumute wird.

Und noch schwummeriger wird mir, als er sich zu mir herabbeugt und mich küsst.

In meinem Inneren beginnen blaue Flammen zu tanzen. Ich spüre Mattis' Wärme, seinen Mund, seine Zunge. Rieche seinen männlichen Duft, fühle seine Hände auf meinem Rücken. Und unversehens werden die tanzenden, blauen Flammen in meinem Körper zum Flächenbrand.

Mein Kuss wird leidenschaftlich und verlangend, verliert jegliche Unschuld. Meine Hände gehen auf Wanderschaft, gleiten unter Mattis' T-Shirt, über seine nackte Haut. Hungrig streiche ich über seinen Rücken und über die Muskeln an seinem Bauch.

Und Mattis' Körper reagiert. Seine Umarmung wird fester, seine Zunge fordernder. Er schiebt mein Top und das Bustier hoch, umfasst meine Brüste, und seine Daumen auf meinen Brustwarzen jagen kleine Stromschläge durch meinen Körper.

Unsere Becken beginnen wie von selbst, sich aneinander zu reiben. Bald kann ich kaum mehr denken, so versunken bin ich in unsere hitzigen Zärtlichkeiten. Ich will Mattis erforschen, liebkosen, erregen, und auch er soll mich entdecken, überall und sofort. Oh ja, ich will ihn, ich will ihn so sehr, will ihn hier in meinem Zimmer, auf meinem weißen Bett ... Verflucht, wie soll ich es nur schaffen, heute *nicht* mit ihm zu schlafen?

Ich reiße mich los, trete keuchend einen Schritt zurück. Ziehe mir hastig Bustier und Top über die Brust, um nicht halbnackt vor ihm zu stehen.

Nur noch ein paar Tage warten, hämmere ich mir ein. Nur noch so lange, bis ich genügend über mich weiß! Denn Mattis soll mit *mir* schlafen, mit mir, wie ich wirklich bin. Ich darf ihn nicht täuschen! Er soll um mein wahres Wesen wissen – und er soll mich trotzdem wollen.

Bei Gott, ich werde es rauskriegen, alles: Was mit meinen Genen los ist, mit meiner Psyche und mit den Leichen im Keller meiner Familie. Dann werde ich mich Mattis offenbaren, werde ihm meine Seele offenlegen, und wenn er mich danach noch liebt ... dann kann er alles von mir haben.

Aber vorher nicht.

»Mattis«, stoße ich hervor, »ich möchte noch ein paar Tage warten.«

Mattis starrt mich an, als spräche ich einen komplizierten polynesischen Dialekt.

»Mit, ähm, dem letzten Schritt«, stottere ich.

Mist, das klang echt abturnend. Mit dem letzten Schritt, au Mann! Über Sex zu reden ist wirklich nicht meine Stärke.

Mattis steht vor mir, mit zerzaustem Haar, und seine Jeans ist im Schritt ziemlich ausgebeult. »Warum?«, fragt er heiser.

»Warum?«, wiederhole ich perplex.

Ehrlich, mit dieser Frage habe ich nicht gerechnet. Was soll das denn heißen, warum? Mädchen wollen doch meistens warten! Zumindest in den amerikanischen Romanen, die in Massen auf meinem Nachttisch liegen. In denen will der Held der Heldin grundsätzlich sofort an die Wäsche, aber sie – zumindest wenn sie zu den Guten gehört und nicht zur Schlampen-Fraktion – sagt immer Nein. Außer der Held ist ein Vampir, dann sagt *er* Nein. So oder so: Sex ist tabu, bis beide wahlweise achtzehn sind oder verheiratet oder siebenhundert Jahre lang zusammen.

Muss man ein »Ich möchte noch ein paar Tage warten« also tatsächlich hinterfragen?

Offensichtlich schon, dämmert es mir, als ich in Mattis' verwirrte Miene blicke. Er scheint überhaupt nicht zu begreifen, warum ich ihn erst derartig wild küsse, ihn unter vollem Körpereinsatz errege und dann – nicht will.

Wie soll er es auch verstehen? Verdammt noch mal, ich *will* es doch! Ich will es, und ich habe nicht die geringste Angst, dass Sex mit Mattis etwas Schlechtes oder Verbotenes sein könnte. (Und obwohl ich mich damit grundlegend von den guten Mädels aus den US-Romanen unterscheide, fühle ich mich keineswegs wie ein Mitglied der Schlampen-Fraktion.)

Ich liebe Mattis. Mattis liebt mich. Wir sind keine zwölf mehr. Und ich habe es satt, es aufzuschieben!

Wenn da nur nicht mein ganz spezieller, geheimer Grund wäre, mich ihm trotzdem zu verweigern.

»Nur noch ein paar Tage, Mattis.« Ich komme wieder näher, umarme ihn, vergrabe meine Hände in seinem Haar. »Sei mir nicht böse, ja?«

»Bin ich doch gar nicht.« Mattis klingt ratlos und frustriert. »Ich verstehe es nur nicht. Ich habe den Eindruck, dass du auch Lust hast, ziemliche Lust sogar. Und dann, ganz plötzlich, bekommst du Angst, brichst alles ab und ziehst dich zurück. Warum?«

Ich schweige, starre auf den Boden.

»Sophie«, sagt Mattis leise und umfasst meine Schultern. »Denkst du, dass es mir nicht ernst mit dir ist? Oder hast du eine schlechte Erfahrung gemacht? Ist es das? Du hältst irgendetwas vor mir zurück, das merke ich doch. Aber ich komme einfach nicht darauf, was es sein könnte.«

Wie auch?, schießt es mir durch den Kopf. Ich habe schließlich jahrelange Übung im Verbergen. Da kann nicht mal Mattis' Hochsensiblen-Intuition etwas ausrichten.

»Nein, ich ... muss einfach noch etwas klären«, sage ich vage.

Mattis lässt mich los und runzelt die Stirn. »Falls du dir Sorgen um die Verhütung machst, ich hab was dabei. So viel Verantwortungsbewusstsein wirst du mir ja hoffentlich zutrauen.«

»Tu ich doch«, sage ich verzweifelt. »Es ist etwas anderes. Es hat nur mit mir selbst zu tun, und ich erzähle es dir, versprochen! Aber nicht heute. Es geht einfach noch nicht.«

In einer resignierten Geste hebt Mattis die Hände. »Okay. Du bestimmst das Tempo. Das habe ich dir versprochen.« Er hält kurz inne. »Ich hoffe nur, es ist nichts Schlimmes. Das, was du mir noch nicht erzählen kannst.«

Scheiße, ja, das hoffe ich auch.

Ich schlucke und versuche, die Situation noch irgendwie zu retten. Unbeholfen sage ich: »Wir könnten uns ja trotzdem ein bisschen aufs Bett legen. Ich meine, bisher war es doch auch immer schön. Auch wenn wir nicht miteinander geschlafen haben.«

Sogar in meinen eigenen Ohren klingt dieser Kompromiss ein winziges bisschen inkonsequent. Aber hey, ich bin auch nur ein Mensch! Mir *alles* zu versagen, das bringe ich einfach nicht fertig.

»Aufs Bett legen, ja?« Mattis atmet tief durch und fährt sich durch das zerzauste Haar. Einige Sekunden lang betrachtet er mich stumm.

Dann sagt er: »Du machst es mir aber nicht gerade leicht, Sophie. Erst küsst du mich, dass mir Hören und Sehen vergeht, dann kündigst du an, dass leider doch nichts laufen wird, und dann schlägst du mir vor, wir könnten uns ein bisschen aufs Bett legen. Aufs Bett! Du willst mich foltern, gib's zu.«

Ich beiße mir auf die Unterlippe. »Ich dachte doch nur ... Na ja, dass du vielleicht ...«

Er greift nach meinen Händen und zieht mich fest an seine Brust. Ich lege leicht den Kopf in den Nacken, um ihn weiter anschauen zu können, bin wie gebannt von seinem dunklen Blick, in dem Lust und erzwungene Zurückhaltung miteinander kämpfen.

»Was dachtest du, hm? Dass ich dich ein bisschen streicheln könnte?« Er schaut unter halbgesenkten Lidern zu mir runter. »So wie in der Laube, bevor Johannes uns unterbrochen hat?«

Oh mein Gott, ja!

»Zum Beispiel«, flüstere ich.

»Fasst du mich dann auch an?«, flüstert er zurück. »Oder muss das ebenso warten wie das, was ich so wahnsinnig gerne mit dir machen würde?«

Seine Hände streichen meinen Rücken hinab, treiben neue Wellen aus Blau durch meinen Körper. Und ich kann nicht anders, ich presse mich an ihn. Spüre, wie hart er schon wieder ist – und ich selbst feucht, genau dort, wo er mich streicheln soll.

»Nein«, flüstere ich. »Das muss nicht warten. Nur das ... Letzte.«

»Nur das Letzte.« Mattis fixiert mich mit seinem Schlafzimmerblick. »Einverstanden.«

Er hebt eine Hand und streicht mit dem Daumen über meinen Mund. Quälend langsam und zart fährt er die Konturen meiner Oberlippe nach. Meiner Unterlippe. Erreicht die Mitte, verweilt. Und schaut mir auch dann noch in die Augen, als sein Daumen sanft in meinen Mund eindringt – gerade so weit, dass er meine Zunge erreicht. Wie von selbst fängt sie an, mit dem Daumen zu spielen, ihn zu reizen, und Mattis hält meinen Blick ununterbrochen fest, liest von meinen Augen ab, wie heiß er mich macht. Nicht eine Sekunde lang lässt er es zu, dass ich meine Lust vor ihm verberge. Und erregt mich dadurch nur noch mehr.

Bis ich es nicht mehr aushalte.

Vor Verlangen und Ungeduld aufstöhnend ziehe ich Mattis zum Bett. Ohne zu zögern lasse ich mich mit ihm auf die Satindecke fallen, ergebe mich dem pulsierenden Blau in meinem Inneren. Die Grenzen sind abgesteckt, ich vertraue Mattis, und er wird nichts tun, was ich nicht möchte. Aber er wird mir Lust bereiten – weit größere Lust, als ich es mir in meiner Unerfahrenheit erträumt habe.

Und in diesem Augenblick weiß ich es: Auch ohne mit mir zu schlafen, wird Mattis mich heute zur Frau machen.

Plötzlich kann es uns beiden gar nicht mehr schnell genug gehen. Wir ziehen uns gegenseitig aus, öffnen in fliegender Hast Knöpfe, streifen Hosen von den Hüften. Wir küssen uns um den Verstand. Unsere Kleider landen auf dem Boden, sein Mund entdeckt meine Brüste, und dann … fasse ich ihn an. Spüre ihn hart und beinah erschreckend groß in meiner Hand, während Mattis das tiefste Dunkelblau in meinen Schoß streichelt, das je existiert hat. Und als er in mein Ohr stöhnt, dass er mich liebt, so sehr liebt, und ich merke, dass er gleich kommen wird, da ist es um mich geschehen.

Zum ersten Mal in meinem Leben lasse ich es zu, dass mir ein Junge einen Orgasmus verschafft, und mein Blau explodiert in den Himmel hinein. Schleudert Millionen von Sternen an ein schwarzblaues Firmament, gebiert reinstes, wunderbarstes Gold, und für einen magischen, ewigen Augenblick gehört das ganze explodierende, goldene, sternenfunkelnde Universum niemandem als Mattis und mir.

Uns ganz allein.

25

Als ich mit Lena in der Abenddämmerung zum Jugendhaus am Dorfrand laufe, schwebe ich immer noch auf Wolke sieben. Ich kann an nichts anderes denken als an Mattis, an unseren Nachmittag im Bett und meinen goldfunkelnden Orgasmus. Fast fühle ich mich, als sei ich betrunken oder high, obwohl ich weder Bier noch Gras auch nur angeschaut habe.

Mattis ist es, der mich berauscht, denke ich träumerisch. Wie er mich anfasst. Wie er mir dabei in die Augen blickt. Wie er seine Hände über meine ...

»Hallo-ho! Erde an Sophie-hie!« Lena stößt mich mit dem Ellenbogen in die Seite. »Alles klar bei dir? Du siehst völlig weggetreten aus.«

Ich zucke schuldbewusst zusammen. Das hier ist unser Mädelsabend, und ich muss auf der Stelle aufhören, an Mattis zu denken! Wir haben ausgemacht, dass wir unsere Freunde zu Hause lassen. Und dieser Deal beinhaltet, dass wir *nicht* die ganze Zeit über an sie denken.

Ob ich Lena trotzdem erzählen soll, was ich heute mit Mattis getan habe?

Ich beschließe, dass dieses Geständnis auch noch Zeit bis morgen hat. Vor mir liegt ein ganzes Wochenende ohne Eltern, und obwohl ich fest entschlossen bin, wie der Teufel zu recherchieren und nach der Wahrheit über meine Oma zu suchen, werde ich das ja wohl nicht vierundzwanzig Stunden lang tun. Ein, zwei Stündchen mit Lena im Tannenversteck werden schon drin sein. Und ein, zwei Stündchen mit Mattis im Bett ...

Und schon wieder habe ich voller Sehnsucht an ihn gedacht. Au Mann!

Ich reiße mich zusammen und wende mich Lena zu. »Ich erzähl's dir morgen. Heute haben wir einfach nur Spaß, okay?«

Sie grinst. »Mit oder ohne Alk?«

»Meine Eltern sind weg. Also mit.« Ich grinse auch.

Normalerweise bin ich supervorsichtig, was Alkohol betrifft. Nicht, weil ich ihn nicht mag, sondern weil meine Eltern ziemlich rigoros sind: Tochter ist betrunken = Tochter bekommt Hausarrest. Und zwar nicht zu knapp. Was zur Folge hat, dass ich mittlerweile nur noch zu Bier greife, wenn es alkoholfrei ist.

Aber heute ist das ja anders. Heute sind meine Eltern weg – und ich bin in Mattis' Armen zur Frau geworden. Sollte ich das nicht ein bisschen feiern dürfen?

Lena und ich passieren die letzten Wohnhäuser und erreichen das Jugendhaus. Aus dem Inneren des verwahrlost aussehenden Gebäudes dröhnen wummernde

Bässe, der gepflasterte Vorplatz ist voller Jugendlicher. Ich lasse meinen Blick über die Menge gleiten und entdecke die halbe Oberstufe unserer Schule. Kein Wunder: Wenn in Walding schon mal was abgeht, wollen natürlich alle dabei sein. Na ja, alle außer Mattis.

Wir drängen uns durch die Menge zum Eingang. Um uns herum summen Stimmen und Gelächter, die anbrechende Nacht riecht nach Spaß, Geschäker und Parfum. Zugegeben, nach verschüttetem Bier riecht es auch. Offensichtlich feiern die meisten hier schon länger, obwohl es erst halb zehn ist, und da Alkohol *im* Jugendhaus zwar verboten ist, *vor* dem Jugendhaus aber nicht, glühen alle, die mehr als Orangensaft trinken wollen, im Freien vor.

»Hey, Sophie, warte doch!«

Jemand packt mich am Oberarm. Lena kriegt nichts davon mit, wühlt sich weiter Richtung Eingang und verschwindet in der Menge. Ich wende den Kopf und schaue in kornblumenblaue Augen.

Och nööö! Muss ich von allen Menschen auf der Welt ausgerechnet an Noah geraten, noch bevor der Abend richtig angefangen hat?

»Lass mich los«, sage ich unwirsch und schüttele seine Hand ab. »Was willst du von mir?«

»Bloß mal Hallo sagen.«

Noah schenkt mir ein strahlendes Lächeln mit sehr weißen Zähnen. Er fährt sich durch das blonde Haar und wirkt dabei attraktiv und charmant – jedenfalls wenn man nicht weiß, wie er in Wirklichkeit ist. *Ich* weiß es.

»Hallo, Noah«, sage ich mit übertriebener Betonung. »So, das wäre erledigt. Dann geh ich jetzt mal rein.«

Er hebt in einer beschwichtigenden Geste die Hände. »Langsam, langsam. Renn nicht gleich weg, okay? Ich will Frieden mit dir schließen! Können wir nicht einfach vergessen, dass die Sache mit uns damals, äh, irgendwie blöd gelaufen ist?«

Irgendwie blöd gelaufen?! Orange Feuerbälle formen sich auf meinem inneren Monitor, als ich daran denke, *wie* blöd es gelaufen ist. Dieser Kerl macht es sich so leicht! Als könnte ich die Demütigung, die Scham, die böse Erinnerung ausradieren wie einen Rechtschreibfehler.

Unwillkürlich balle ich die Fäuste. »Warum lässt du mich nicht einfach in Ruhe? Kümmere dich um Mädchen, die dein Zahnpasta-Lächeln zu schätzen wissen.«

Noah schüttelt den Kopf und schafft es, reuevoll auszusehen. »Hör zu, es tut mir leid, ehrlich. Das mit der Wette und so.«

»Und das mit der DVD«, sage ich beißend. »Die hast du noch vergessen.«

Er grinst, der pseudo-reuevolle Ausdruck ist dahin. »Ach komm, die war doch ganz hilfreich, oder? Mattis sollte mir dankbar sein, der profitiert ja jetzt davon. Jedenfalls, wenn du den Film schön aufmerksam geguckt hast. Hast du, Sophie?«

»Du bist so was von widerlich.« Angeekelt drehe ich mich um und lasse ihn stehen.

Meine Euphorie ist sofort dahin, meine Laune rapide

gesunken. Als ich auf Lena stoße, die am Eingang steht und nach mir Ausschau hält, brumme ich: »Manche Jungs sollten ein lebenslanges Sprechverbot bekommen.«

»Verstehe, du hast Noah getroffen.« Lena drückt mir eine Dose in die Hand. »Vergiss den Kerl, der ist es doch gar nicht wert. Guck mal, ich hab uns was Besseres als Bier besorgt, während ich auf dich gewartet habe.«

Ich lasse mich bereitwillig ablenken, schaue auf die Dose in meiner Hand: irgendein Rum-Mix.

»Schmeckt wie Limo, macht aber lustiger«, sagt Lena und öffnet ihre Dose. »Cheers!«

»Cheers«, murmele ich und komme mir dabei vor wie ein Kind, das zum ersten Mal am Likör nippen darf. Lena trinkt zwar auch nicht viel, doch im Gegensatz zu mir weiß sie wenigstens, wie das Zeug schmeckt.

»Gar nicht schlecht«, stelle ich nach dem ersten Schluck anerkennend fest und nehme gleich noch einen hinterher.

Und in diesem Moment beschließe ich, mir von Deppen wie Noah nicht den schönen Abend verderben zu lassen. Lena hat recht, er ist es gar nicht wert. Mit dem festen Vorsatz, von nun an nur noch Spaß zu haben, kippe ich die halbe Dose Rum-Limo runter.

Und freue mich, dass meine Eltern am Ammersee sind.

Zwei Stunden später hüpfe ich wild und euphorisch auf der Tanzfläche herum.

Ich tanze völlig anspruchslos zu allem, was gespielt

wird, ein Song ist mir so lieb wie der andere. Ins Blut gehen die hämmernden Beats alle, ebenso wie die hochprozentige Limo. Bei einer Dose ist es nämlich nicht geblieben. Und da mein Körper Alkohol null gewöhnt ist, habe ich mittlerweile ganz schön einen sitzen.

Was auch sein Gutes hat, sage ich mir, während ich im grün und rot zuckenden Discolicht die Hände in die Luft werfe. Denn so, wie ich mich gerade fühle, ist mir nicht nur Noah egal, der im Laufe des Abends immer wieder meine Nähe gesucht hat, sondern auch Vivian, die heute ausnahmsweise mal keine Privatparty schmeißt, sondern mitsamt Börny im Jugendhaus aufgekreuzt ist – beide in ultrakurzen, silbernen Kleidchen, die kaum etwas der Fantasie überlassen. Aber was soll's? Die gehen mich nichts an. Ich habe Spaß. Ich tanze. Lena und ich lachen über jeden Mist. Und meine Probleme sind weit, weit weg.

So weit weg, dass ich mich, während David Guetta aus den Boxen dröhnt, geradezu unbesiegbar fühle.

Zuversichtlich und gut bei der Swedish House Mafia.

Immer noch ganz okay bei Flo Rida.

Ein bisschen seltsam bei Far East Movement.

Schwindelig bei Example.

Bis mir bei Nicki Minaj kotzübel wird.

»Lena, ich ... brauche frische Luft«, stoße ich hervor, doch Lena ist gar nicht mehr da. Wo ist sie? Tanzt sie? Ist sie auf die Toilette gegangen? Was auch immer sie tut, ich kann nicht auf sie warten, nicht, wenn sich alles um mich herum dreht. Benommen wanke ich von der Tanzfläche. Oh Mann, ist mir plötzlich schlecht. Nur raus hier!

Mein Blick ist so fest auf die Tür gerichtet, wie mein alkoholisiertes Gehirn es zulässt. Trotzdem komme ich ein paar Mal vom Kurs ab, stoße gegen ein knutschendes Pärchen, murmele eine Entschuldigung. Und habe die rettende Tür fast erreicht, als sich mir eine knapp bekleidete, langhaarige Barbie in den Weg stellt, die ich blinzelnd als Oberzicke Nr. zwei erkenne.

»Oha. Miss Augenbraue ist besoffen«, bemerkt Börny-Barbie und lacht. »Viv, schau dir das an. Die kann sich ja kaum mehr auf den Beinen halten.«

Neben Börny taucht Vivian auf. Ihre Augen glitzern ebenso schwindelerregend wie ihr Kleid. »Na so was. Kaum lässt ihr Hengst sie mal einen Abend allein, gibt sie sich die Kante. Was er wohl dazu sagt, wenn er das erfährt? Er scheint mir nicht der Typ zu sein, der viel vom Komasaufen hält.«

Damit hat sie leider recht, und prompt wird mir noch schlechter. Ich dränge mich an den beiden vorbei, bevor ich ihnen auf die Stilettos kotze. Wenn ich nicht sofort hier rauskomme, dann … Aber da ist die Tür. Frische Luft. Endlich!

Ich taumele durch die Meute der Feiernden, die mit Drinks und Kippen die laue Sommernacht genießen, und verkrümele mich hinters Gebäude.

Hier ist es ruhiger. Es riecht nicht nach Rauch und Bier. Und vor allem bin ich allein.

Niemand kann sehen, wie ich mich verzweifelt mit den Händen an der Wand abstütze, um auf dem schwankenden Boden nicht einfach umzukippen.

Niemand kann sehen, wie ich mit tiefen Atemzügen versuche, meinen rebellierenden Magen zu beruhigen.

Niemand kann sehen, wie ich vor mich hin murmele, dass alles gut wird, alles gut, wenn ich es nur irgendwie schaffe, nach Hause zu kommen.

Niemand – außer Noah.

»Alles im grünen Bereich?«, fragt er hinter mir, und ich zucke zusammen. Die heftige Bewegung beschert mir um ein Haar einen Kotzanfall.

Zitternd hole ich Luft. Ganz ruhig. Atmen. Festhalten. Alles ist gut.

»Ich hab gesehen, wie du rausgegangen bist«, sagt Noah. »Dir geht's nicht besonders, oder?«

Messerscharf kombiniert. Noah selbst klingt auch nicht mehr nüchtern, aber hey, immerhin kann er noch stehen, ohne sich an der Wand abzustützen! Damit hat er mir definitiv was voraus.

»Alles ... okay«, presse ich hervor. »Ich komm schon klar.«

Kann der Kerl nicht einfach gehen und mich in Ruhe kollabieren lassen?

Doch statt abzuhauen, kommt Noah näher.

Sehr viel näher.

Bis ich seinen Atem widerlich heiß an meinem Hals spüre. »Wenn alles okay ist, können wir beide uns doch endlich wieder vertragen. Wir sind ganz allein hier hinten. Lass uns feiern, dass wir wieder Freunde sind.«

Wir sind keine Freunde, will ich sagen, aber mir ist so schlecht, dass ich einfach nur krampfhaft weiter die kühle

Nachtluft in meine Lungen sauge. Ich kann mich kaum auf den Beinen halten, von sprechen ganz zu schweigen. Verdammt, ich hatte doch nur drei oder vier dieser blöden Drinks! Warum hauen die mich dermaßen um?

»Ich glaube, ich habe dich unterschätzt«, murmelt Noah in mein Ohr. »Wenn unser Alpha-Wolf so extrem auf dich steht, musst du einiges mehr drauf haben, als ich dachte. Weißt du, was du bist, Sophie? Eine süße, verbotene Frucht. Und das macht mich total an.«

Alpha-Wolf? Frucht? Was redet der Typ da? Ist er high? Ach, egal. Ich atme, atme, atme, und gleich geht es mir wieder gut, ganz bestimmt. Dann kann ich Noah eine knallen und heimgehen.

»Außerdem siehst du in letzter Zeit echt hammergut aus, mit diesen engen Tops und den offenen Haaren«, brabbelt Noah weiter. »Soll ich dir was sagen? Ich bin total scharf auf dich. Ich will dich zurück.«

Moment mal, wabert es durch mein benebeltes Gehirn. Als wir zusammen waren, hat Noah mich behandelt wie ein Stück Dreck, und jetzt will er mich zurück, *weil ich enge Tops trage?!* Hat der sie noch alle?

Gerade will ich meine schwere Zunge dazu zwingen, den Blödmann barsch in seine Schranken zu verweisen, als mir die Worte vor Schreck im Halse stecken bleiben. Denn Noah drückt sich in voller Länge von hinten an meinen Körper.

Um Himmels willen, passiert das gerade wirklich?
Oder ist das vielleicht ein Horrortrip?
Kriegt man den nicht nur von Drogen?

Immer noch ist mir schrecklich schwindelig, immer noch stütze ich mich hilflos mit den Händen an der Wand ab, doch jetzt liegen Noahs Hände neben meinen, sein Bauch drängt sich gegen meinen Rücken und weiter unten ... drängt etwas Hartes gegen meinen Hintern, etwas, das mir feurig-orangen Widerwillen und eine Welle schmutzig-grauer Panik beschert.

Ich will herumwirbeln, will Noah ins Gesicht schlagen, ihn wegstoßen, fliehen. Aber als ich den Versuch mache, ohne die Hilfe des Mauerwerks zu stehen, knicken meine Beine unter mir weg.

Noah fängt mich auf und dreht mich zu sich um. Er drängt mich an die Wand, knetet meinen Busen, die Welt dreht sich, ich kann mich nicht befreien, und ich frage mich verzweifelt, ob ich das alles nicht nur träume.

»Deine Titten fand ich schon immer geil«, sagt Noah heiser. »Verrat's mir, Sophie: Wie hat dir der Film gefallen? Sag's mir, komm schon, das macht mich an. Wie oft hast du ihn angeschaut? Welches war deine Lieblingsszene?«

Durch das Entsetzen, das Noahs grobe Hände, seine perverse Gier, sein Raunen in mir auslösen, rollt die Erinnerung heran. Und alles, was ich verdrängt habe, alles, woran ich nie wieder denken wollte, ist auf einen Schlag wieder da.

»Sorry, das war's dann wohl mit uns beiden. Es war eine Wette, weißt du? Ich habe drei Kästen Bier gewonnen.«

»B-b-bier? Aber ... du hast nur mit mir geschlafen, um ... Bier?!«

Noah zwinkert mir zu. »Du wirst einen anderen finden, Baby. Und in der Zwischenzeit schaust du dir das hier mal an. Damit du dich beim nächsten Fick nicht mehr ganz so blöd anstellst, hm?«

Er überreicht mir ein in Geschenkpapier eingewickeltes Päckchen.

Wie betäubt schaue ich ihm nach.

Und als ich das Päckchen zu Hause auspacke, heulend und krank vor Liebeskummer, halte ich einen Porno in den Händen. Einen Porno der miesesten Art. Einen, bei dem mir schon der Titel und das Coverfoto Übelkeit bescheren.

»Damit du dich beim nächsten Fick nicht mehr ganz so blöd anstellst.« Oh mein Gott.

Ich werfe den Porno in den Abfalleimer, knote die Mülltüte zu und bringe sie raus. In der großen, grauen Tonne vor dem Carport versenke ich die DVD, das Symbol meiner Schmach. Meines Versagens. Meiner für immer verlorenen Jungfräulichkeit, die ich an den Falschen verschwendet habe.

Doch obwohl der Porno fort ist, tobt weiter der Schmerz in mir, senfgelb und scharf. Ich weiß nicht, wie ich es schaffen soll, Noah in der Schule in die Augen zu blicken.

Und noch weniger weiß ich, ob ich jemals wieder mit einem Mann schlafen kann, ohne an Noahs niederschmetterndes Urteil über mich zu denken.

Die Erinnerung wütet in einem Rausch aus fiesem Orange und Stachelpink in meiner Seele, und plötzlich ist es mir egal, ob ich im nächsten Augenblick umkippe.

Ob ich einen Kreislaufkollaps erleide, während ich mich gegen Noah wehre. Ob ich mich übergebe. Ob man mich morgen früh als Alkoholleiche hinter dem Jugendhaus finden wird. Alles ist mir egal.

Alles außer dem übermächtigen Drang, Noah meinen glühenden, maßlosen Zorn spüren zu lassen. Ich will unmissverständlich klarstellen, dass ich mich nie wieder benutzen oder erniedrigen lasse, auf keinerlei Weise, und schon gar nicht von ihm.

Ein letztes Mal atme ich tief ein, sammle durch Schwindel und Übelkeit hindurch meine Kraft. Dann ramme ich mit voller Wucht mein Knie hoch.

Noah brüllt auf, lässt mich los und klappt zusammen wie ein Taschenmesser. Mit schmerzverzerrtem Gesicht hält er sich die Hände vor den Schritt. »Scheiße, Sophie, willst du mich kastrieren?«, schreit er.

»Keine schlechte Idee«, sage ich tough, obwohl ich in Wirklichkeit schwer darum kämpfe, nicht allzu sehr zu zittern.

Und in diesem Moment sehe ich aus dem Augenwinkel eine Bewegung. Höre ein Kichern. Etwas Glitzerndes, Schwarzhaariges ist Noah und mir gefolgt, drückt sich an der Wand herum und hält ein Handy in der Hand.

Vivian. Hat sie etwa alles gesehen?

Und wenn schon, denke ich. Dann hat Noah jetzt wenigstens jemanden, der ihn tröstet.

Ich mobilisiere das wenige in mir, was mir an Energie geblieben ist, und mache mich auf den Weg in Richtung Straße. Der Schock über das, was gerade passiert ist, hat den dichtesten Nebel in meinem Kopf vertrieben, und die Welt um mich herum dreht sich nicht mehr ganz so schnell. Kurz erwäge ich, Lena zu suchen, um ihr Bescheid zu geben. Doch bei der Vorstellung, mich durch die abgestandene Luft und all die schwitzenden Leiber dort drinnen kämpfen zu müssen, um sie zu finden, verwerfe ich diese Idee sofort. Das packe ich jetzt nicht mehr, nicht in meinem erbärmlichen Zustand. Morgen, denke ich. Morgen werde ich mich bei Lena entschuldigen.

Ich habe die Hauptstraße erreicht und gehe durch die Nacht, immer noch unsicher auf den Beinen, aber mit einem zögerlichen Stolz im Herzen. Ich habe Noah gezeigt, was ich von ihm halte – von seiner notgeilen Macho-Anmache, von unserer gemeinsamen Vergangenheit, von seiner verletzenden Art, mit mir umzugehen. Ich denke an mein Knie zwischen seinen Beinen. An sein schmerzverzerrtes Gesicht. Ha! Der Gute wird eine Weile brauchen, bis er wieder imstande ist, ein Mädchen zu belästigen.

Trotz meiner Übelkeit muss ich grinsen.

Doch würde ich ahnen, was mir bevorsteht, würde mir das Grinsen vergehen.

Statt zu grinsen, würde ich wohl panisch zurück zum Jugendhaus rennen. Ich würde Vivian ihr Handy klauen und es unverzüglich im Klo versenken. Oder es im Maisfeld vergraben. Oder es in seine Einzelteile zerlegen.

Aber ich ahne ja nichts, und deshalb gehe ich nach Hause, wo ich halb tot ins Bett falle.

Und am nächsten Morgen bekomme ich die SMS.

26

Jetzt weiß ich also, warum der Durst nach einem Alkoholrausch »Brand« heißt.

Als ich gegen zehn Uhr aufwache, lechze ich so sehr nach Wasser, dass ich mich trotz des Presslufthammers in meinem Schädel und der Säure, die sich durch meinen Magen frisst, aus dem Bett kämpfe. Ich halte mir eine Hand auf den Bauch und eine an den Kopf und schlurfe ins Bad. Dort trinke ich aus dem Wasserhahn, bis mein Durst so weit gelöscht ist, dass er mir nicht mehr als mein vordringlichstes Problem erscheint. Denn das ist jetzt wieder meine Übelkeit. Oder doch eher das Hämmern in meinem Kopf?

Au Mann. Und all das wegen des zweifelhaften Vergnügens, statt Orangensaft hochprozentige Limo zu trinken.

Als ich zurück zum Bett schlappe, verfluche ich Lena, weil sie die Alcopops besorgt hat. Mich selbst, weil ich sie getrunken habe. Diese ganze beschissene Party, einfach weil sie stattgefunden hat. Ich hatte so einen Wahnsinns-

Nachmittag mit Mattis, warum musste ich den Tag so ätzend enden lassen?

Und da fällt es mir wieder ein.

Das mit Noah.

Er und ich hinter dem Jugendhaus.

Ich stöhne auf. Pink wie eine Chemieblase breitet sich das Gefühl von Peinlichkeit in mir aus. Okay, ich habe Noah das Knie zwischen die Beine gerammt, das immerhin habe ich richtig gemacht. Aber warum musste ich mir so die Kante geben, dass es überhaupt zu einer solchen Situation kommen konnte?

Ich falle aufs Bett, vergrabe mein Gesicht im Kissen und schwöre mir, dass ich mich niemals! niemals! niemals! wieder besaufen werde. Dabei komme ich mir vor wie der typische Alki, der sich genau das nach jedem Absturz vornimmt. Bei mir ist es jedoch anders – ich werde mich daran halten. Wenn nur endlich die Scham nachlässt. Und das brüllende Kopfweh. Und die Übelkeit. Und der Durst.

Und wieder quäle ich mich auf und gehe zum Wasserhahn.

Fast trotzig nehme ich mir vor, jetzt nicht zurück ins Bett zu kriechen. Ich werde kalt duschen, dann frühstücken … Oder nein, lieber nichts essen. Nicht mal daran denken! Vielleicht sollte ich einen Kaffee mit Salz trinken, das hilft bei Kater, habe ich mal gehört. Leider dreht sich mir allein schon bei der Vorstellung der Magen um. Also auch keinen Kaffee mit Salz. Toast, Kamillentee und ein Anruf bei Mattis. Das ist es, was ich jetzt brauche.

Die Aussicht darauf, Mattis' Stimme zu hören, muntert mich auf. Ich gehe zum Stuhl, über dem meine Hose hängt – immerhin habe ich es heute Nacht noch geschafft, mich auszuziehen – und ziehe das Smartphone aus der Gesäßtasche.

Drei Anrufe auf der Mailbox. Bestimmt Lena, die sich Sorgen um mich gemacht hat. Dazu eine SMS von … Nein, nicht von Lena. Und leider auch nicht von Mattis.

Sondern von Walli.

Komisch. Seit wann lässt Walli sich dazu herab, mir zu simsen? Stirnrunzelnd öffne ich die Nachricht und lese sie.

Schlucke.

Kopiere den Link, den Walli mir geschickt hat, und gehe ins Internet, während ihre knappe Nachricht durch meinen Kopf jagt.

Hat Mattis das schon gesehen?, schreibt Walli spöttisch. *Ehrlich, ich hätte dich für treuer gehalten.*

Dunkelgrüner Schreck mischt sich mit schmieriggrauem Entsetzen, als ich es auf YouTube sehe: das kurze, verschwommene Video von mir und Noah in der Nacht. An der Wand. In eindeutiger Absicht zugange.

Oh. Mein. Gott.

Wie betäubt starre ich auf mein Smartphone. Schaue mir das Video noch einmal an, frage mich, warum es im Internet zu sehen ist. Begreife im selben Moment, dass ich das Vivian zu verdanken habe – dass dies ihre Rache an mir ist, weil ich ihr Mattis weggeschnappt habe – dass sie den Link an alle, alle schicken wird, die sie kennt.

Wahrscheinlich schon geschickt hat. An alle aus unserer Klasse. An alle aus unserer Schule.

Auch an Mattis. Vor allem an Mattis.

Tränen steigen in mir auf, als ich die Szene mit den Augen der anderen betrachte.

Ein Junge und ein Mädchen, allein hinter dem Haus.

Er, der gutaussehende Charmeur, raunt ihr, die früher einmal sehr verliebt in ihn gewesen war, etwas ins Ohr. Obwohl sie mittlerweile einen anderen Freund hat, stößt das Mädchen den Jungen nicht weg. Sondern verharrt, stützt sich weiter an der Wand ab, in einer lüsternen, beinahe obszönen Pose. Sie sieht aus, als hielte sie sich bereit.

Und der Junge enttäuscht das Mädchen nicht: Er drückt seinen Körper von hinten fest an den ihren, reibt sich an ihrem Hintern. Als könne er es kaum erwarten, sie so zu vögeln, in der Sommernacht, gegen die Wand gelehnt, und sie lässt es geschehen, Sekunde um Sekunde um Sekunde. Bis er sie umdreht ... Mit seinen Armen umfängt ... Seine Hände in wilder Erregung ihre Brüste kneten und ...

Cut.

Mit einem Wimmern sinke ich auf den Stuhl.

Vivian hat das Video strategisch perfekt geschnitten. Dass ich im Folgenden nicht willig mit Noah geschlafen, sondern ihm mein Knie zwischen die Beine gerammt habe, würde kein Mensch, der nicht dabei gewesen ist, vermuten.

Mein Herz stolpert, meine Hände zittern. Ob Mattis

das Video schon gesehen hat? Natürlich hat er, jagt es fiebrig, panisch durch meinen Kopf, Mattis war bestimmt der Erste, dem Vivian den Link geschickt hat. Vielleicht hasst er mich bereits. Vielleicht hat er in Gedanken schon längst mit mir Schluss gemacht. Vielleicht ist er fest entschlossen, nie wieder mit mir zu sprechen. Mich nicht anzuhören. Dem Mädchen, das er geliebt hat, diese schlimmste aller Verletzungen niemals zu verzeihen. Dabei war doch alles ganz anders ... Aber das weiß Mattis ja nicht.

Ich muss mit ihm reden! Auf der Stelle.

Schon greife ich wieder nach dem Smartphone, tippe seine Nummer ein, doch im letzten Moment zögere ich. Statt Mattis anzurufen, sollte ich ihm vielleicht lieber eine SMS schreiben. Denn wenn ich seine Stimme höre, fange ich innerhalb von drei Sekunden an zu heulen, so viel ist klar.

Heulend kann ich Mattis jedoch nicht erklären, was passiert ist. Heulend werde ich wirken, als hätte ich ein schlechtes Gewissen. Als sei die Szene, die Mattis gesehen hat, tatsächlich so passiert, wie sie auf ihn wirken muss.

Ich muss mich zusammenreißen! Muss klar denken, soweit das bei meinem dröhnenden Schädel möglich ist. Muss beweisen, dass das Offensichtliche – ich, Noah und sein lüsternes Gefummel – nicht die ganze Wahrheit ist. Denn wenn ich Mattis nicht davon überzeugen kann, dass es anders gelaufen ist, als es auf diesem verfluchten Video aussieht ... Dann werde ich ihn verlieren. Sofort und für immer.

Und das ertrage ich nicht.

Also schicke ich Mattis meine erste, vorsichtige SMS.

Hey, Mattis. Sorry, dass ich dich gleich damit überfalle, aber ich muss es wissen: Hat Vivian dir den Link geschickt?

Dann warte ich. Ich bete, dass er sein Handy anhat. Dass er – sofern er das Video schon gesehen hat – eine SMS, die von mir kommt, überhaupt noch liest. Und noch während ich warte, bete, hoffe, kommt die Antwort.

Sie besteht aus einem einzigen Wort.

Ja.

Ich schließe die Augen. Mein Magen rebelliert, will alles von sich geben, was von dieser Scheiß-Nacht in ihm ist. Doch ich ignoriere die Übelkeit. Dass mir schlecht ist, ist nicht wichtig. Mattis ist wichtig. Ich darf nicht zulassen, dass er mich verlässt. Das ist alles, was zählt.

Das Video zeigt nicht, was wirklich geschehen ist, tippe ich so schnell, wie meine zitternde Hand es erlaubt. *Bitte glaub mir!*

Mattis' Antwort ist zynisch. *Das Ganze ist unmissverständlich, oder?*

Zwischen Noah und mir war nichts!!!, tippe ich hektisch zurück.

Diesmal muss ich länger warten.

Zwei Minuten, drei, vier. Und gerade als ich mir überlege, ob ich nicht doch das Risiko eingehen soll, ihn anzurufen und damit alles zu versauen, vielleicht aber auch zu retten, kommt Mattis' nächste SMS.

Dass ein anderer auf diese Weise mit dir zugange ist,

nennst du also nichts? Drehen wir den Spieß mal um: Was würdest du sagen, wenn du mich so mit einem anderen Mädchen sehen würdest?

Ich starre auf die SMS, und allein die Vorstellung, Mattis' Hände auf dem Körper einer anderen zu sehen, treibt mir die Tränen in die Augen. Noch während ich mir den Kopf zermartere, wie ich Mattis überzeugen soll, mir zu glauben, schickt er eine weitere SMS hinterher.

Ausgerechnet nach dem, was gestern zwischen uns war. Hat es dir denn gar nichts bedeutet?

Okay. Nicht bei Mattis anzurufen war definitiv die richtige Entscheidung, denn nun heule ich wie ein Schlosshund. Die Erinnerung an gestern Nachmittag – an die unglaubliche Liebe zwischen Mattis und mir, an die Lust, die Zärtlichkeit – bringt mich um.

Ich schluchze und kann kaum die Tasten erkennen, als ich tippe: *Ich wollte das doch gar nicht, ich habe nicht mit Noah rumgemacht! Ich habe ihm das Knie zwischen die Beine gerammt.*

Mattis' Antwort kommt prompt: *Aber nicht auf dem Video, das ich gesehen habe. Da hast du dich ziemlich lange begrapschen lassen. Sag mal, hältst du mich für blöd?!*

Voller Scham tippe ich: *Es hat ein bisschen gedauert. Ich war betrunken und habe es nicht geschafft, gleich zu reagieren.*

Ach!, schreibt Mattis, und seine Bitterkeit schlägt in Sarkasmus um. *Wie lange hat es denn gedauert, bis du es geschafft hast? Und was habt ihr in der Zwischenzeit so alles zusammen gemacht? Wieder mal* nichts?

Unaufhörlich laufen mir die Tränen über die Wangen. Mattis glaubt mir nicht. Er glaubt mir nicht, und ich kann es ihm nicht einmal verdenken. Denn alles spricht gegen mich.

Vertrau mir doch, schreibe ich ohnmächtig. *Bitte, vertrau mir! Ich liebe dich, Mattis.*

Die Antwort lautet kurz und knapp: *Dann erklär es mir. Sag mir den Grund.*

Ich starre auf das Display. Mein verkatertes Gehirn versucht zu verstehen, was Mattis von mir will. Aber ich komme zu keinem Ergebnis.

Welchen Grund?, simse ich dämlich.

Den Grund dafür, dass du gestern nicht mit mir schlafen wolltest, schreibt Mattis. *War es wegen Noah?*

Was?!, tippe ich fassungslos.

Mattis' Antwort lässt auf sich warten, und ich schniefe vor mich hin, ängstlich und verwirrt. Dann endlich kommt die nächste SMS.

Seit wir uns kennen, hältst du etwas vor mir zurück. Sind es deine Gefühle für diesen Kerl? Kannst du dich nicht zwischen ihm und mir entscheiden? Ist es das, was du für dich selbst klären wolltest, bevor du mit mir schläfst?

Ich bin so baff, dass ich sogar aufhöre zu heulen.

Das ist das Absurdeste, was ich je gehört habe, schreibe ich zurück. *Ich will doch gar nichts von Noah! Ich hasse ihn!*

Dann sag es mir, fordert Mattis unnachgiebig. *Ich soll dir vertrauen, ja? Dann vertrau du mir auch. Sag mir, was zwischen uns steht. Sag mir, wo das Problem liegt. Jetzt.*

Mein Zeigefinger schwebt über den Tasten, kann sich nicht entschließen, etwas zu tippen. Mein Gott, was soll ich Mattis bloß schreiben? So verfahren, wie die Situation ist, kann ich ihm doch unmöglich gestehen, dass ich nicht die bin, für die er mich hält! Erst besaufe ich mich, dann lasse ich mich von Noah begrapschen und dann erkläre ich Mattis, dass ich ein Psycho bin?! Unmöglich.

Nein. Bevor ich ehrlich sein kann, muss ich erst herausfinden, ob es wirklich so schlimm um mich steht, wie ich befürchte.

Ich kann es dir noch nicht sagen, Mattis. Bald, aber nicht jetzt. Und nicht per SMS.

Kurz zaudere ich, dann schicke ich die Nachricht ab.

Mattis simst nicht zurück.

Ich warte, starre beschwörend mein Smartphone an, kaue an meinem Daumennagel.

Nichts.

Als ich begreife, dass Mattis beschlossen hat, mir nicht mehr zu antworten, wird mir schlecht. So schlecht, dass ich ins Bad renne und meinen Kopf über die Kloschüssel hänge. Das also, wabert es durch mein watteweiches Gehirn, ist der Tiefpunkt: Ich kotze mir die Seele aus dem Leib, die gesamte Waldinger Jugend hockt vor dem Internet und zieht sich mein heißes YouTube-Video rein, und Mattis bricht den Kontakt zu mir ab, weil er mir nicht vertraut.

Warum wundert dich das?, flüstert es traurig in mir, während ich würge und spucke. Du vertraust ihm doch auch nicht. Erzählst ihm nichts, hältst all deine Geheimnisse vor ihm zurück, deine Farben, deine Oma, dein verfluchtes erstes Mal mit Noah. Du bist das beste Beispiel für gelebtes Misstrauen! Und da erwartest du im Ernst, dass Mattis, der dieses Misstrauen die ganze Zeit über gespürt hat, sich blind auf dich verlässt – angesichts eines *solchen* Videos? Dass er sich zufriedengibt mit Ausflüchten? Mit einem billigen »Schatz, es ist nicht so, wie du denkst«?

Keuchend hänge ich über der Kloschüssel, und mein Magen beruhigt sich nur langsam, während die Fragen in mir nachhallen, ich sie wieder und wieder denken muss. Mühsam richte ich mich schließlich auf, drücke die Spültaste und wanke zum Waschbecken. Und als ich mir im Spiegel in die rot umränderten Augen starre, gebe ich endlich zu, was ich in der Tiefe meines Herzens schon so lange weiß.

Liebe ohne Vertrauen ist zum Scheitern verurteilt.

Mit hängenden Schultern schaue ich in den Spiegel, betrachte das einsame Mädchen mit der Verzweiflung im Blick. Wie soll ich das schaffen, vertrauen, wenn ich nie gelernt habe, wie es geht? Alles, was ich kann, ist schauspielern. Verbergen, verleugnen und mir damit die Liebe meiner Mutter und meines Vaters sichern. Vertrauen kam im Erziehungsprogramm meiner Eltern nicht vor, und ich weiß nicht, wie ich mir diese Lektion selbst beibringen soll.

Ich starre mich an, niedergeschlagen und ratlos, und plötzlich steigt eine Erinnerung in mir auf: an einen Abend im Mai, keine fünf Wochen her. Lena hatte mir das erste Mal die Brauen gegelt, die Lippen geschminkt, den Pferdeschwanz geöffnet. Ich habe in den Spiegel geguckt, genauso intensiv wie jetzt. Habe mich gefragt, ob ich Mattis wohl je für mich gewinnen kann. Ob irgendwo in mir eine verborgene Stärke schlummert, die mir viel mehr ermöglicht, als ich es mir bisher zugetraut habe.

Und in diesem Augenblick ist es, als lege sich ein Schalter in mir um.

Ich habe Mattis bekommen. Er hat sich in mich verliebt, hat tatsächlich das Mädchen hinter den starken Augenbrauen gesehen. Mein Traum ist wahr geworden, und verdammt soll ich sein, wenn ich ihn jetzt einfach aufgebe! Wenn ich meine große Liebe verrate, mich selbst, all das, was ich sein könnte. Vielleicht war ich bisher zu feige, der Welt mein wahres Wesen zu zeigen – aber das heißt nicht, dass ich bis in alle Ewigkeit in dieser Feigheit verharren muss! Ich kann meine Ängste abschütteln – Mattis, mir, uns zuliebe – und mich auf den Weg machen. Nicht irgendwann. Nicht morgen.

Sondern jetzt.

Ich drehe den Wasserhahn auf und wasche mir mein Gesicht so lange mit eiskaltem Wasser, bis auch die letzte Benommenheit sich verflüchtigt hat. Ich putze mir die Zähne, kämme mein Haar, hebe das Kinn. Dann drehe ich mich um und gehe zurück in mein Zimmer. Auf dem Bett sitzend greife ich nach dem Smartphone, tippe eine SMS an Lena und schicke sie ohne zu zögern ab.

Hey, Lena, tut mir leid wegen gestern. Ich muss dir ein paar Dinge erklären, wichtige Dinge, aber ich schaffe es wohl nicht vor morgen. Erhältst du mir so lange deine Freundschaft?

Ich zittere nicht mehr, als ich auf Lenas Antwort warte. Wenn keine kommt – nun, dann rufe ich sie morgen an und erzähle ihr, was ich bis dahin über mich herausgefunden habe. Soviel oder sowenig es auch sein mag.

Und auch Mattis werde ich morgen anrufen, oder besser: Ich werde zu ihm nach Hause gehen. Er muss mich anhören, ob er will oder nicht, und danach wird es an ihm liegen, wie er auf meine Geständnisse reagiert. Ob er mich, mein Wesen, mein Geheimnis, meine Fragen und die ersten Antworten darauf, tatsächlich annehmen und lieben kann. Oder ob er mich zurückstößt ... und mir damit das Herz bricht. Dieses Risiko, das habe ich endlich kapiert, muss ich wohl eingehen, wenn unsere Beziehung von Dauer sein soll.

Da kommt Lenas SMS: *O. k.*

Sonst nichts.

Wie es aussieht, ist auch Lena beleidigt. Klar: Sie hat sich Sorgen um mich gemacht und bekommt jetzt keine Erklärung von mir. Aber immerhin lässt sie mich nicht fallen, sie gibt mir noch einen Tag.

Und vorerst genügt mir das.

Als Letztes rufe ich meine Eltern an, lüge ihnen vor, dass alles bestens sei und ich das Wochenende mit Lernen und bei Mattis verbringe. Ob bei ihnen alles schön sei? Ob Mama sich gut erhole? Toll, dann bis bald, ja, ich passe auf mich auf ... und tschüss.

Ich schalte das Smartphone aus. Lena und Mattis werden sich nicht mehr melden, und auf hämische Nachrichten wie die von Walli bin ich im Moment nicht scharf. Ich brauche meine Kraft für Wichtigeres. Für eine Suche, die ich viel zu lange vor mir her geschoben habe. Für die Suche nach den Dämonen meiner Familie.

Entschlossen stehe ich vom Bett auf, setze mich an meinen Schreibtisch und fahre den Mac hoch.

27

Zwei Stunden später schlage ich frustriert mit der Faust auf den Schreibtisch. Verdammt, wofür ist das Internet gut, wenn es mir unfassbar viele Ergebnisse liefert – aber kein einziges, mit dem ich etwas anfangen kann?

Ich habe es damit versucht, »Anne Meindl« zu googeln: dreizehnmillionensechshunderttausend Ergebnisse. »Anne Meindl Künstlerin«: einunddreißigtausend Ergebnisse. Immer noch viel zu viel. Und immer noch kein einziger verwertbarer Hinweis dabei.

Ich gehe runter in die Küche. Mache mir einen Toast und den Kamillentee, nach dem mein Magen nun vehement verlangt. Kauend lehne ich mich gegen die Arbeitsfläche, trinke im Stehen den heißen Tee, versuche, mein Gehirn zur ultimativen Lösung zu zwingen: Was muss ich eingeben, um meine Oma unter den Tausenden, Millionen von Anne Meindls zu finden? Und was um Himmels willen mache ich, wenn es sie im Netz gar nicht gibt? Sie ist eine alte Frau, vielleicht weiß sie nicht einmal, was das Internet ist. Ach, verflucht!

Ich tigere im Haus hin und her, überlege mit gefurchter Stirn, was mir noch bleibt, wenn das Internet ausscheidet. Wo kann ich etwas über meine Oma rausfinden? Soll ich tatsächlich in den sauren Apfel beißen und noch mal meine Eltern anrufen? Muss ich meiner Mutter ihre psychische Auszeit vermiesen, weil ich allein einfach nicht weiterkomme? Geht es nicht auch anders? Es muss doch anders gehen, es muss, es muss ...

Die Kiste!

Wie Schuppen fällt es mir von den Augen.

Die flache Kiste, über die meine Mutter sich mit roten Augen gebeugt hat, als ich mit ihr sprechen wollte. Die Kiste, die ich nie zuvor gesehen hatte, weil Mama sie sorgfältig versteckt hat, irgendwo im Arbeitszimmer. Die Kiste, deren Inhalt Mama so sehr aufgewühlt hat, dass sie weinen musste.

In dieser Kiste, geht mir mit instinktiver Sicherheit auf, liegen meine Antworten.

Ich haste ins Arbeitszimmer, bin so aufgeregt, dass ich über die Türschwelle stolpere. Mein Blick fliegt vom Schreibtisch meines Vaters zum Bücherregal, vom Bücherregal zum Schrank, vom Schrank zur Kommode. Ohne nachzudenken reiße ich die Türen des Schranks auf, sehe Ordner, Papierstapel, Kisten aller Art, aber keine, die der gleicht, über die Mama sich gebeugt hat. Sie war grün, das weiß ich noch. Wo ist sie? Hinter Papas juristischen Fachbüchern? Hinter den alten Reiseführern? Fehlanzeige, überall Fehlanzeige, Mist, Mist, Mist! Ich schlage die Schranktüren wieder zu, ziehe ungeduldig die oberste Schublade der Kommode auf. Wühle mich durch Wollreste, Handarbeitsanleitungen, reiße die nächste Schublade raus, finde Kinderbilder von mir selbst, säuberlich geordnet: unser Haus, gemalt im Alter von drei Jahren, unsere Familie, gemalt mit vier, wir lachen und halten uns alle an den Händen ... Habe ich damals schon von meinen Farben gesprochen? Musste ich sie damals schon vor allen verbergen? Ich schlucke, schiebe die Bilderstapel beiseite und ...

... finde sie.

Mein Herz donnert gegen meine Rippen.

Ich hebe die Kiste heraus, so vorsichtig, als sei sie entweder ein Schatz oder eine Bombe mit Zeitzünder, einem, der losgehen wird, sobald ich den Deckel anhebe. Ich weiß, ich spioniere. Ich weiß, ich sollte das hier nicht tun. Und ich weiß, dass ich es definitiv tun werde.

Ich schiebe alle Schubladen wieder zu, gehe mit der Kiste in den Händen zurück in mein Zimmer. Wenn ich sie öffne, will ich mich so geborgen wie möglich fühlen. Ich will mir Sicherheit verschaffen, auch wenn mir klar ist, dass ich die Sicherheitszone schon längst verlassen habe.

Oben angekommen, lege ich die Kiste auf mein Bett, setze mich hin, schaue sie ein paar Minuten lang einfach nur an.

Dann hebe ich den Deckel ab.

Und sehe die Briefe.

Ungläubig starre ich sie an: Briefe über Briefe, alle an meine Mutter adressiert, in einer schön geschwungenen, altmodischen Handschrift – und alle, ohne Ausnahme, ungeöffnet.

Shit. Ich kann diese Briefe doch nicht einfach aufreißen!

Ich greife nach dem obersten, drehe ihn um, lese Namen und Adresse der Absenderin. München! Die ganze Zeit über, all die Jahre, hat Anne Meindl, meine Oma, in München gelebt – so nah! So nah und doch so unerreichbar.

Aber jetzt ist Oma Anne nicht mehr unerreichbar.

Denn jetzt habe ich ihre Adresse.

Ich fange an, die Kiste zu durchwühlen, während mein Verstand fieberhaft arbeitet. Kann ich Anne einfach so besuchen, obwohl sie mich gar nicht kennt? Wird sie mir die Tür vor der Nase zuschlagen, wird sie mich auf meiner Suche nach der Wahrheit ebenso abblitzen lassen wie meine Eltern? Andererseits: Hätte sie meiner Mutter all diese Briefe geschrieben, wenn sie kein Interesse an einer Versöhnung hätte? Soll ich sie anrufen, sie vorwarnen, oder wird sie sich eher mit meiner Existenz und meinen bohrenden Fragen abfinden, wenn ich überraschend und leibhaftig vor ihr stehe?

Meine Finger erfassen eine bunte Karte, ich tauche aus dem Gedankensturm in meinem Kopf auf, lese sie. Die Einladung zu einer Vernissage, Annes Vernissage. Daher wusste meine Mutter also, dass Oma Anne jetzt als Künstlerin arbeitet. Ich drehe die Karte um, betrachte das Bild, das die Rückseite der Karte ziert: reines Chaos.

Auf den ersten Blick.

Seltsam vertraute, fließende, stachelige, spitze Farbverläufe auf den zweiten Blick.

Und da weiß ich, dass meine Mutter recht hatte.

Denn auch wenn die Farben auf der Karte nicht mit meinen übereinstimmen, weil das Silber bei Oma Anne fließt statt zu tropfen, weil das Gelb stachelig ist wie mein Pink und das Braun spitz wie mein Dunkelgrün: Ich hege keinen Zweifel mehr daran, dass sie ist wie ich. Anne und ich teilen etwas.

Wenn je ein Mensch auf der Welt mich verstehen, meine Innenwelt begreifen kann, dann sie.

Ohne zu zögern, lege ich die Karte zurück, schreibe die Adresse von einem der Briefumschläge ab und packe zusammen, was ich für einen Kurztrip nach München brauche.

Als ich den ersten Bus hinter mir habe und den zweiten auch und endlich in der Regionalbahn sitze, die an jeder Milchkanne anhält, meldet sich mein Kopfweh zurück. Ich lehne die Stirn an die kühle Scheibe und schaue hinaus. Felder, Waldstücke, saftige Wiesen ziehen an mir vorbei, alles so idyllisch, so trügerisch beruhigend. Was erwartet mich, wenn ich in weniger als einer Stunde bei dieser Fremden in die gute Stube platze? Was wird sie mir enthüllen? Sofern sie mich nicht hochkant rauswirft, sobald ich die erste Frage gestellt habe.

Und sofern sie überhaupt zu Hause ist! Mist, daran habe ich überhaupt nicht gedacht. Vielleicht ist sie verreist und ich fahre ganz umsonst … Tja, zu spät, denke ich müde. Jetzt bin ich auf dem Weg, jetzt ziehe ich es durch. Egal, wohin es mich führt.

Ich schließe die Augen, versuche ein bisschen zu schlafen, und als ich wegdämmere, steigt Mattis' Bild in mir auf. Mattis ... Mein Mattis, der mich anlächelt, der mich in seine Arme zieht und mich zärtlich küsst. Mattis, der mir sagt, wie sehr er mich liebt. Mattis, der das Gold in mir zum Funkeln bringt. Mattis, der mein Blau bis in die Unendlichkeit hinein vertieft. Mattis, den ich liebe, so sehr liebe, liebe, liebe ... Als die Bahn im nächsten Kaff hält, wache ich mit Tränen in den Augen auf.

Ich beiße die Zähne zusammen, zwinkere die Tränen fort. Schluss damit!

Schwach zu sein und in Selbstmitleid zu baden gilt ab heute nicht mehr.

28

Jetzt ist es nicht mehr zu leugnen: Ich bin ein Landei.

Ich habe es zwar geschafft, mir am Münchener Hauptbahnhof ein Taxi zu nehmen. Aber schon auf der Fahrt in den Stadtteil Laim, wo Anne wohnt, habe ich mich gefühlt, als sei ich Lichtjahre von zu Hause entfernt. Alles ist so anders hier: die großen Straßen, die rücksichtslosen Autofahrer, die Radler, die sich mit Todesverachtung durch den Verkehr drängeln. Und dann erst Laim! An den Seiten abgefuckte Hochhäuser, Dönerbuden, Tankstellen. Ganze Rudel von Jungs, denen ich nachts lieber nicht allein begegnen würde. Mütter mit Kinderwagen und Gesichtern voller Piercings.

Hier wohnt meine Großmutter?!

Das Taxi hält. Ich bin einen Großteil meines Geldes los. Stehe verschüchtert auf der Straße vor dem hässlichen Mietshaus, das die Nummer zweiundsechzig trägt. Kein Zweifel, die Adresse stimmt. Schade eigentlich.

Ich mache mich auf das Schlimmste gefasst, als ich zur Tür trete und die vielen Klingelschilder nach Omas

Namen absuche. Bingo, schon gefunden. Ich atme tief durch und drücke auf den Knopf unter »A. Meindl«.

Keine Reaktion.

Ich schaue auf meine Armbanduhr. Es ist Nachmittag, vielleicht erledigt sie ihre letzten Einkäufe für den Sonntag?

Oder sie ist nicht da. Den ganzen Tag nicht. Morgen nicht. Ich bin umsonst gekommen. Keine Fragen, keine Antworten, nicht für mich, nicht für Lena, nicht für Mattis ... Mattis, ach Mattis!

Wie lange es wohl dauert, bis man es schafft, sich zu entlieben? Was mich betrifft, ist die Antwort klar: eine Ewigkeit. Denn nie, nie werde ich über Mattis hinwegkommen. Aber wie wird es bei ihm sein? Wenn ich morgen nicht mit Antworten aufwarten kann, weil meine Oma nicht da ist – werden seine Gefühle für mich dann einfach sterben? Sind sie schon gestorben? Oder quält er sich genauso wie ich? Leidet er, hofft er, brennt er nach mir, so wie ich nach ihm?

Staub und Graubraun überziehen meinen inneren Monitor, und mein Magen verknotet sich. Mir fällt wieder ein, dass ich nicht nur Liebeskummer, sondern auch einen Kater habe und nichts im Magen, abgesehen von einer Tasse Tee und einem trockenen Toast. Ich schließe die Augen, atme die Übelkeit fort. Zwinge mich, die Hoffnung auf eine Versöhnung mit Mattis nicht aufzugeben.

Als es mir besser geht, drücke ich noch mal auf den Klingelknopf. Besser gesagt, ich klingele Sturm, denn wenn Oma Anne nicht da ist, ist es sowieso egal, und wenn sie da ist ... Dann wird sie bei diesem Klingelangriff hoffentlich, hoffentlich begreifen, dass hier draußen ein Notfall steht. Nämlich ich.

»Hallo?«, ertönt es aus der Sprechanlage.

Vor Erleichterung kriege ich weiche Knie. Sie ist da.

»Sind Sie Anne Meindl?«, frage ich dünn, weil ich noch nicht glauben kann, dass ich so kurz vor dem Ziel bin. Irgendetwas wird noch schieflaufen, ganz bestimmt. Es könnte die Putzfrau sein, die »Hallo« gesagt hat (aber haben Leute in einem so verwahrlosten Haus eine Putzfrau?), oder die Untermieterin, oder ...

»Ja, die bin ich«, sagt die Stimme. »Und wer sind Sie?«

Ich schlucke.

Balle meine Fäuste.

Und beschließe, dass die Zeit für Verstellung, Lügen und Ausflüchte endgültig vorbei ist. Ich werde nichts mehr vor mir herschieben. Und deshalb sage ich schlicht: »Ich bin Ihre Enkelin.«

Eine unheimliche, zeitlose Minute lang ist alles still. Still in mir, in der Sprechanlage, sogar um mich herum. Ich nehme nichts mehr wahr, nichts außer der Stille, die sich ausdehnt, denn ich weiß, nun entscheidet es sich. Und dann summt der Türöffner, während aus der Sprechanlage gleichzeitig ein ersticktes »Meine Güte! Komm ... Komm hoch, ich komm dir entgegen, ich ... Komm rein. Komm rein!« ertönt.

Die vielen »komm«s entlocken mir ein Lächeln und ein paar spontane Tränen, sie fühlen sich nach Sehnsucht an, nach Zueinanderstreben, und ich fasse neuen Mut, als ich die schwere Tür aufdrücke und in das dämmerige Treppenhaus trete. Ich steige die Treppe hoch, höre das Klappern von Absätzen, die einige Stockwerke über mir die Stufen herunterhasten, und ich denke verwundert, dass ich die Farbe in meinem Inneren, die Farbe des Muts, noch nie bewusst wahrgenommen habe. Aber heute sehe ich sie, und sie ist wunderschön: ein rosa überhauchtes Weiß. Wie Schnee in der Abendsonne.

Ich hoffe nur, ich kann mir dieses Weiß erhalten, wenn ich meiner Oma gegenüberstehe. In wenigen Sekunden ... Gleich ... *Jetzt.*

Die Frau presst beide Hände auf ihr Herz. Sie atmet schnell, ihre blauen Augen sind groß und spiegeln ihre Gefühle wider. Sie ist überrascht und überwältigt, vielleicht auch gerührt. Ich habe mir meine Oma anders, furchterregender vorgestellt, schießt es mir durch den Kopf, während wir stumm voreinander stehen und uns scheu mustern. Schließlich war sie immer das schwarze Schaf der Familie. Die Irre, die Gemeingefährliche.

Vor mir aber steht keine Gruselfigur mit Messer in der Hand. Sondern eine Frau um die siebzig. Von zarter Statur, in langem, weinrotem Rock und kurzärmeliger, weißer Bluse. Mit kinnlangem Haar, bei dem man nicht erkennt, wo das Blond aufhört und das Grau beginnt. Ihr Gesicht ist faltig, aber hübsch, und sie trägt sogar Lippenstift, etwas, das Mama niemals tut.

»Du bist meine … Enkelin?«, fragt die Frau, die meine Oma ist, und sie bemüht sich sichtlich, die Fassung zu bewahren. »Du bist wirklich meine Enkelin?«

Ich nicke. »Mein Name ist Sophie Kirschner.«

Oh Mann, es fühlt sich dermaßen komisch an, mich ihr vorzustellen, als sei sie meine neue Klavierlehrerin, obwohl wir doch vom gleichen Blut sind. Aber vielleicht wusste sie bis gerade eben nicht einmal, dass es mich, ihre Enkelin, überhaupt gibt! Mama hat keinen der Briefe, die ich in der Kiste gefunden habe, geöffnet. Also muss ich davon ausgehen, dass sie ihrer Mutter auch niemals zurückgeschrieben hat.

»Sophie Kirschner«, wiederholt meine fremde Großmutter und hebt langsam die Hand, als wolle sie meine Wange berühren, sich vergewissern, dass ich nicht nur ein Traum bin. Doch dann lässt sie die Hand wieder sinken. Wir sind uns noch zu fremd.

Sie blinzelt und sagt mit einem kleinen Lächeln: »Weißt du was, Sophie, lass uns hoch in meine Wohnung gehen. Dieses grässliche Treppenhaus ist nicht der richtige Ort für ein Kennenlernen zwischen Oma und Enkelin, hm?«

Ich lächele zurück. »Da haben Sie recht.«

»Siezt man seine Großmutter?« Anne legt den Kopf schief. »Ich glaube nicht. Nenn mich doch Anne. Grundgütiger, was für eine seltsame Situation!«

Wir müssen beide lachen, aus Verlegenheit und Aufregung, ich schaue in ihre blauen, faltenumkränzten Augen, und in diesem Moment bricht das Eis. Zartgrüne

Erleichterung durchflutet mich, als ich denke, dass es richtig war, zu ihr nach München zu kommen. Anne Meindl gehört zu meiner Familie, zu meiner Geschichte, zu mir. Sie war viel zu lange ein Phantom, mit dem meine Eltern mir Angst gemacht haben.

Jetzt ist sie endlich ein Mensch.

29

Ich folge Anne vorbei an blätterndem Putz und fremdartigen Gerüchen bis zu ihrer kleinen Wohnung im vierten Stock.

»Willkommen, liebe Sophie«, sagt sie, als ich hinter ihr durch die Tür trete. Sie schüttelt leicht den Kopf. »Ich hätte nicht zu hoffen gewagt, dass ich das einmal sagen darf.«

»Wusstest du denn, dass du eine Enkelin hast?«, frage ich unverblümt. Je schneller ich Antworten bekomme, desto besser.

»Ja.« Plötzlich sieht Anne verlegen aus. »Ich habe immer versucht zu verfolgen, wie Bärbels Leben verläuft. Wenn auch nur aus der Ferne. Aber jetzt lass uns ins Wohnzimmer gehen. Sicher hast du Durst.«

Vom Flur ins Wohnzimmer sind es wenige Schritte, die Wohnung ist winzig. Aber hübsch, muss ich zugeben, als ich mich umsehe. Wenn dieses Mietshaus eine Wüste ist, dann ist Annes Wohnung die Oase. Sie hat die Wände in einem freundlichen Hellgelb gestrichen, und ihre Möbel sind alt, allerdings nicht spießig. Platzdeckchen, Porzellan-Nippes oder sonstigen Kitsch kann ich nirgendwo entdecken, dafür hängen überall Gemälde. Keine röhrenden Hirsche, auch keine Landschaftsaquarelle, sondern wilde Kompositionen aus Ölfarben, die in dicken Schichten neben-, übereinander aufgetragen wurden, ohne erkennbares Muster. Die Bilder sind schön, auf eine ursprüngliche, instinktive Art, und sie bringen tief in mir etwas zum Klingen.

»Hast du die gemalt?«, frage ich mit belegter Stimme.

»Ja«, sagt Anne nur.

Sie geht in die Küche. Durch die offene Tür beobachte ich, wie sie Mineralwasser, Apfelsaft und zwei Gläser auf ein Tablett stellt, Kekse öffnet, sie in eine Keramikschüssel umfüllt. Ich lecke mir angespannt über die Lippen, suche in meinem Inneren nach dem rosa überhauchten Weiß von vorhin. Finde es, greife danach und halte es ganz fest, als ich zum Rücken meiner geschäftig hantierenden Oma sage: »Es sind deine inneren Farben, die du auf diesen Gemälden abbildest, stimmt's?«

Verdammt, ich habe mich weit vorgewagt. Wir kennen uns kaum, ich habe keine Ahnung, ob meine Vermutung stimmt. Vielleicht besitzt Anne genauso wenig einen inneren Monitor, wie sie eine furchterregende Irre ist. Alles, was ich über sie weiß, habe ich von meinen Eltern. Aber was ist Legende und was ist wahr?

Wenn ich erwartet habe, dass Anne bei meiner Frage erstarrt, dann habe ich mich getäuscht. Zwar hält sie für zwei, drei Sekunden inne, doch dann dreht sie sich zu mir um, kommt mit dem Tablett in den Händen auf mich zu und sagt ruhig: »Bevor ich deine Frage beantworte, würde ich gern wissen, ob du das mit den inneren Farben im Internet recherchiert hast oder von selbst darauf gekommen bist.«

So viel dazu, dass meine Oma nicht weiß, was das Internet ist.

Ich suche nach einer Antwort, möchte nicht zugeben, dass ich bei meiner Google-Suche heute Vormittag kläglich versagt und nichts, überhaupt nichts über Anne herausgefunden habe. Gleichzeitig schießen mir tausend Fragen durch den Kopf. Ohne zu überlegen, lasse ich die erstbeste raus.

»Von selbst. Hätte ich denn im Internet etwas darüber finden können?«

»Natürlich.« Anne stellt das Tablett ab, verteilt Kekse und Getränke auf dem niedrigen Couchtisch. »Ich mache kein Geheimnis mehr aus meiner Synästhesie. Viele Künstler sind synästhetisch veranlagt, weißt du?«

Synäswasbitteschön?

Ich stehe wohl da wie der Ochs vorm Berg, denn Oma setzt sich zu mir aufs Sofa, reicht mir eine Apfelschorle und meint erstaunt: »Jetzt sag bloß, du hast noch wie was von Synästhesie gehört!«

»Korrekt«, murmele ich.

Sie schaut mich nachdenklich an. »Und wie kommst du dann darauf, dass es meine inneren Farben sind, die ich abbilde? Woher weißt du von der Existenz solcher Farben, Sophie?«

Mein Herz klopft stärker. Jetzt, denke ich. Jetzt sage

ich es ihr. Zum ersten Mal in meinem Leben werde ich meine Besonderheit einem Menschen gestehen, der *nicht* mein Vater oder meine Mutter ist – und der mich *nicht* dafür verurteilen wird.

Denn auch wenn ich weit davon entfernt bin, die kreuz und quer durch meinen Kopf schießenden Gedanken zu einem sinnvollen Ganzen ordnen zu können, begreife ich doch eines: Anne und ich sprechen vom gleichen Phänomen. Nur dass sie es Synäsirgendwas nennt und ich meinen inneren Monitor.

Ich sehe Elfenbein vor mir und Schnee, zartrosa im Abendrot. Und die Worte kommen wie von selbst, als hätten sie nur darauf gewartet, endlich gesagt, endlich gehört zu werden.

»Ich habe die Farben in mir, schon immer. Sie fließen über einen Monitor, den ich genauso deutlich sehe wie dich, diese Wohnung, die Apfelschorle. Sie begleiten mich, seit ich denken kann, jedes meiner Gefühle hat eine andere Farbe, und auch die Strukturen sind verschieden, manche Farben sind flüssig, manche tropfen, manche kommen in Wellen, manche stechen und schmerzen. Meine Eltern wollen, dass ich sie unterdrücke, aber genauso gut könnten sie von mir verlangen, dass ich aufhöre zu riechen oder zu hören.« Ich hole tief Luft, schaue Anne in die großen, blauen Augen. »Und ich schätze, ich habe diese ganze verdammte Scheiße von dir geerbt.«

Anne schweigt einen Augenblick, und schon bereue ich meinen letzten Satz. Hätte ich mir den nicht verkneifen können?

Doch da sagt Anne: »Als Scheiße würde ich deine Synästhesie nicht bezeichnen, Sophie. Nicht nur, weil es kein schönes Wort ist, zumindest nicht in meinen altmodischen Ohren.« Sie lächelt leicht. »Sondern weil deine inneren Farben eine Gabe sind. Kein Fluch, Sophie, sondern eine Gabe! Und ich bin stolz, dass du sie von mir geerbt hast.«

Okay. *Diese* Sichtweise ist neu.

Als ich sie baff anstarre und schweige, legt Anne ihre zarte Hand auf meinen Unterarm. »Ich hätte mir gewünscht, mein Kind, dass du besser damit umgehen kannst als ich damals. Dass du dich informierst, das ist heutzutage doch so leicht! Früher, als ich jung war, da war es noch anders, da konnte einen so was tatsächlich in die Verzweiflung treiben, weil man ja nichts darüber wusste, aber heute ...«

In meinem Kopf dreht sich ein Mühlrad, schleudert Annes Worte in die Luft, fängt sie wieder auf. Gabe statt Fluch. Informieren, ist doch so leicht. Stolz auf die Farben. Früher, da war es anders ... Früher, zu Annes Zeiten.

Was ist damals passiert?

»Warst du in der Psychiatrie, Anne?«, sprudelt es aus mir heraus. »Wozu haben die Farben dich getrieben? Was hast du getan, dass meine Mutter dich so verabscheut?«

Anne bleibt ganz ruhig sitzen, ihre Hand immer noch auf meinem Unterarm. »Deine Eltern haben dir also nichts davon erzählt? Gar nichts?«

Ich lasse sie nicht aus den Augen, will kein Zittern, kein Ausweichen, keinen Hinweis auf die Wahrheit verpassen.

»Nur Andeutungen. Sie sagen, dass du verrückt warst, dass du Dinge getan hast, die zu entsetzlich sind, als dass ich davon erfahren dürfte. Und dass ich meine Farben bekämpfen muss, weil ich sonst so werde wie du. Gefährlich. Eine Irre.«

Anne seufzt. »Mein armes, armes Kind«, sagt sie leise, und mit einem Mal weiß ich nicht, ob sie mich damit meint oder meine Mutter.

Dann schweigt sie.

Ich beobachte sie misstrauisch, sehe ihren in der Vergangenheit verlorenen Blick und denke, dass ich dieses erstickende Schweigen nur allzu gut kenne. Ich kenne es, und ich hasse es – und ich will nicht, dass es weiterhin mein Leben bestimmt.

»Erzähl es mir, Anne«, sage ich rau. »Dafür bin ich gekommen. Ich kann nicht mehr leben mit diesen Geheimnissen, mit den Lügen, alles geht daran kaputt, die Liebe, die Freundschaft, das Verhältnis zu meinen Eltern. Ich weiß nicht mehr, wer ich bin, was ich bin, oder was mir droht.« Meine Stimme bricht, ich flehe meine Oma an und ich schäme mich nicht einmal dafür. »Du bist die Einzige, die mir helfen kann. Sag mir, was es mit dieser Synäsdingsda auf sich hat. Und was du getan hast, damals. Als Mama ein Kind war.«

Anne richtet ihren verlorenen Blick auf mich. Dann steht sie auf.

Ich schaue zu ihr hoch. Begreife, was ihr Aufstehen bedeutet, und bin wie betäubt vor bleigrauer Enttäuschung: Meine Großmutter, auf die ich so große Hoffnungen gesetzt hatte, verweigert mir die Antwort. Genau wie Mama und wie Papa. Anne ist kein Stück besser. Und ich habe keine Ahnung, wie ich mit diesem Rückschlag umgehen soll.

»Warte hier«, sagt Anne in mein Bleigrau hinein. »Ich will, dass du es wirklich verstehst. Du musst fühlen, was ich gefühlt habe. Und dafür muss ich ... etwas holen. Ich habe dich gerade erst gefunden, Sophie, ich könnte es nicht ertragen, dass du mich hasst, weil du mich nicht verstehst.«

Zum zweiten Mal an diesem Nachmittag durchflutet mich zartgrüne Erleichterung: Meine Großmutter stößt mich nicht zurück, ich brauche die Hoffnung auf Antworten nicht aufzugeben! Das Mühlrad in meinem Kopf beginnt wieder sich zu drehen: Was will Anne holen? Was hat sie vor? Wie möchte sie mir helfen, sie und ihre Tat zu verstehen?

Oh Mann, ein zweiter Sherlock Holmes bin ich heute nicht gerade.

Zappelig bleibe ich auf dem Sofa sitzen, höre Anne im Schlafzimmer rumoren. Nach einer gefühlten Ewigkeit kommt sie zu mir zurück, eine Kiste in den Armen, und ich mache mich schon auf alte Briefe wie die in Mamas Karton gefasst, als Anne die Kiste auf dem Teppichboden abstellt und sagt: »Hier sind sie. Du darfst sie alle lesen.«

»Was ist das?«

Ihre bekümmerten blauen Augen suchen meinen Blick. »Meine Tagebücher, Sophie.«

30

Der Beweis, wie sehr meine Großmutter mir vertraut, haut mich um.

Zwar kenne ich niemanden, der Tagebuch schreibt, aber mir ist klar, dass es das Privateste ist, was man besitzen kann. Und mir, einer Fremden, gewährt Anne nicht nur einen flüchtigen Blick in ihre Geheimnisse – nein, ich darf lesen, was und soviel ich will!

Es ist unglaublich.

Es ist meine große Chance.

Und verdammt, es überfordert mich.

Mein Blick gleitet über die schmalen, bunten Bände, die ordentlich gestapelt in der Kiste liegen. Wie soll ich es schaffen, mich durch ganze Jahrzehnte eines fremden Lebens zu lesen? Ich muss doch spätestens morgen wieder nach Hause fahren! Aber ich will, ich brauche Antworten … Und hier liegen sie. Versteckt, aber bereit, gefunden zu werden. Eingestreut in Hunderte von Tagebuchseiten. Oder sind es Tausende?

Anne sieht mir wohl an, wie ich mich fühle, denn sie

lässt sich neben mich aufs Sofa sinken und sagt: »Ich helfe dir, wenn du willst. Ich suche dir die einzelnen Einträge raus, ja? Nur die wichtigsten, die kannst du dann lesen. Du brauchst schließlich nicht zu wissen, wie es mir als Kind erging oder bei meiner Hochzeit, für dich ist nur von Bedeutung, wie es dazu kommen konnte, dass ich … Dass ich das getan habe, was deine Mutter mir nicht verzeiht. Zu Recht.«

Sie sagt es ganz nüchtern, aber ich erkenne an der Trauer in ihren Augen, dass die Wunde, obgleich so alt, noch lange nicht verheilt ist, vielleicht nie verheilen wird. Und dass sie in diesem Moment, durch meine Anwesenheit, meine Suche nach der Wahrheit, mit aller Brutalität wieder aufgerissen wird. Aber Anne stellt sich dem Schmerz – um mir zu helfen.

»Danke«, bringe ich unbeholfen hervor und wünsche mir, es gäbe ein stärkeres Wort dafür. Aufmalen könnte ich meine Dankbarkeit, in intensiven, milchkaffeebraunen Klecksen, aber vielleicht bedeutet diese Farbe für Anne ja etwas ganz anderes. Wer weiß schon, wie sehr sich die Innenwelten von Menschen wie uns unterscheiden?

Meine Großmutter holt bedächtig einen Band nach dem anderen aus der Kiste. Legt sie auf den Couchtisch neben die Kekse, sucht nach den richtigen Jahreszahlen, die auf den Einbänden vermerkt sind, und legt schließlich den Großteil der Kladden zurück in die Kiste. Drei Tagebücher bleiben übrig. Eins gelb, eins grün, eins grau.

Anne greift nach dem gelben. »1967, das Jahr, in dem

deine Mutter geboren wurde«, sagt sie. »Damit fangen wir an.«

Die Wehmut in ihrer Stimme zieht mir das Herz zusammen.

Beklommen schaue ich meiner Großmutter zu, wie sie blättert, innehält, liest. Ich warte darauf, dass sie findet, was sie mir zeigen will, und presse vor Anspannung die Kiefer aufeinander. Dann endlich ist es so weit. Ohne ein Wort reicht Anne mir das Tagebuch. Ich nehme es entgegen, hole tief Luft; mache mich bereit.

Und springe.

Ich tauche ein in die Vergangenheit. Tauche tief und immer tiefer, bis ganz hinunter, in lichtlose Schwärze. Ich zwinge mich, alles zu lesen, was meine Großmutter mir reicht: sehe meine Mutter als Baby, als kleines Kind, als Grundschülerin, meine Oma als junge Ehefrau, meinen Opa als wütenden, frustrierten Mann … Und schließlich erreiche ich das, worauf es ankommt.

Das, was mir nie jemand erzählen wollte.

Das, was unser aller Leben überschattet, seit ich denken kann.

Das dunkle Herz der Vergangenheit.

Mai 1967

Liebes Tagebuch!

Seit ich schwanger bin, ist es so schlimm wie nie.
Heute ist Mittwoch, und ich schmecke den Wochentag rosarot auf der Zunge. Dass der Sommer in der Natur

begonnen hat, fühle ich als gelbe Strahlen in meiner Seele. Und wenn ich das Radio einschalte und mein Lieblings-Hit Penny Lane gespielt wird, höre ich die Beatles nicht nur mit meinen Ohren, sondern erlebe sie als pulsierende, wilde Rottöne hinter der Stirn. Das alles könnte schön sein, wenn es nicht so anormal und beängstigend wäre. Ja, ich muss es zugeben: Ich habe Angst.

Xaver erzähle ich nichts von meinen Anwandlungen, obwohl sie mir sehr zusetzen. Wenn ich weine, schiebe ich es darauf, dass Schwangere eben unausgeglichen sind. Ich habe Angst, dass er mich sonst einweisen lässt, jetzt, wo es so extrem wird. Xaver liebt mich, das weiß ich wohl, aber wer will schon mit einer Verrückten verheiratet sein? Ach, ich bete jeden Abend darum, dass das Baby meinen Wahnsinn nicht erbt!

Ich muss schließen, ich höre Xavers Schritte auf der Treppe.

*

August 1967

Liebes Tagebuch!

Ich war bei der Beichte, und der Pfarrer hat mich eindringlich ermahnt, mich zusammenzureißen. Das werde ich von nun an mit aller Kraft versuchen!

Zwar toben die Buchstaben, Töne und Wochentage in den fantastischsten Schattierungen in meiner Seele, aber ich bin fest entschlossen, ihnen keine Beachtung mehr zu schenken. Vielleicht wird das Baby mich ja heilen! Der Pfarrer zumindest vermutet das. »Der Teufel in Ihnen bäumt sich ein letztes Mal auf, Frau Meindl«, hat er gesagt, »aber wenn Sie stark sind und widerstehen, ist nach der Geburt gewiss alles vorbei. Kinder haben noch jeder Frau gutgetan.«

Gebe Gott, dass er recht hat.

Xaver ist froh, dass ich mich beherrsche und nicht mehr so viel vor ihm weine. Ach, ich möchte ihm so gerne eine gute Ehefrau sein, er ist mir doch auch ein guter Mann! In den drei Jahren, die wir verheiratet sind, habe ich nur ein einziges Mal harte Worte von ihm gehört – als ich versucht habe, ihm verständlich zu machen, dass in meiner Seele eine zweite Welt existiert, eine Welt aus Farben, die in dieser, der ersten Welt, keine Entsprechung haben. Grün ist mir widerlich in meiner Seele, aber grüne Wiesen und Bäume sehe ich gerne. Seltsam.

Und wieder ein Beweis dafür, wie krank ich bin.

Aber ich werde meine Krankheit unterdrücken, werde mich ihr nicht unterwerfen! Ich werde gesund und normal sein, bald. Oh, wie ich es herbeisehne, endlich von dem ganzen Wahnsinn befreit zu sein!

Ist es nicht komisch, dass ich mich gleichzeitig ein klein wenig davor fürchte?

*

Dezember 1967

Liebes Tagebuch!

Das Baby ist da, ein wunderhübsches kleines Mädchen. Wir haben sie Bärbel genannt. Sie ist gesund und kräftig, und ich weiß, ich sollte überglücklich sein.

Aber ihre Haut fühlt sich an wie ein puderiges Weiß, und ihren Namen sehe ich in dreidimensionalen, schokoladenbraunen Lettern. Mit einem Wort: verrückt. Ich bin immer noch verrückt.

Der Pfarrer hat sich geirrt, die Geburt hat nichts zum Besseren gewendet. Im Gegenteil, der ständige Schlafmangel, Bärbels Weinen und mein schlechtes Gewissen, weil ich statt des ersehnten Mutterglücks bloß Erschöpfung fühle, haben alles nur noch schlimmer gemacht. Gestern habe ich einen schrecklichen Weinkrampf bekommen, und als Xaver mich dabei überrascht hat, habe ich mich ihm aus reiner Verzweiflung offenbart.

Er hat sich meine unter Schluchzern hervorgestoßenen Worte schweigend angehört, ist aus dem Haus gegangen und eine halbe Stunde später mit der Hebamme zurückgekommen. Wochenbettdepression, lautet die Diagnose, die sie mir gestellt hat. Ich solle fleißig weiter stillen, mich um mein Kind kümmern und mich im Übrigen mit Hausarbeit und Spaziergängen ablenken. Dann würde sich früher oder später alles wieder einrenken.

Doch ich weiß, dass sie sich irrt. Ich habe es versucht, Gott ist mein Zeuge, aber ich komme einfach nicht dagegen an. Die Farben geistern in mir herum, sobald ich irgendetwas höre, sehe, schmecke, und sie sind stärker als ich, so viel stärker!

Manchmal frage ich mich, ob Xaver mir mit mehr Verständnis begegnen würde, wenn ich von Anfang an offen über meine Krankheit geredet hätte. Ob er mich trotzdem geheiratet hätte? Vielleicht wären wir glücklicher zusammen geworden, wenn ich nicht über so lange Zeit verschwiegen hätte, was in meiner Seele vor sich geht. Aber ich habe ja immer geglaubt, ich könne es überwinden!

Nun muss ich zugeben, dass dieser Glaube stirbt. Alles in mir stirbt: der Glaube, die Hoffnung, die Liebe. Sogar die Liebe zu meinem Mann und meinem Kind! Wenn das der Pfarrer wüsste. Und die Hebamme. Und der arme Xaver. Und ach, wenn ich nur wüsste, wie ich dieses langsame Sterben aufhalten kann …
Aber nirgends zeigt sich mir ein Ausweg.

*

Juli 1972

Liebes Tagebuch!

Alles ist mir zu viel.

Kaum kann ich mich dazu überwinden, diese Seite zu füllen. Noch weniger, die Puppenkleidchen zu nähen, die Bärbel sich so dringend wünscht. Oder einkaufen zu gehen – Xaver seine Abendmahlzeiten zu richten, so wie er es gewöhnt ist – ganz zu schweigen von den Pflichten des Ehebetts.

Xaver ärgert das natürlich. Heute Morgen hat er unwirsch gefragt, wann ich mich denn endlich von der elenden Depression berappeln würde. Aufs Wochenbett könne man meine Launen viereinhalb Jahre nach der Geburt ja wohl kaum mehr schieben. Aber lange mache er das ganze Theater nicht mehr mit, darauf könne ich Gift nehmen!

Ich konnte nichts antworten. Was hätte ich auch sagen sollen? Dass meine Schwermut nie etwas mit dem Wochenbett zu tun hatte, sondern allein meiner enttäuschten Hoffnung zuzuschreiben ist? Gesund hatte ich durch Bärbel werden wollen – noch kränker, verrückter, ungenügender bin ich geworden. Wer würde darüber nicht schwermütig werden?

Jetzt ist es neun Uhr abends, und Bärbel schläft. Gerade war ich bei ihr, und als ich sie so süß und rosig in ihrem Bettchen liegen sah, musste ich wieder weinen. Das arme, arme Kind. Was soll es nur mit einer Rabenmutter wie mir anfangen? Hätte ich Bärbel doch nie bekommen! Dann wäre sie nun nicht mit mir gestraft.

Obwohl es schon so spät ist, ist Xaver noch außer Haus. Ich fürchte, er bereut es zutiefst, dass er mich geheiratet hat: Nun ist er an eine Frau gekettet, die einfach nicht funktioniert und die weder ihn noch seine Tochter glücklich macht. Deshalb verbringt Xaver seine Abende im »Ochsen« beim Schafkopfspielen, statt zu mir nach Hause zu kommen.

Oder spielt er gar nicht Karten?
Hat er am Ende eine Liebschaft?

Gott möge verhüten, dass dem so ist. Aber wenn es wirklich so wäre, dann hätte ich es wohl verdient.

*

Mai 1976

Liebes Tagebuch!

Xaver hat schon wieder eine Liebschaft.

Ich weiß es, weil er nach ihr riecht. Wenn er heimkommt, dann verströmt er ihr Parfum, und er macht sich nicht einmal mehr die Mühe, es zu verbergen – zu duschen, bevor er zu mir ins Bett kriecht, oder es zu leugnen, wenn ich ihm meinen Verdacht an den Kopf werfe. Er schweigt einfach.

Ich bin ihm absolut gleichgültig geworden.

Wahrscheinlich bleibt er nur wegen Bärbel bei mir. Weil sich alle im Dorf das Maul zerreißen würden, wenn er mich mit unserem Mädchen sitzenlassen würde. Aber ist es so etwa besser?

Ist es besser, mit Xavers ständigen Affären zu leben? Mittlerweile weiß schon das ganze Dorf Bescheid. Bärbel wird in der Schule gehänselt, und ich ernte mal hämische, mal mitleidige Blicke, wenn ich mich zum Bäcker oder zum Metzger wage. Ach, es ist so demütigend – aber ich bin ja selbst schuld: Ich stehe Xaver im Weg, mache ihn unglücklich, schaffe es nicht, unsere Familie in Harmonie zu halten.

Ich müsste vom Erdboden verschwinden, dann wäre mein Mann frei.

Aber was wäre dann mit Bärbel?

Mitnehmen müsste ich sie, mitnehmen! So müsste mein geliebtes Kind nicht mit der Schande leben, und ich selbst hätte für immer selige Ruhe. Vor allem. Vor den verfluchten Eindrücken, die mein Verstand mir so beharrlich vorgaukelt, vor den Vorwürfen, vor dem Selbsthass. Und Xaver könnte neu anfangen, ohne mich.

Am Ende wäre es vielleicht sogar eine gute Tat.

Oh Gott, so darf ich nicht denken! Ich darf mir das nicht vorstellen, darf es mir nicht so verführerisch ausmalen, sonst tue ich es am Ende tatsächlich ... Es wäre eine Todsünde!!!

Aber wäre es nicht doch auch eine Lösung?

Wäre es nicht die Lösung für alles?

Mit Tränen in den Augen lege ich das dritte Tagebuch zur Seite. Hebe den Kopf. Sehe den traurigen Blick meiner Großmutter.

Begreife es.

Meine Zunge klebt an meinem Gaumen, als ich versuche zu sprechen. Ich will Anne fragen, ob mein grauenvoller Verdacht stimmt. Ich will unbedingt hören, dass ich mich irre. Doch meine Seele weiß längst, dass mein Verstand die richtigen Schlüsse gezogen hat.

Und das Entsetzen raubt mir den Atem.

31

Anne und ich laufen durch den schwülen Nachmittag. Ein Gewitter ist im Anzug, aber wir gehen trotzdem in den Hirschgarten, einen Park mit Gastronomie, wo ich etwas Warmes essen kann.

Okay, der Grund für unseren kleinen Ausflug ist *nicht* das warme Essen.

Der Grund ist, dass ich es nach dem, was meine Oma mir erzählt hat, nicht mehr in ihrer kleinen Wohnung ausgehalten habe. Ich hatte das Gefühl, Luft, Leben und Licht um mich herum zu brauchen, laufen zu müssen – den Schock irgendwo zu verarbeiten, wo wir auf neutralem Terrain sind.

Und deshalb traben wir jetzt durch den Park, in der Hoffnung, dass die schwarzen Wolken über uns vorbeiziehen werden. Scheiße, schwarze Wolken hatten wir heute wirklich schon genug! Wenn auch nur in unseren Herzen.

Anne schweigt, und mir ist das recht. Sie gibt mir Zeit, zu verdauen, was ich gehört habe. Sie drängt mich nicht, ihr umgehend zu verzeihen oder zu sagen, dass ich sie verstehe. Wie ich reagiere, überlässt sie mir. Es ist meine ureigene Entscheidung.

Aber noch habe ich keine Ahnung, wie diese Entscheidung ausfallen wird. Wie reagiert man, wenn man erfahren hat, dass die eigene Oma als junge Frau nicht nur versucht hat, sich selbst umzubringen – sondern auch ihr Kind?

Bärbel.

Meine Mutter.

Anne hat versucht, sie zu töten.

Weil sie in ihrer Depression der festen Überzeugung gewesen war, dass der Tod für sie beide, Mutter und Kind, die beste Lösung sei. Das Entsetzen wallt wieder in mir auf, gallebitter und schmutzig.

Wir erreichen den Biergarten, besorgen uns Bratwürstchen, knusprige Semmeln und Kraut. Bodenständiges Essen, nachdem es mir den Boden unter den Füßen weggezogen hat. Als ob das irgendetwas nützen würde!

Verrückterweise nützt es doch was. Mein Magen, leer und gequält von der Aufregung und den Nachwirkungen des Alkohols, zeigt sich äußerst dankbar für die Nahrungszufuhr, und als es mir körperlich besser geht, beruhigt sich auch meine Seele.

Ich schaue meiner geduldig schweigenden Oma über den Biertisch hinweg in die Augen und spreche aus, was ich in der letzten Stunde ungefähr eine Million Mal gedacht habe: »Ich bin bloß froh, dass du es nicht geschafft hast.«

Anne schluckt. »Ja. Ich auch. Weiß Gott, Sophie, ich auch.«

»Warst du im Gefängnis deswegen?«, frage ich rau.

Sie schüttelt den Kopf, fängt dann stockend an zu erzählen. »Ich hatte zur ... Tatzeit ... so schwere Depressionen, dass ich nur in die Psychiatrie gekommen bin. Für lange Zeit allerdings, es gab viel ... aufzuarbeiten. Und als ich begriffen habe, was ich fast getan hätte – dass ich meine Tochter und mich mit Tabletten umgebracht, tatsächlich *getötet* hätte, wenn man uns nicht so schnell gefunden und uns beiden den Magen ausgepumpt hätte –, tja, als ich das begriffen habe, da ging es mir schlechter denn je. Kein Wunder, nicht wahr?«

Ich sage nichts. Ich will Anne nicht trösten, nicht nach dem, was sie meiner Mutter angetan hat. Trotzdem kann ich nicht umhin, sie zu verstehen, und das verwirrt mich.

Anne reibt sich mit der Hand über die Augen. »Dein Großvater hat sich sofort von mir scheiden lassen. Und Bärbel ... Sie wollte mich nie wiedersehen, auch nicht, als sie ein junges Mädchen geworden war und ich aus der Psychiatrie entlassen wurde. Ich habe das akzeptiert, natürlich, aber ich habe die Hoffnung niemals aufgegeben, dass sie irgendwann einmal den Versuch machen würde, mich zu verstehen. Zu begreifen, wie es zu alldem kommen konnte. Ich habe ihr immer wieder geschrieben, weißt du. Habe ihr erklärt, wie ich mich gefühlt habe. Dass ich krank war vor Selbsthass ... Dass es die Ablehnung meiner synästhetischen Veranlagung war, die mich krank gemacht hat. Aber Bärbel hat mir nie geantwortet.

Und dass ich jetzt dir gegenübersitze, Sophie, dir, meiner Enkelin – das kommt mir vor wie ein Wunder. Wie ein Fingerzeig Gottes, dass er mir nach all der Zeit doch noch verziehen hat.«

Anne knetet ihre Hände und schaut in den Himmel, auf der Suche nach Gott oder Vergebung oder vielleicht auch nur, weil sie es nicht wagt, mir in die Augen zu blicken. Zart und zerbrechlich sieht sie aus, wie sie da auf der Bierbank sitzt, zusammengesunken unter der drückenden Last ihrer Schuld.

Und in diesem Moment fällt jede Unsicherheit von mir ab. Denn *natürlich* weiß ich, wie ich reagieren möchte!

Anne hat schon mehr als genug gebüßt. Sie hat gebüßt für eine Schuld, die keineswegs nur ihre eigene war – sondern auch die meines Großvaters, des Pfarrers, der Hebamme, all der selbstgerechten, ignoranten Menschen, die Anne in die Depression getrieben haben. Indem sie ihr weisgemacht haben, sie sei verrückt. Indem sie von ihr gefordert haben, sich zu verleugnen. Indem sie ihr Vorwürfe gemacht haben, weil Anne nun einmal ist, wie sie ist.

So wie ich nun einmal bin, wie ich bin.

Ich greife über den Tisch hinweg nach ihren Händen, spüre ihre weiche, alte Haut unter meinen Fingern. Ein Farbenchaos überflutet meinen inneren Monitor, kaum kann ich all die Gefühle und Schattierungen auseinanderhalten: wässerig-braune Schlieren, Milchkaffeebraun, frühlingszartes Grün und Elfenbein. Trauer über Annes verkorkstes Leben, grenzenloses Mitleid. Die wilde Hoffnung, dass es bei mir anders laufen wird, alles, weil ich in einer anderen Zeit geboren wurde, einer offeneren. Schwindelerregende Erleichterung, weil mein Farbensehen, wie Anne es ausdrückt, eine Gabe sein kann statt eines Fluchs. Tiefe Dankbarkeit dafür, dass Anne sich mir geöffnet hat, sogar auf das Risiko hin, dass ich sie danach hasse.

Aber von Hass bin ich weit entfernt. Und ich will, dass Anne das weiß.

Ich drücke ihre Hände, die regungslos auf dem Biertisch liegen, und sage mit belegter Stimme: »Wenn *ich* meine Mutter wäre, Anne, dann würde ich dir verzeihen. Hier und jetzt und absolut.«

Meine Großmutter schaut mich an. Ihre blauen Augen schwimmen in Tränen.

Doch dann lächelt sie, und da weiß ich, dass ich die richtigen Worte gefunden habe.

Gut gemacht, Sophie!, denke ich erleichtert und lächele zurück. Bis mir eine Frage durch den Kopf schießt, die auf einen Schlag jegliche Selbstzufriedenheit vertreibt.

Die Frage, ob ich auch bei Mattis die richtigen Worte finden werde.

Oder ob das verdammte YouTube-Video triumphieren wird, über welche Worte auch immer – weil ich Mattis schon längst verloren habe.

32

Es nieselt, als ich durch den stillen Sonntagmittag von der Bushaltestelle nach Hause laufe. Gut, dass Mama und Papa noch am Ammersee sind. Ich brauche Zeit, um mir zu überlegen, wie ich ihnen die große Neuigkeit am schonendsten beibringen kann. »Übrigens, ich fand Oma Anne total nett!« scheidet eher aus. »Übrigens, Oma gehört jetzt zu meinem Leben. Endlich habe ich jemanden, mit dem ich über meinen inneren Monitor reden kann!« wohl auch.

Aber ich habe ja eine Galgenfrist bis Montagabend. Bis dahin wird mir schon eine Gesprächsstrategie einfallen. Zu verheimlichen, was ich getan habe und wie viel sich für mich verändert hat, kommt nicht in Frage. Ich habe den ganzen Abend und die halbe Nacht mit Oma geredet, habe so viel erfahren, über sie, meine Mutter, die verschiedenen Formen der Synästhesie, über Vorurteile und Ängste, über Mut und Stolpersteine auf dem Lebensweg, dass ich nicht da weitermachen kann, wo meine Eltern und ich am Donnerstag aufgehört haben.

Ich liebe meine Eltern.

Und genau deshalb muss ich aufhören, mich vor ihnen zu verstellen.

Vor dem Gespräch mit Mama und Papa aber, denke ich und schlage den Kragen meiner Jacke gegen den Regen hoch, steht etwas anderes auf dem Plan, das Wichtigste überhaupt: Mattis.

Ich muss ihn zurückerobern, koste es, was es wolle. Denn wenn ich ihn verloren habe, wenn er mich nicht mehr liebt, wenn ich in Zukunft auf ihn verzichten muss, dann – was dann?

Ein Leben ohne Mattis kann ich mir nicht mehr vorstellen. Er und ich, das ist einfach richtig.

Ich hoffe nur, dass er das genauso sieht.

Tief in Gedanken versunken laufe ich am Haus der Landeggers vorbei. Erreiche unser Gartentor. Stoße es auf und ... erstarre. Denn vor der Haustür, durch den Dachvorsprung notdürftig vorm Nieselregen geschützt, steht *er*.

Mattis.

Mit einem Gesichtsausdruck, finsterer als die Hölle.

Langsam öffne ich das Gartentor. Ich gehe auf Mattis zu, während er mich schweigend und regungslos fixiert. Er hat die Hände in den Hosentaschen vergraben, sein schwarzbraunes Haar ist feucht, und die Sehnsucht nach ihm krampft mir das Herz zusammen. Nur Mattis' düsterer Blick und seine zusammengepressten Lippen halten mich davon ab, einfach loszurennen und ihm um den

Hals zu fallen. Ich rufe mir in Erinnerung, dass Mattis immer noch davon überzeugt ist, dass ich mit Noah rumgemacht habe. Gott, ich kann von Glück sagen, wenn er mich auch nur anhört! Umarmungen oder Küsse sind definitiv noch nicht drin.

Warum ist er überhaupt hier?

Kalt wie Eis drängt sich eine Vermutung in mein Bewusstsein: Mattis ist gekommen, um mit mir Schluss zu machen. Per SMS erledigt er so was nicht. Das hat er damals bei Nicola bewiesen. Und heute ... Heute bin ich dran.

Bitte nicht. Bitte, bitte nicht.

Ich ziehe unwillkürlich den Kopf zwischen die Schultern, als ich einen halben Meter vor ihm stehen bleibe.

»Hallo, Mattis«, sage ich und kann nicht verhindern, dass meine Stimme zittert.

Mattis' Augenbrauen sind grimmig zusammengezogen. »Warst du bei Noah?«, knurrt er anstelle einer Begrüßung. »Die ganze Nacht?«

Er ist also immerhin noch eifersüchtig, schießt es mir durch den Kopf. Ich versuche mir einzureden, dass das ein gutes Zeichen ist. Mattis scheint mich noch nicht völlig abgeschrieben zu haben.

Er mustert mich argwöhnisch, und ich zwinge mich, meine Schultern fallen zu lassen. Meinen Nacken zu entspannen. Seinen dunklen Blick offen zu erwidern. Ich schaffe das, sage ich mir. Ich kann Mattis von der Wahrheit überzeugen. Ich kann ihn dazu bringen, mir zu glauben.

»Bei Noah? Das traust du mir zu, Mattis?«

Verunsicherung flackert in seinen Augen auf. Trotzdem sagt er abweisend: »Wundert dich das? Nach diesem Video?«

»Ja, das wundert mich.« Ich hole tief Luft. »Weil du mich kennst, Mattis. Weil du weißt, dass ich dich liebe. Ich will *dich*, nur dich, niemanden als dich.«

Mattis wendet sich von mir ab. Weil er mit seinen Gefühlen kämpft? Oder weil er es nicht mehr ertragen kann, solche Worte aus meinem Mund zu hören? Ich betrachte sein schönes Profil, den Mund, den ich so gern küssen würde, die schwarzen, nassen Haarsträhnen, durch die ich mit meinen Fingern streichen will. Mutig, fällt es mir ein, mutig wollte ich doch sein, jetzt, wo ich mit mir selbst im Reinen bin.

Mutig sein.

Ich kann das.

Und deshalb trete ich vor, bis ich Mattis ganz nahe bin. Fast berühren wir uns, ich kann seine Körperwärme schon spüren, und Gott sei Dank, Mattis weicht nicht zurück. Elfenbein und Gold durchfluten mich, als ich die Hände hebe und sie um Mattis' Gesicht lege.

»Schau mich an«, flüstere ich und drehe seinen Kopf sanft in meine Richtung.

Die Trauer in seinen Augen vertreibt jeglichen Zweifel daran, ob Mattis mich noch liebt.

Er tut es, und ich habe ihm das Herz gebrochen.

Aber ich habe auch die Macht, sein Herz wieder zu heilen.

»Ich war bei meiner Großmutter in München, Mattis, nicht bei Noah. Noah ist ein Widerling, und ich habe Freitagnacht keine Sekunde lang daran gedacht, mit ihm rumzumachen. Es ist nichts passiert, außer dass ich total betrunken war und mich kaum auf den Beinen halten konnte und … und Noah versucht hat, das auszunutzen. Mattis, ich war saumäßig blöde, mich so zu besaufen. Aber ich war *nicht* untreu.«

Mattis sagt nichts, doch ich erkenne die aufkeimende Hoffnung in seinem Blick. Also rede ich einfach weiter, rede und rede wie ein Wasserfall. Ich will ihm alles sagen, alles erklären, und wenn er nur die Hälfte versteht, nun, dann sage ich eben alles noch einmal. So lange, bis er mir glaubt. So lange, bis alles wieder gut ist.

»Ich war vor Monaten mal mit Noah zusammen, er war der Erste, mit dem ich geschlafen habe, ein einziges Mal, aber glaub mir, es war zum Abgewöhnen«, stoße ich hervor. »Noah ist null, null, null Konkurrenz für dich, Mattis, und das, was ich vor dir zurückgehalten habe, hatte überhaupt nichts mit ihm zu tun. Nur mit mir selbst. Mit … meinen …«

Ich halte inne, zögere. Soll ich es ihm jetzt sagen, hier im Nieselregen? Aber wie? Wird er es begreifen, wird er es sich auch nur im Geringsten vorstellen können? Ich rufe mir meinen neuen Mut in Erinnerung, sehe den rosa Schnee. Und da habe ich eine Idee.

»Ich möchte es dir zeigen, Mattis. Aber ich brauche meinen Computer dafür. Kommst du … Kommst du mit mir rein?«

Eine quälende Ewigkeit lang schaut Mattis mich nur an, und ich kann kaum atmen. Wenn er jetzt Nein sagt, dann weiß ich, dass ich ihn verloren habe.

»Schließ auf«, sagt Mattis rau.

Wir sind in meinem Zimmer, die nassen Jacken liegen auf dem Boden, der Mac fährt hoch. Niemand von uns sagt etwas, aber ich spüre, dass es in Mattis arbeitet. Und ich lasse ihm die Zeit, die er braucht, so wie Anne mir meine Zeit gelassen hat. Schweigend setze ich mich vor den Computer und gebe mein Passwort ein.

Da lehnt Mattis sich neben mich gegen den Schreibtisch und sagt: »Ich habe mir solche Scheiß-Sorgen um dich gemacht, Sophie. Warum zum Teufel hast du dein Handy ausgeschaltet?«

Überrascht schaue ich zu ihm hoch. »Weil ich nicht im Traum damit gerechnet hätte, dass du mich anrufst, nachdem du auf meine letzte SMS nicht mehr geantwortet hast. Und andere Anrufe ... Na ja, da war ich nicht scharf drauf. Wer weiß, was ich mir hätte anhören müssen. Mobbing-Attacken reichen mir auch noch am Montag in der Schule.«

Mattis hebt die Hand, streicht mir eine Strähne aus der Stirn, und mein Herz fängt an zu wummern. Es ist das erste Mal seit Freitag, dass er mich berührt, und plötzlich bringt mich die Unsicherheit, ob er noch der meine ist, fast um. Ohne nachzudenken frage ich: »Bist du gekommen, um mit mir Schluss zu machen, Mattis?«

»Nein.« Er streicht mir übers Haar, wieder und wieder,

obwohl die Strähne längst hinter meinem Ohr klemmt. »Zuerst war ich stinksauer, klar. Aber heute Nacht konnte ich nicht schlafen, keine verdammte Minute lang, und da habe ich beschlossen ...«

Er räuspert sich, blickt zu Boden. Dann schaut er mir wieder in die Augen.

»Ich wollte dich heute Morgen anrufen, um dich davon zu überzeugen, dass *ich* der Richtige für dich bin, nicht dieses Ar... nicht Noah. Aber dann habe ich dich nicht erreicht, weil dein Handy aus war, und deshalb bin ich hergekommen.«

Seine Hand kommt auf meiner Wange zu liegen. »Als du nicht aufgemacht hast und ich Stunde um Stunde da draußen gewartet habe, da habe ich mir das Schlimmste ausgemalt. Dass ich zu spät bin. Dass du dich schon für Noah entschieden hast. Dass du die Nacht bei ihm verbracht hast. Dass du ihm gegeben hast, was du mir nicht geben wolltest.« Die letzten Worte fallen Mattis sichtlich schwer.

Ich schlucke die Tränen runter, die in mir aufsteigen, als ich mir vorstelle, wie Mattis sich gefühlt haben muss. »Wie lange bist du denn schon hier?«

»Seit neun.«

Ich schaue auf meine Armbanduhr: dreizehn Uhr.

Er hat vier Stunden lang im Regen auf mich gewartet.

Und da lassen sich die Tränen nicht mehr runterschlucken, sondern strömen in Bächen über meine Wangen. Kein Zweifel, Mattis liebt mich – genauso verrückt und bedingungslos wie ich ihn.

»Es tut mir so leid«, schluchze ich, und als Mattis voller Reue sagt: »Mir auch, mir tut es auch leid, ich hätte dir vertrauen sollen«, da springe ich so heftig auf, dass krachend mein Stuhl umfällt. Ich werfe mich in Mattis' Arme, verberge mein Gesicht an seiner Brust und heule sein T-Shirt voll, und Mattis hält mich fest, als hinge sein Leben davon ab.

33

Wir liegen auf meinem Bett und küssen uns, lassen uns keinen Wimpernschlag lang los. Wir wollen uns gegenseitig spüren lassen, dass wir uns nicht verloren haben, wollen mit Herzen und Körpern bekräftigen, dass wir zusammengehören.

Mit anderen Worten: Wir würden verdammt gern miteinander schlafen.

Doch ich habe Mattis versprochen, dass ich ihm erkläre, was ich vor ihm zurückgehalten habe, und mir selbst habe ich versprochen, erst Sex mit Mattis zu haben, wenn er um meine inneren Farben weiß.

Also reiße ich mich mühsam von ihm los, meine Hände von seinem Rücken, meine Lippen von seinem Mund, und sage heldenhaft: »Pause, Mattis. Ich wollte dir doch was zeigen. Komm mit an den Mac.«

»Ich will dir auch was zeigen«, murmelt Mattis, »aber nicht am Mac.«

Verlangen und Neugierde wechseln sich in seinem Blick ab, als er sich aufsetzt und mit der Hand durchs

Haar streicht. »Also los«, stimmt er seufzend zu, und nach einem letzten, langen Kuss stehen wir auf.

Ich öffne das Foto von Mattis, das ich vor wenigen Tagen verändert habe. Da ist er, mitternachtsblau und funkensprühend, mit seinem goldenen Namen in Höhe des Herzens.

»Das«, sage ich fest, »bist du, Mattis. So fühle ich dich. Und ich fühle diese Farben nicht nur, ich sehe sie. Auf meinem inneren Monitor.«

Komisch, weht es durch meinen Kopf, ich sollte jetzt doch eigentlich Angst haben! Vor Panik hyperventilieren, weil ich zugebe, was ich immer verborgen habe. Aber da ist keine Angst mehr. Nur eine ruhige Akzeptanz meiner selbst, gepaart mit mildem Erstaunen darüber, dass ich mein Leben lang gedacht habe, ich sei verrückt. Dabei bin ich einfach bloß synästhetisch veranlagt, so wie Mattis hochsensibel ist. Wie Lena zu Übergewicht neigt. Wie Fabian extrem intelligent ist. Das Farbensehen ist eine Besonderheit unter vielen, und ich kann es verleugnen – oder das Beste daraus machen. Gabe oder Fluch: Was von beidem mein innerer Monitor für mich ist, liegt allein bei mir. Bei niemandem sonst.

Ich schaue zu Mattis hoch, warte auf seine Reaktion.

»Ähm, Sophie ... Ich begreife das nicht so richtig«, gibt er zu, ohne den Blick von seinem blaugoldenen Gegenstück auf dem Bildschirm zu wenden. »Was meinst du damit, du siehst diese Farben? Ich meine, siehst du mich wirklich ... *blau*?«

Ich muss lachen. »Natürlich nicht. Es ist nicht dein

Körper, der blau ist, sondern mein Gefühl, wenn ich dich … ähm, begehre.«

Mattis zieht die Augenbrauen hoch. »Jetzt wird es interessant.«

Ich boxe mit der Faust leicht gegen seinen Arm. »Typisch Junge. Immer nur das eine im Kopf!«

»Ach ja?«

Mattis beugt sich zu mir runter, umfasst mit der Hand mein Kinn und küsst mich. Und *wie* er mich küsst! Sanft streicht seine Zunge über meine Lippen, spielt mit mir, öffnet mich. Dringt in meinen Mund ein. Nimmt voraus, was wir zusammen tun möchten.

Unwillkürlich atme ich schneller, und jetzt bin ich es, die nur noch das eine im Kopf hat.

Doch da beendet Mattis den Kuss und sagt: »Von wegen typisch Junge. Was es mit dieser Farbengeschichte auf sich hat, interessiert mich wirklich. Erklärst du's mir?«

»Jetzt sofort?«, flüstere ich und denke an Sex, Sex, Sex.

»Jetzt sofort«, flüstert Mattis zurück und grinst.

Später stehen wir in der Küche, lehnen an der Arbeitsplatte und schieben uns das letzte Stück Salami-Pizza in den Mund – das Einzige, was die Tiefkühltruhe hergegeben hat. Reden macht hungrig, zuhören auch, wie uns beiden aufgefallen ist, nachdem wir sämtliche Aspekte meiner Synästhesie beleuchtet hatten. Und die unerfreuliche Geschichte zwischen mir und Noah auch.

Ich habe Mattis nichts verschwiegen, nicht das kleinste Detail. Alles habe ich ihm offenbart: Was ich auf meinem inneren Monitor sehe, wenn ich etwas fühle. Welche Schuldgefühle ich immer deswegen hatte. Dass erst Oma Anne mich von ihnen befreit hat. Was Anne getan hat und dass ich, auch wenn es eine grauenvolle Tat war, nachvollziehen kann, wie es dazu kommen konnte. Ich erzähle Mattis von meinem neuen Selbstrespekt, von meiner Neugier darauf, wohin mich die Akzeptanz meiner Farben wohl führen wird. Von meinem Unbehagen, wenn ich daran denke, wie meine Eltern reagieren werden. Meiner Furcht, dass Mama ausflippt, wenn sie erfährt, dass ich mit ihrer Beinahe-Mörderin nicht nur gesprochen, sondern sogar unter ihrem Dach geschlafen habe.

Auch das, was Synästhesie eigentlich ist, was die Wissenschaft darüber weiß, wo im Kopf sie ihren Ursprung hat, habe ich Mattis erklärt. Na ja, so gut ich das eben konnte. Ich weiß noch längst nicht alles über meine Veranlagung, eigentlich nur das, was Oma Anne mir erzählt hat. Aber ich bin fest entschlossen, mir Bücher über Synästhesie zu kaufen, im Internet zu forschen, vielleicht sogar Kontakt zu anderen Synästhetikern aufzunehmen. Vorerst allerdings reicht es Mattis und mir zu wissen, dass Synästhesie genauso wenig eine Krankheit ist wie Hochsensibilität. Sondern einfach eine Vernetzung im Gehirn, die Verknüpfung zweier Sinne – sodass man zum Beispiel Töne schmecken kann, so unglaublich das auch klingen mag. Ich habe es Mattis aus dem Duden vorgelesen: »**Sy/n/äs/the/sie**, Miterregung eines Sinnesorgans bei Reizung eines andern«.

So knapp, so sachlich.

So wenig bedrohlich.

Und doch so unzureichend, wenn man weiß, wie sich das Ganze in der Wirklichkeit anfühlt. Vor allem, weil es nicht ausgeschaltet werden kann, sondern automatisch passiert, ob ich das nun will oder nicht.

»Bei dir«, fragt Mattis jetzt nachdenklich und trinkt einen Schluck Cola, »wird aber doch gar kein Sinnesorgan gereizt. Du siehst die Farben ja nicht, wenn du etwas hörst oder riechst, sondern wenn du ein starkes Gefühl hast.«

Er klingt verwirrt, und ich kann es ihm nicht verdenken. Synästhesien sind für andere Menschen schwer nachvollziehbar, und bei so was Abgefahrenem wie meiner Gefühlssynästhesie gilt das doppelt und dreifach.

»Das bei mir ist eine Unterform«, wiederhole ich, was Oma Anne mir gestern Abend erklärt hat. »Bei mir sind es nicht Außenreize, die den zweiten Sinn aktivieren, sondern einzig und allein meine Empfindungen. Deshalb sehe ich die Farben auf meinem inneren Monitor auch nie hundertprozentig gleich. Weil meine Gefühle ja auch nie hundertprozentig gleich sind.«

Mattis runzelt die Stirn. »Ich bin also nicht immer gleich blau?«

»Nein. Zu Anfang warst du himmelblau. Dann ist das Blau irgendwie tintig geworden. Und jetzt ist es so intensiv, dass es fast schwarz ist. Also jedenfalls, wenn wir zusammen … äh …« Ich breche ab, grinse verlegen.

»Schon kapiert.« Mattis grinst auch. Er stellt sich dicht

vor mich und legt seine Hände auf meine Hüften. »Und das Gold? Wofür steht das?«

Ich schaue auf seinen Mund und sage: »Dreimal darfst du raten, Mattis.«

»Ich glaube, einmal raten reicht«, sagt er leise und beugt sich zu mir runter.

Der Rest des Nachmittags vergeht wie im Flug. Mattis ist so fasziniert von meinen inneren Farben, dass er gar nicht damit aufhören kann, mich auszufragen. »Ich wusste ja von Anfang an, dass du etwas Besonderes bist«, sagt er mehr als einmal, und in seiner Stimme schwingt so viel Stolz auf mich mit, dass ich vor Rührung seufzen könnte.

Aber statt zu seufzen, werde ich gezwungenermaßen kreativ. Mattis hat es sich nämlich in den Kopf gesetzt, meine inneren Farben sehen zu wollen. Und deshalb schlage ich ihm vor, dass er mir helfen darf, meine Idee vom Donnerstagabend umzusetzen: kleine Farbgefühl-Kunstwerke zu erschaffen, indem ich weitere Fotos synästhetisch verändere.

Nachdem Mattis mir versprochen hat, über die Kunst auch das Küssen nicht zu vergessen, fangen wir an. Das erste Gefühl ist schnell gefunden: Liebe. Wir wählen ein mit Selbstauslöser geknipstes Bild von Mattis und mir und färben es komplett in glänzendem Gold ein. Schwieriger wird es dann schon bei Glück. Die Farbe ist klar, ein flauschiges Weinrot – aber wie soll das Symbol dazu aussehen? Nach längerer Diskussion entscheiden wir uns für ein Foto mit einem lachenden Kind. Und so nehmen wir uns eine Emotion nach der anderen vor, die schönen Gefühle ebenso wie die schlimmen, meine wie seine.

In diesen Stunden erfahren Mattis und ich mehr übereinander als je zuvor. Erst zögernd, dann immer vertrauensvoller erzählen wir uns all die kleinen Geschichten, die wir mit Angst und Freude, Sehnsucht und Zorn verbinden. Wir gestehen uns erträumte Siege und erlebte Niederlagen, bittere Selbstzweifel und schwebende Glücksmomente, und immer wieder versichern wir uns dabei gegenseitig unserer Liebe, so als böte nur sie uns Schutz. Schutz davor, verletzt zu werden, während unsere Seelen voreinander bloßliegen. Aber nichts Verletzendes geschieht, nur unsere Liebe wächst, während am Mac ein Kunstfoto nach dem anderen entsteht.

Erst als Mattis' Handy klingelt und eine aufgebrachte Nathalie wissen will, wo zum Teufel er stecke, ob ihm klar sei, dass er den ganzen Tag lang nichts von sich habe hören lassen und ob der Herr auch irgendwann mal heimzukommen gedenke, hat die Welt um uns herum uns wieder.

»Ich sollte wohl besser nach Hause, bevor meine Mutter völlig ausflippt.« Mattis verzieht das Gesicht und lässt das Handy sinken. »Wolltest du nicht sowieso noch zu Lena?«

»Doch, unbedingt.« Ich werfe einen Blick auf meine Armbanduhr. Schon achtzehn Uhr. Das heißt, ich muss mich beeilen, wenn ich heute noch reinen Tisch machen möchte.

»Wenn ich Lena nicht an meiner Seite weiß, kann ich

mich unmöglich der Meute stellen«, sage ich unbehaglich. »Bestimmt haben alle das Video gesehen. Au Mann, das wird so furchtbar peinlich morgen!«

Mattis' Blick wird grimmig. »Du hast *mich* an deiner Seite. Und der Meute werden wir es schon zeigen, verlass dich drauf.«

In einer beschützenden Geste zieht er mich an sich, und ich schlinge die Arme um seinen Hals. »Du hast recht. Ich schaffe das. Wenn du mich nur liebst, kann ich es mit der ganzen Welt aufnehmen.«

Er drückt mich fest an seine Brust. »Nimm du meinetwegen die ganze Welt. Aber Noah überlässt du mir.«

Oha, das klingt nicht gut. »Wie war das denn jetzt gemeint?«

»Dass ich den Kerl, der dich erniedrigt, beleidigt und belästigt hat, ganz bestimmt nicht ungeschoren davonkommen lasse.«

»Du baust aber keinen Mist, ja?«, sage ich besorgt.

»Kommt darauf an, was du unter Mist verstehst«, antwortet Mattis.

34

Lena macht es mir nicht so leicht wie mein Freund.

Ich treffe sie in unserem Tannenversteck, gleich nachdem Mattis gegangen ist. Fest entschlossen, auch ihr die Wahrheit und nichts als die Wahrheit zu sagen, lege ich los und erzähle ihr *alles*. Doch anstatt mir danach erleichtert die Absolution zu erteilen, wird Lena megawütend.

»Ich bin deine allerbeste Freundin, Sophie!«, zischt sie. »Und da hast du wirklich geglaubt, ich würde dich zum Psychiater schicken und mich angeekelt von dir abwenden? Bloß weil du Farben siehst?!«

Bloß?

»Ich habe es nicht geglaubt«, sage ich verunsichert. »Nur befürchtet. Das ist ein Unterschied, Lena.«

»Ach ja? Für feine Unterschiede bin ich aber nicht zu haben, wenn es darum geht, dass du mir die ganzen Jahre über so was von null vertraut hast!«

»Aber Lena, so ist das doch nicht, ich habe doch nur – «

»Klar ist das so! Genau so! Weißt du eigentlich, wie viele Gedanken ich mir über dich gemacht hab in den letzten Wochen? Ich habe weiß Gott was vermutet, als du so unglücklich gewirkt hast, obwohl du mit deinem Traumtypen zusammen warst.« Lena sieht aus, als wüsste sie nicht, ob sie heulen oder schreien soll. »Ich hatte Angst, dass Mattis zweigleisig fährt und doch noch eine Freundin in München hat, und dass du das weißt. Oder dass er pervers ist und irgendwelche kranken Spielchen mit dir treibt, auf die du dich einlässt, weil du so irre verknallt in ihn bist. Oder dass deine Eltern sich scheiden lassen, dass du angefangen hast, Drogen zu nehmen, dass Noah was gegen dich in der Hand hat, vor allem, als ich euch auf dem YouTube-Video gesehen habe, oder – «

»Lena!«, unterbreche ich sie geschockt. »Warum hast du mich denn nicht auf all das angesprochen? Ich hätte dir doch gesagt, dass nichts davon – «

»Bullshit, nichts hättest du mir gesagt«, fährt Lena mir über den Mund. »Kein verdammtes Wort.«

Ich starre sie an, als sie aufspringt und mit blitzenden Augen auf mich runterguckt. Das Ganze kommt mir vor wie ein Déjà-vu, und in diesem Augenblick weiß ich, dass Lena recht hat: Sie *hat* mich gefragt, vor zwei Wochen, hier in unserem Tannenversteck. Und ich, ich habe gesagt, dass alles okay sei. Obwohl gar nichts okay war.

»Aber ... jetzt«, verteidige ich mich schwach. »Jetzt habe ich es dir erzählt. Ich war davor halt noch nicht so weit.«

»Jetzt ist es aber zu spät«, sagt Lena hart. »Ich fühle mich nämlich ganz schön verarscht!«

Damit rauscht sie aus dem Tannenversteck, und als ich aufspringe und ihr nachrenne, schlägt sie mir die Terrassentür vor der Nase zu.

Später geht sie nicht ans Telefon.
Antwortet nicht auf meine SMS.
Ignoriert mich vollkommen.
Und gibt mir damit einen bitteren Vorgeschmack darauf, wie sich das Leben ohne beste Freundin anfühlen wird: verdammt leer.

Als ich am nächsten Morgen allein den Schulhof überquere, fangen die ersten Mädels bereits an zu tuscheln. Eine Neuntklässlerin zeigt kichernd in meine Richtung, ein Junge wackelt anzüglich mit den Augenbrauen. Na super, mein vermeintliches Schlampen-Video ist also tatsächlich bis in den letzten Winkel vorgedrungen. Viv hat ganze Arbeit geleistet.

Aber obwohl sich diese Erkenntnis scheiße anfühlt, obwohl ich mich schäme und Vivian für ihre Niedertracht verfluche, wäre all das zu ertragen. Ich könnte damit fertig werden. Könnte das Kinn heben, die Schultern durchdrücken und sie alle ignorieren. Wenn nur die, die ich wirklich liebe, zu mir halten und mir verzeihen würden.

Mattis hat das getan.
Lena nicht.
Mit einem Kloß im Hals denke ich daran, wie ich gestern Abend einen weiteren sinnlosen Versuch gemacht

habe, unsere Freundschaft zu retten. Ich habe Lena einen Brief geschrieben – einen richtigen, altmodischen Brief –, in dem ich mich für mein Misstrauen ihr gegenüber entschuldigt habe. Ich habe ihr meine Angst geschildert, meine Irrtümer, meine Zweifel an mir selbst und an der ganzen Welt. Menschen machen Fehler, habe ich geschrieben, und auch ich habe Fehler gemacht. Aber ich hoffe, hoffe so sehr, dass sie mir meinen Fehler verzeiht!

Ob ich damit zu ihr durchgedrungen bin?

Den Brief habe ich heute Morgen durch den Briefschlitz neben der Haustür gesteckt, sodass er auf der Morgenzeitung zu liegen kam. Wenn ich Glück habe, hat sie ihn schon gelesen. Wenn ich Pech habe, hat sie ihn ins Altpapier geworfen.

Ich laufe die Treppe in den ersten Stock hoch, und meine Gedanken sind so von Lena, unserer zerbrechenden Freundschaft, meiner Reue und meiner Hoffnung in Anspruch genommen, dass ich Vivian erst sehe, als ich ins Klassenzimmer gehen will und sie mir in ihrer ganzen Pracht den Weg versperrt.

»Na, Sophie?«, fragt sie mit einem fiesen Lächeln, das ihre perfekten, weißen Zähne entblößt. »Schönes Wochenende gehabt?«

Sie drückt den Busen vor, der heute in einem schwarzen Push-up steckt, den man unter dem knappen, cremefarbenen Top deutlich sehen kann. Zusammen mit ihrem Lächeln und dem arroganten Blick macht diese Pose klar, was Vivian mir sagen will: So sehen Sieger aus.

Und Verlierer, die sehen aus wie ich.

Ich brauche einige Sekunden, bis ich es geschafft habe, Lena aus meinem Bewusstsein zu schieben und mich der aktuellen Herausforderung zu stellen. Okay, sage ich mir nervös, es ist so weit. Ich muss Vivian klarmachen, dass ich die Rolle des Losers nicht annehmen werde. Schlagfertig muss ich jetzt sein, cool und ungerührt!

Aber leider nützt es gar nichts, mir das einzuhämmern: Mein Gehirn ist wie leergefegt. Ich atme tief durch und ringe krampfhaft um eine lässige Antwort, als sich ein starker Arm um meine Schultern legt.

»Hey«, raunt Mattis in mein Ohr, und mein Herz macht vor Liebe und Erleichterung einen Sprung. Wir schauen uns in die Augen. Mattis lächelt mich an.

Dann fragt er mich laut: »Du hast doch nicht etwa Lust, dich mit *der* zu unterhalten, oder?« Sein Blick wandert von mir zu Vivian und kühlt dabei um etliche Grade ab. »Nein? Dachte ich's mir doch. Dann würde ich vorschlagen, du verpisst dich, Vivian. Und zwar sofort.«

Vivians Lächeln verschwindet, und sie glotzt Mattis an wie eine Mondkuh. Wahrscheinlich hat ihr in ihrem ganzen Leben noch kein Junge gesagt, sie solle sich verpissen. Tja, es gibt eben für alles ein erstes Mal.

Als Vivian begriffen hat, dass Mattis und ich trotz des bloßstellenden Videos nach wie vor ein Paar sind, findet sie endlich ihre Sprache wieder. »Aber ihr, äh, Mattis, du und Sophie, warum …«

Mattis verdreht die Augen und wendet sich von der stotternden Vivian ab, als sei sie es nicht wert, dass wir uns auch nur eine Sekunde lang mit ihr abgeben.

Dann lassen wir sie stehen.

Wir schlendern an der Oberzicke vorbei in die Klasse, und die ganze Zeit über liegt Mattis' Arm fest um meine Schultern.

Das, denke ich, wäre ein sehr schönes Gefühl.

Wenn uns nur nicht *alle* anstarren würden.

Mattis scheint ein ähnlicher Gedanke durch den Kopf zu gehen, denn er bleibt mitten im Raum stehen. »Ist was?«, fragt er in die Runde, so eisig, dass jegliches Getuschel abrupt verstummt.

Ich werfe ihm einen verstohlenen Seitenblick zu. Mattis' Kiefer ist hart, der Blick, den er langsam vom einen zum anderen schweifen lässt, zum Fürchten. Mattis' Beschützerinstinkt hat sich zu ungeahnten Höhen aufgeschwungen, und alle hier spüren das: Obwohl er nicht schreit, nicht tobt und niemanden angreift, strahlt er Wellen von Aggression aus, unter denen sich auch der Letzte im Raum instinktiv duckt. Mattis ist bereit, mich zu verteidigen – gegen wen und auf welche Art auch immer.

Ein paar der Mädchen schauen betreten weg. Irgendjemand nuschelt: »Cool bleiben, Mann, ist doch alles okay.« Keiner wagt es mehr, mich spöttisch anzugrinsen, niemand schlägt sich auf Vivians Seite.

Hey, war sie nicht immer die Queen? Wo ist ihr Gefolge?

Ich habe meine Verblüffung noch kaum verdaut, als Mattis in die angespannte Stille hinein sagt: »Ah. Da kommt er ja.«

Sämtliche Blicke fliegen zur Tür.

Dort steht immer noch völlig belämmert Vivian, doch nicht sie ist es, auf die sich Mattis' Aufmerksamkeit sowie die Neugier der anderen richten.

Es ist Noah.

Noah, der ins Klassenzimmer schleicht und dabei unsicher in unsere Richtung schielt.

Ich begegne seinem Blick, dem heute jegliche Großspurigkeit fehlt, und in diesem Moment begreife ich zwei Dinge: Erstens, dass Mattis gestern Abend einen kleinen Umweg gemacht hat, bevor er heimgegangen ist. Und zweitens, dass muskulöse Arme und ein durchtrainierter Körper nicht nur beim Bogenschießen und Schwimmen von Vorteil sind.

Um Noahs rechtes Auge blüht ein filmreifes Veilchen. Sein Kinn und die linke Gesichtshälfte sind zerschrammt, so, als sei er im Kampf zu Boden gedrückt worden – von jemandem, der sehr, sehr sauer darüber war, dass Noah mich in der Nacht von Freitag auf Samstag belästigt hat.

Ich schlucke, als der lädierte Sunnyboy durch die gespannte Menge auf uns zukommt. Als er vor uns stehen bleibt, ist es mucksmäuschenstill. Mattis schaut Noah in die Augen. Noah räuspert sich.

Heiser, aber so flüssig, als habe er seine Worte den ganzen Schulweg über geübt, sagt er zu mir: »Ich möchte mich bei dir entschuldigen, Sophie. War scheiße von mir, dass ich mich an dich ranmachen wollte, als es dir auf der Party so mies ging. Ich hätte dir helfen sollen, unversehrt nach Hause zu kommen, statt die Situation auszunutzen.«

Hä?

Noah, der empathiefreieste Mensch unter Bayerns Sonne, entschuldigt sich? Bei mir? *Vor der gesamten Klasse?!*

Völlig verdattert murmele ich ein »Ah. Okay. Ja dann, also ... Akzeptiert«.

Noah wirft Mattis einen fragenden Blick zu. Der nickt knapp, woraufhin Noah sichtlich aufatmet. Doch bevor er es wagen kann, sich zu seinem Platz zu trollen, durchbricht Vivians fassungsloses Gekeife die Stille.

»Ey, was soll *das* denn jetzt, Noah? Die kleine Schlampe war völlig hacke, sie hat sich dir an den Hals geworfen! Die hätte alles mit dir gemacht hinterm Haus! Ist doch nicht deine Schuld, wenn sie – «

Mit schmalen Augen wirbelt Noah herum. »Halt einfach dein blödes Maul, Vivian, ja?«, fährt er sie quer durchs Klassenzimmer hindurch an. »Du und dein verficktes Video haben mir *das hier* eingebracht! Reicht dir das immer noch nicht?« Er deutet auf sein Veilchen und sieht dabei aus, als würde er Vivian am liebsten ebenfalls eins verpassen.

Was er natürlich nicht tut, nicht mal Noah schlägt Mädchen. Und nach der Lektion, die erst mein Knie und dann Mattis' Faust ihm erteilt haben, wird er wohl auch keines mehr belästigen. Der Gedanke lässt mich unwillkürlich grinsen, und mein Lächeln wird noch breiter, als ich Vivians Gesichtsausdruck sehe: In rascher Folge zeichnen sich Unglauben, Zorn und schließlich die bittere Erkenntnis ab, dass sie nicht länger die Klassen-Queen ist.

Vivian, die Unbesiegbare, hat vor aller Augen verloren.

»Was für eine Show!«, höre ich Walli flüstern.

»Und das an einem Montagmorgen, noch vor dem Unterricht!«, wispert Klara begeistert zurück.

Wie aufs Stichwort schrillt die Schulglocke zur ersten Stunde, und hinter unserer Ex-Queen taucht Herr Müfflingen auf.

»Wenn ich dann mal bitten dürfte, junge Dame«, grummelt er, einmal mehr die schlechte Laune in Person. »Wir halten den Unterricht nicht im Stehen ab.«

Mattis wendet sich mir zu und lächelt. Jegliche Aggressivität ist aus seinen dunklen Augen verschwunden, und ich könnte unter seinem Blick und dem Wissen, was er für mich getan hat, dahinschmelzen ... Doch stattdessen stemme ich, als er mich an sich ziehen will, meine Hände gegen seine Brust. Denn zum einen hat Herr Müfflingen bereits das Pult erreicht und wird uns jeden Moment auf unsere Plätze treiben, und zum anderen möchte ich Mattis nicht dazu ermutigen, von nun an jeden Konflikt mit den Fäusten zu lösen.

Also flüstere ich streng: »Ich hatte dir doch verboten, Mist zu bauen! Und dich mit Noah zu prügeln *ist* Mist, mein Lieber.«

»Du musst allerdings zugeben, dass der Mist ziemlich effektiv war.« Mattis' Worten geht jegliche Reue ab, sein Lächeln ist Verführung pur.

Ein paar Sekunden lang sträube ich mich noch. Doch dann gebe ich auf. Ich *muss* es einfach tun, auch wenn

Zeit und Ort denkbar ungünstig dafür sind: Mit einem Seufzer ziehe ich Mattis' Kopf zu mir heran und küsse ihn. Küsse ihn, weil er mich verteidigt hat und unverbrüchlich zu mir hält.

Küsse ihn, weil er die wahre Sophie liebt, mich, wie ich wirklich bin.

Küsse ihn, weil er von der ersten Sekunde an mein Herz und meinen Körper angezogen hat wie ein Magnet.

Ich küsse und küsse und küsse ihn, nichts anderes zählt mehr. Nicht einmal, dass die ganze Klasse uns dabei zuschaut – und Herr Müfflingen uns wutentbrannt einen Eintrag ins Klassenbuch verpasst.

Eine Viertelstunde später wirbeln Emotionen und Gedankensplitter immer noch bunt schillernd durch mein Inneres. Ich sehe das flauschige Rot des Glücks, hänge verträumt dem süßen Kuss nach, frage mich, ob Noahs Wandlung wohl von Dauer sein wird, überlege, ob Vivian von ihrem Hochmut geheilt ist oder ob bei Menschen wie ihr Hopfen und Malz verloren sind, als sich die Tür des Klassenzimmers öffnet und ich abrupt daran erinnert werde, dass mir der größte Schmerz noch bevorsteht.

Lena.

Mit verquollenen Augen kommt sie reingestapft. Ungefragt erzählt sie unserem Bio-Lehrer irgendwas von familiären Problemen, womit sie nicht nur einen Eintrag ins Klassenbuch abwendet, sondern auch Herrn Müfflingens üblichen Vortrag darüber, dass man es im Leben nur mit Pünktlichkeit zu etwas bringen kann.

Dann kommt sie auf mich zu und lässt sich wortlos neben mir auf ihren Stuhl fallen.

Ich schiele zu ihr rüber. Sind Lenas Augen so verquollen, weil sie geweint hat? Meinetwegen? Hat sie meinen Brief gelesen? Wird sie mir verzeihen – oder nicht? Oder hat sie wirklich familiäre Probleme? Dann, denke ich sofort, werde ich ihr beistehen! Lena soll sich nicht einsam und verlassen fühlen. Sie soll niemals spüren, was ich gespürt habe, wenn das Silbergrau mich umhüllt hat. Hoffentlich, schießt es mir durch den Kopf, will sie meine Hilfe überhaupt, hoffentlich hat sie sich nicht dafür entschieden, ganz allein das alles ... Meine konfusen Gedanken werden durch ihre warme Hand gestoppt, die unter dem Tisch nach meiner greift.

»Ich hab ein bisschen gebraucht, um das alles zu verdauen«, flüstert sie mir zu. »So bin ich halt, du kennst mich ja. Bin auch nicht perfekt. Verzeihst du mir?«

»Ich? Dir?«, flüstere ich überrascht zurück.

»Ja, du mir. So wie ich dir.« Lena drückt meine Hand. »Mann, ich hab Rotz und Wasser geheult, als ich deinen Brief gelesen habe!«

Zartgrüne Erleichterung überflutet meinen inneren Monitor. Um nicht ebenfalls in Tränen auszubrechen, sage ich flapsig: »Ist nicht zu übersehen. Soll ich dir meinen Concealer leihen?«

Und dann grinsen wir uns an, und auch meine letzte Hirnwindung begreift es: Lena verzeiht mir! Ich habe sie nicht verloren. Sie hält mich nicht für seltsam. Und ich, ich werde ihr von nun an vertrauen, komme, was da wolle.

Milchkaffeebraun, dunkelrot und elfenbeinweiß wallen die Gefühle in mir auf, als mir klar wird, was das für mich bedeutet.

Meine verhassten, silbergrauen Tropfen sind Vergangenheit.

»Her mit dem Concealer«, sagt Lena, und vor Glück über unsere neu gefundene Freundschaft müssen wir beide lachen. Wir giggeln und kichern wie zwei Elfjährige, können gar nicht mehr damit aufhören.

Was mir prompt den zweiten Eintrag ins Klassenbuch beschert.

35

»Hallo-ho! Wir sind wieder da-ha!«

Es ist Montagabend. Ich gehe langsam die Treppe runter, der fröhlichen Stimme meiner Mutter entgegen. Mama steht im Wohnzimmer, Tasche und Beautycase noch in den Händen.

Sie strahlt mich an. »Ach, meine Kleine, es ist so schön, dich wiederzusehen!«

Gleich zwei Fehler in einem Satz, denke ich, während ich mich zu einem Willkommenslächeln zwinge. Erstens: Ich bin nicht mehr klein. Zweitens: Ob es schön für Mama ist, mich wiederzusehen, bleibt abzuwarten. Schließlich habe ich meinen Eltern nicht nur zwei brandneue Einträge ins Klassenbuch zu gestehen – das kann warten oder vielleicht auch unter den Tisch fallen –, sondern etwas viel Wichtigeres: einen Kurztrip nach München. Einen, der an Mamas schlimmste Erinnerungen rührt. Heute noch werde ich meinen Eltern davon erzählen und damit das große Tabu brechen, ein für alle Mal. Ich warte nur noch den passenden Zeitpunkt ab.

Shit, woran erkenne ich den überhaupt?!

Ich kämpfe meine beige Unsicherheit nieder. Lasse mich von Mama umarmen, spiele ein letztes Mal meine alte Rolle. Und spüre sofort, dass ich ihr unwiderruflich entwachsen bin. Seltsam, wie genau man es weiß, wenn etwas zu Ende geht.

Ich schlinge die Arme um Mama, atme ihren Lavendelduft ein und schließe für einen Moment die Augen. Unwillkürlich denke ich daran, was Oma Anne gesagt hat, irgendwann im Laufe unserer langen Samstagnacht: Dass Mama offensichtlich das Gefühl habe, der Halt, den die Familie ihr gegeben hat, bräche weg, wenn ich mich von ihr löse. Deshalb sei Mama so gehässig, wenn es um mich und Mattis gehe. Oma hat gesagt, in abgeschwächter Form würden viele Mütter solche Gefühle durchleben. Bei Mama mit ihren traumatischen Erinnerungen sei das eben alles noch extremer. Schwieriger.

Ich umarme Mama fester, frage mich, wer ihr wohl helfen kann. Papa traue ich das nicht mehr zu, denn der hat ja letzte Woche was Ähnliches vermutet wie Oma Anne, und als Ausweg ist ihm nichts eingefallen als ein Wellness-Wochenende.

»Du bist aber anhänglich«, sagt Mama und lacht. »Hatte Mattis keine Zeit für dich?«

Ich atme tief durch, weiß nicht, wo ich anfangen soll, wenn es um dieses Wochenende geht. »Doch«, sage ich schließlich, »am Sonntag.«

Was immerhin nicht gelogen ist, auch wenn die Wahrheit ein bisschen komplizierter ist.

Mein Vater trampelt ins Wohnzimmer, lässt den Koffer auf den Boden fallen und breitet die Arme aus. »Sophie, Mäuslein, da sind wir wieder! Na, was hast du erlebt? Ich hoffe, du warst schön brav?«

Bei den letzten Worten zwinkert er mir zu, die Frage war rein rhetorisch gemeint. Die Sophie, die Papa zu kennen glaubt, ist schließlich immer brav.

Papas Traum-Sophie hätte sich niemals betrunken. Sie hätte sich nicht gegen aufdringliche Kerle wehren müssen, und sie wäre auch nicht in einer zweideutigen Situation auf YouTube zu sehen. Vor allem aber wäre sie auf gar keinen Fall nach München gefahren, um eigenmächtig dunkle Familiengeheimnisse aufzudecken.

Tja. Willkommen in der Wirklichkeit, Papa.

Die nächste Stunde vergeht im Schneckentempo.

Zappelig schaue ich meinen Eltern zu, wie sie auspacken, lausche mit halbem Ohr ihrem Geplauder – das sich hauptsächlich um schreckliche Tischnachbarn, freundliche Masseusen und die herrliche Landschaft dreht – und werde dabei immer ungeduldiger. Sehen sie denn nicht all das Ungesagte, das sich zwischen uns auftürmt? Spüren sie nicht, dass ich mich verändert habe? Ich werde immer kribbeliger, immer ungehaltener darüber, dass sie mir nichts anmerken, und beim Abendessen halte ich es schließlich nicht mehr aus. Meine Mutter fragt: »Hast du dir auch was Anständiges gekocht, als wir weg waren?«, und ich sage: »Ja. Und, Mama, ich war bei Oma Anne.«

Stille.

Ich halte die Luft an, warte auf eine Reaktion.

»Das ist nicht lustig, Sophie«, sagt mein Vater endlich scharf.

»Soll es auch nicht sein.«

Ich presse meine Fingernägel in die Handflächen. Wie erwartet ist jede Fröhlichkeit dahin, die heitere Wetterlage am Tisch ist abrupt ins Frostige gekippt.

Ich bemühe mich, jedes Zittern aus meiner Stimme rauszuhalten, als ich sage: »Wir müssen reden. Über das, was hier unter den Teppich gekehrt wird. Das ist nämlich ganz schön viel.«

Meine Eltern starren mich an, als sei ich ein Alien. Keiner sagt etwas. Ich werde unsicher. Ich meine, könnten sie mir nicht ein *bisschen* entgegenkommen?

Mit dem Mut der Verzweiflung suche ich den Blick meiner Mutter. »Ich kenne jetzt deine Geschichte, Mama. Anne hat sie mir erzählt. Es ist schrecklich, was passiert ist, und ich verstehe absolut, dass du mich damit verschonen wolltest. Aber, Mama«, ich greife über den Tisch nach ihrer Hand, kalt ist sie und regungslos, »das alles ist vorbei. Es ist lange, lange vorbei. Anne ist nicht mehr der depressive Mensch, der sie war, als du ein Kind warst. Sie ist jetzt gesund, sie arbeitet als Künstlerin, und sie vermisst dich sehr, weißt du das eigentlich?«

Ich verstumme, als meine Mutter anfängt zu weinen. Sie entzieht mir ihre kalten Finger, schlägt die Hände vors Gesicht.

Hilflos blicke ich auf ihren gesenkten Kopf und frage

mich, ob ich zu grob war. Bin ich jetzt wieder schuld, dass Mama weint? Oder würde sie immer weinen, egal, wie ich es anpacke? Ihr Leben lang ist meine Mutter vor der Wahrheit davongelaufen. Glücklich hat sie das nicht gemacht.

Mamas Schultern zucken, ihre Tränen tropfen auf das weiße Tischtuch, und plötzlich sehe ich sie wie eine Fremde: das traumatisierte Kind, das sie war. Die verängstigte Frau, die sie ist. Mitgefühl mit dieser Fremden wallt in mir auf. Verdichtet sich, zerreißt mir das Herz. Am liebsten würde ich sie in die Arme nehmen und wiegen – tröstend, murmelnd, genau so, wie sie mich gewiegt hat, als ich noch klein war.

Nur dass ich ihr dabei keine Märchen erzählen würde.

Gequält schaue ich von meiner Mama zu meinem Vater. Ein kindlicher, feiger Teil von mir hofft, dass Papa die Ärmel hochkrempelt und eine seiner üblichen, schnellen Lösungen präsentiert. Aber er sagt nichts, rührt sich nicht, trommelt nur unaufhörlich mit den Fingern auf den Tisch. Er präsentiert uns keine schnelle Lösung, schießt es mir durch den Kopf, weil es keine schnelle Lösung gibt. Nur ein langsames, schmerzhaftes Herantasten. An einen Weg, an dessen Ende vielleicht die Heilung steht, und vielleicht auch nicht.

Mein innerer Monitor wird schmutzig und grau vor Furcht, als ich mich frage, ob ich das wirklich schaffe: weitermachen, weiterreden, gegen Mama und Papa, gegen die Tränen, das Schweigen, das Verdrängen. Bin ich stark genug dafür, ich allein? Meine Gedanken fliegen zu Anne. Zu dem Glück in ihren Augen, als ich ihr beim Abschied versprochen habe, wiederzukommen. Ich denke an die Liebe, die sie für meine Mutter hegt – Bärbel, die Fremde, die trotz allem nie aufgehört hat, Annes Kind zu sein. Ich denke an die Bilder, die Anne erschafft, seit sie ihrer Synästhesie nicht mehr davonläuft, an meine farbigen Fotos, an Mattis' Liebe und Lenas Freundschaft. Daran, dass sich nichts so gefährlich anfühlt wie der Feind, den man nicht kennt.

Der Feind, der manchmal gar keiner ist – wie Annes und meine Synästhesie.

Nein. Für meine Eltern und mich darf es kein Zurück geben. Ich will nicht mehr im Schatten unserer Ängste leben! Ich will in die Sonne. Sie ist schon da, war es immer. Wir müssen nur endlich, endlich die Fensterläden öffnen, um sie hereinzulassen.

Und der beste Zeitpunkt, damit anzufangen, ist JETZT.

Es wird ein langer, anstrengender Abend. Als ich weit nach Mitternacht in mein Bett falle, habe ich das Gefühl, für die nächsten zehn Jahre genug geredet zu haben.

Ich habe meinen Eltern erzählt, was ich am Wochenende getan, wonach ich Anne gefragt, welche Antworten ich von ihr bekommen habe. Dass meine Großmutter ihrer Schuld ins Auge sieht und was sie damals krank gemacht hat. Dass auch ich früher oder später krank geworden wäre, wenn ich meine Farben dauerhaft hätte verleugnen müssen. Dass Annes Geschichte mir geholfen hat klarzusehen, und dass ich unbedingt mit meiner Großmutter in Kontakt bleiben will.

Sogar, dass ich besoffen war, wissen meine Eltern nun. Und dass ganz Walding mich mittlerweile im Internet gesehen haben dürfte.

Mama und Papa haben mich nicht umarmt, als ich endlich todmüde vom Tisch aufgestanden bin. Aber sie haben mir eine Gute Nacht gewünscht ... Und das werte ich als gutes Zeichen. Hey, immerhin haben sie mir zugehört! Und Mama ist nicht ausgeflippt. Und Papa hat von selbst – wenn auch zähneknirschend – angekündigt, dass er sich um die sofortige Löschung des YouTube-Videos kümmern wird. Es gab keinen Hausarrest, keine Drohungen und kein einziges vorwurfsvolles »Warum tust du uns das an?«.

Vielleicht, denke ich mit vorsichtigem Optimismus und kuschele mich unter meine Decke, ist der Abend ja doch ganz gut gelaufen. Die Fensterläden mögen noch nicht sperrangelweit offenstehen. Aber die ersten Sonnenstrahlen haben es definitiv in unsere Familie geschafft.

Noch während mein Mund sich zu einem Lächeln verzieht, schlafe ich ein.

36

Am nächsten Tag bin ich so müde, wie man das nach vier Stunden Schlaf erwarten darf. Trotzdem bin ich zufrieden – ein ungewohntes Gefühl, in einem warmen Rostbraun. Ich sitze im Kunstunterricht, arbeite mehr oder weniger engagiert an einer Bleistiftzeichnung und lasse meine Gedanken schweifen.

Die Bilanz der letzten Tage kann sich sehen lassen: Ich habe bei allen, die ich liebe, reinen Tisch gemacht, und keiner hat mich wegen meiner Synästhesie fallen lassen. Zugegeben, ich weiß noch nicht, wie all die anderen reagieren werden, meine Mitschüler, die Lehrer, die Bekannten meiner Familie. Aber selbst wenn einige von ihnen mich schief anschauen werden – so what! Wer mich nicht mag, der wird immer was finden, um mich als blöd abzustempeln, denke ich und drehe meinen Bleistift in den Fingern. Ob das nun meine inneren Farben sind, meine starken Augenbrauen oder die Form meiner Schuhe.

»Ich muss dich gar nicht mehr ermahnen!«, flüstert Lena neben mir freudig. »Super!«

Verwirrt runzele ich die Stirn. Ich bin heute zwar müde, aber so müde nun auch wieder nicht. »Könntest du dich ein bisschen genauer ausdrücken?«

»Du kaust nicht mehr an deinen Bleistiften rum! Ich hab's geschafft, es dir abzugewöhnen.« Lena ballt in einer triumphierenden Geste die Faust. »Yeah!«

Ich muss lachen. Lenas Ermahnungen waren zwar lieb gemeint, aber völlig nutzlos. Ich fühle mich schlichtweg weniger angespannt, jetzt, wo ich mich nicht mehr verstellen muss.

Trotzdem sage ich gehorsam: »Na dann, herzlichen Dank für deine Hilfe. Und wie kann ich mich revanchieren?«

»Zeig mir die Fotos, die du mit Mattis verändert hast«, kommt es wie aus der Pistole geschossen.

»Du meinst die mit den Farben und den Gefühlen? Die sehen aber ziemlich abgefahren aus, ich warne dich. Andy Warhol ist nix dagegen.« Ich ziehe die Augenbrauen hoch. »Im Ernst, interessiert dich das wirklich?«

»Klar interessiert mich das! Mensch, ich will doch wissen, wie sie aussieht, deine Innenwelt, ich kann mir das überhaupt nicht vorstellen! Bin schon froh, wenn ich ohne zu stottern das Wort Synästhesie rausbringe. Also, darf ich sie sehen?«

Ich nicke. »Wie wär's mit morgen? Heute Nachmittag gehe ich mit Mattis zum Bogenschießen. Es ist so irre heiß, im Wald ist es viel angenehmer. Und danach wollen wir zum Weiher.«

»Morgen erst? Na, warum nicht. Geht klar.« Lena sieht

enttäuscht aus, dass ich keine Zeit für sie habe, auch wenn sie sich bemüht, es sich nicht anmerken zu lassen.

Nachdenklich spiele ich mit meinem Bleistift. Mattis, Lena und Leon kennen sich kaum, aber ich wüsste eigentlich keinen Grund, warum sie sich nicht verstehen sollten. Auf unkritische Bewunderer legt Mattis in seiner Freizeit zwar keinen Wert. Doch was echte Freunde betrifft, da sieht die Sache anders aus. Sonst würde er seine Kumpels aus München wohl kaum so vermissen.

Spontan frage ich: »Hättet ihr nicht Lust mitzukommen, Leon und du? Wäre doch lustig, wenn wir auch mal was zu viert machen würden.«

»Weißt du was?« Ein strahlendes Lächeln breitet sich auf Lenas Gesicht aus. »Auf diesen Vorschlag warte ich schon ewig!«

»Schon wieder daneben. So ein Pech. Komm her, Lena, gib mir einen Trostkuss.«

Leon streckt die Hand nach meiner Freundin aus und wirkt kein bisschen betrübt angesichts der Tatsache, dass wir seit zwei Stunden beim Bogenschießen sind und er noch kein einziges Mal die Zielscheibe getroffen hat. Ein Naturtalent ist er nicht gerade, denke ich und grinse, als ich sehe, wie hingebungsvoll der neueste Trostkuss ausfällt. Vielleicht *will* Leon ja gar nicht treffen.

Mattis ist heute allerdings auch nicht sehr konzentriert. Im Gold sind seine Pfeile erst zweimal gelandet, obwohl wir nur auf die Zehn-Meter-Scheibe schießen. Er scheint in Gedanken ganz woanders zu sein.

Als ich ihm in der Pause von der Aussprache mit meinen Eltern erzählt habe, hat er zwar aufmerksam zugehört. Aber jetzt ... Woran denkt er bloß die ganze Zeit?

»Bedrückt dich irgendwas?«, frage ich ihn, als ich an der Reihe bin und den Bogen hebe. Mattis steht wie immer hinter mir, um mir beim Zielen zu helfen. Zugegeben, *er* zielt, *ich* genieße seine Nähe. Ehrgeiz werde ich in dieser Sportart wohl nie entwickeln.

»Mich bedrückt nichts, im Gegenteil«, sagt Mattis und küsst mich auf die Schulter, neben den dünnen Träger meines Tops. Ich spüre seine Lippen heiß auf meiner Haut.

Blau durchschauert mich wie ein warmer, süßer Sommerregen, und ich lasse den Bogen wieder sinken und lehne mich an Mattis' Brust.

»So komme ich aber nicht zum Schießen«, sage ich. »Und was meinst du mit ›im Gegenteil‹?«

»Dass meine Eltern mir vorhin etwas sehr Erfreuliches eröffnet haben.« Mattis' Hände streichen über meine Hüften, sein Atem kitzelt mein Ohr. »Sie werden am Samstag weg sein, von morgens bis abends, mit Johannes. Irgend so ein Grillfest in München, bei einem ehemaligen Kollegen meines Vaters. Aber *ich* bleibe daheim, und deshalb ...«

Ich wende den Kopf, schaue zu ihm hoch. Mein Herz gerät aus dem Takt, als ich in Mattis' Augen lese, was er mir sagen will.

Leise beende ich seinen Satz. »Und deshalb hätten wir das Haus, dein Zimmer und den Garten ganz für uns allein.«

Mattis nickt. »Hast du Zeit?«

»Das fragst du noch?«

Er lächelt, ich beiße mir auf die Unterlippe, um nicht allzu sehr zu strahlen, und Mattis küsst mich – zärtlich, erotisch, voller Vorfreude. Mein Gott, wie dieser Junge küssen kann! Und wie lange es noch hin ist bis Samstag! Warum ist heute eigentlich erst Dienstag?

Ich bin dankbar, dass in diesem Moment niemand meine inneren Farben sehen kann. Denn er würde mich, ohne zu zögern, »Schlumpfine« nennen.

Als es dämmert, verlassen wir den Bogenplatz und laufen zum Weiher. Unsere Lieblingswiese zeigen Mattis und ich den anderen beiden zwar nicht – die bleibt unser Refugium –, aber am Strand sind nur noch so wenige Leute, dass selbst Mattis sich unbeobachtet fühlt. Na ja, unbeobachtet von Fremden. Ich selbst kann genauso wenig meine Blicke von ihm lassen wie Mattis die seinen von mir. Und nachdem wir alle vier kreischend in die braune Brühe gesprungen sind, Schweiß und Staub abgewaschen und eine empörte Entenfamilie vertrieben haben, beschließen Mattis und ich, dass wir für heute sportlich genug waren. Statt zu schwimmen, knutschen wir.

Ich schlinge meine Beine um Mattis' Hüften, er legt seine Hände um meinen Hintern, und während die Grillen zirpen und wir uns über Wasser küssen und uns unter Wasser aneinanderpressen, schießen wilde Fantasien durch meinen Kopf. Fantasien, was am Samstag so alles passieren könnte …

»Ich brauche eine Abkühlung«, keucht Mattis und schiebt mich von sich weg.

»Du bist doch schon im Wasser«, sage ich und ziehe ihn wieder zu mir heran.

»Ja, aber mit dir.« Entschieden befreit er sich von mir. »Lass mich eine Runde kraulen, sonst kann ich für nichts garantieren.« Er schüttelt den Kopf. »Am Ende passiert es noch hier, und das will ich nicht.«

Unwillkürlich schauen wir beide zu Leon und Lena, die sich nicht weit von uns im seichten Uferwasser fläzen.

»Sehr romantisch wäre das wohl nicht«, gestehe ich widerwillig. »Also schwimm. Schnell, bevor ich's mir noch anders überlege. Oder wollen wir einfach rausgehen?«

Mattis verzieht das Gesicht. »Aus dem Wasser kann ich im Moment auch nicht. Das solltest du eigentlich gespürt haben.«

Ach so. Klar, das habe ich gespürt – aber mir war nicht bewusst, dass es so lange dauert, bis eine ordentliche Erektion sich wieder legt.

Ich grinse. »Ach, ihr armen Jungs. Ihr habt es schon schwer.«

Mattis schnippt mit den Fingern ein paar Wasserspritzer in mein Gesicht. »Mach dich nur lustig! Am besten zusammen mit deiner Freundin. Hey, Leon!«, schreit er in Richtung Strand. »Eine Runde Wettschwimmen. Kommst du von selbst, oder muss ich dich holen?«

Mattis wirft sich in die Entengrütze und krault mit

kräftigen Armschlägen davon, und Leon macht sich mit Indianergeheul an seine Verfolgung.

Ich wate ans Ufer, geselle mich zu Lena an den Kiesstrand. Wir legen uns auf unsere Handtücher und schauen den Jungs zu, die im dunklen Weiher kraulen, toben und sich gegenseitig unter Wasser tauchen.

»Die lieben Kleinen. Sie sind noch so verspielt«, sagt Lena und kichert.

»Wie übermütige Welpen.« Ich kichere auch.

»Übermütige, *gutaussehende* Welpen«, sagt Lena.

»Das kannst du laut sagen!«

»Lieber nicht, sonst werden sie noch eingebildet.«

»Sind sie das nicht schon?«

Wir lachen. Ach, es tut so gut, einfach mal albern sein zu dürfen! Ohne das ständige Gefühl, dass unter der fröhlichen Oberfläche das Verhängnis lauert.

Ich lasse mich auf den Rücken fallen und verschränke die Hände unter dem Hinterkopf. Die ersten Sterne funkeln am Himmel, Weinrot und Zitronengelb überziehen meinen inneren Monitor, cremeweiße Entspannung gesellt sich hinzu. »Lena?«

»Ja?«

»Ich bin froh, dass du meine Freundin bist.«

Ich schaue immer noch in den Sommernachthimmel, als sie sich neben mich legt und ebenfalls zu den Sternen guckt.

»Immer«, sagt sie leise und feierlich, aber das wäre gar nicht nötig gewesen.

Ich weiß es auch so.

37

Samstag. Sonne. Sex.

Drei Worte, denke ich und beiße mir auf die Lippen, denen in meinem Fall dringend ein weiteres Wort zugesellt werden müsste: Nervosität.

Ich bin auf dem Weg zu Mattis, radele mit wehendem Rock durch die Frühsommerwärme, blauen Himmel über mir und üppig sprießende Natur überall um mich herum. Es ist ein Tag, wie geschaffen für unser Vorhaben, und nichts steht uns mehr im Wege: keine Eltern, keine störenden kleinen Brüder, keine Missverständnisse, keine Geheimnisse, kein Streit.

Und deshalb wird es heute passieren.

Mein Rad holpert über einen Feldweg, und auch meine Gedanken bewegen sich nicht gerade in ruhigem Fahrwasser. Statt glatt und kühl auf mein erstes Mal mit Mattis zuzuströmen, springen sie durcheinander wie ein Gebirgsbach über scharfkantige Felsbrocken.

Ich meine, *natürlich* freue ich mich auf das, was kommen wird! Ich habe ja lange genug darauf hingefiebert.

Mein Körper ist mehr als bereit für Mattis, und mein Herz ebenso.

Eigentlich.

Wenn sich nur endlich die dumme Angst vertreiben ließe, dass ich im entscheidenden Moment eine totale Niete sein werde. Küssen, streicheln, alles schön und gut. Aber *richtigen* Sex zu haben – das ist was ganz anderes.

Unbehaglich gehe ich im Kopf durch, was ich alles können muss, damit unser erstes Mal gut wird: Ich werde mich in einem bestimmten Rhythmus bewegen müssen, genau so, dass ich im Einklang mit Mattis bin und kein unkoordiniertes Gehampele dabei herauskommt. Ich muss die Zeichen erkennen, wenn es Mattis langweilig wird und er eine andere Stellung will. Ich muss ... hm, muss das Mädchen eigentlich die Augen zumachen, wenn der Junge in sie eindringt? Oder darf sie hinschauen? Und wenn ja, *wohin*? In die Augen? Nach unten? Oder ist das pervers?

Mir bricht der kalte Schweiß aus. Denn um ehrlich zu sein, ich habe keinerlei Ahnung von alldem. Diese ganzen Dos und Don'ts, die hinter vorgehaltener Hand kursieren – wie verpflichtend sind die eigentlich? Machen Jungs sich da überhaupt Gedanken drüber? Oder setze ich mich völlig unnötig unter Druck? Sollte ich es einfach auf mich zukommen lassen?

Eines ist jedenfalls klar: Wenn ich mich weiter so in meine Unsicherheit hineinsteigere, komme ich bei Mattis an wie ein zitterndes Häuflein Elend.

Und *das* ist garantiert nicht sexy.

Um mich abzulenken, denke ich an die letzten Tage – die ja auch wirklich ereignisreich genug waren. Zum Beispiel habe ich Lena meine eingefärbten Fotos gezeigt, und sie hat mir diesen verrückten Vorschlag gemacht, von dem ich Mattis noch gar nichts erzählt habe! Das muss ich nachher unbedingt nachholen. Ich lächele, kann Frau Schöllers begeisterte Reaktion immer noch nicht ganz fassen. Lena jedenfalls ist megastolz, dass ihre Idee aller Voraussicht nach Wirklichkeit wird.

Mit neuem Schwung trete ich in die Pedale, und nicht mal der Gedanke an Vivian kann meine gute Laune dämpfen. Seit Mattis' Auftritt am Montag lässt Vivian mich in Ruhe, aber ich merke es ihr an, sie hasst mich mehr denn je. Ob sie einen weiteren Versuch starten wird, mich fertigzumachen?

Und wenn schon!, denke ich und hebe das Kinn. Meine Haare flattern im Wind, und ich fühle mich zuversichtlich und frei.

Von dem blöden Video spricht schon lange keiner mehr, dafür wird immer noch eifrig über das Kräftemessen zwischen Mattis, Vivian und Noah getuschelt. Komisch, keiner nimmt es Mattis übel, dass er vor der ganzen Klasse den Löwen gespielt und gebrüllt hat. Im Gegenteil: Er wird nur umso mehr bewundert und sehnsüchtiger angeschmachtet. Lena, die am Montagmorgen ja nicht dabei war, hat schon so viele Versionen des großen Ereignisses gehört, dass sie sich am liebsten in den Hintern beißen würde, weil sie es verpasst hat. Und Börny scheint es genauso zu gehen, ihre Unterwürfigkeit Vivian gegenüber hat jedenfalls deutlich nachgelassen. Gut so, denke ich zufrieden.

Auch mein neues Verhältnis zu Mama stimmt mich optimistisch. In den letzten Tagen habe ich mehr mit meiner Mutter geredet als sonst in einem Jahr. Das macht mich glücklich – und dass dieses Glück rot und flauschig ist, weiß Mama inzwischen auch. Als ich ihr die Farbe beschrieben habe, hat sie nicht mal den Versuch gemacht, es mir auszureden, sondern nur die Hände ineinander verschränkt und stumm genickt. Wenn das mal kein Fortschritt ist!

Außerdem habe ich gestern in der Schale neben dem Telefon eine Visitenkarte gefunden – von einem Psychotherapeuten. Als ich meine Eltern beim Abendessen vorsichtig darauf angesprochen habe, hat Mama gezaudert. Es sei nur so eine Idee und sie wisse wirklich nicht, ob eine Therapie das Richtige für sie sei. Aber Papa hat vehement die Meinung vertreten, es täte ihr gut, meine Mutter schleppe das alles schon viel zu lange mit sich herum. Es sei überhaupt keine Schande, wenn sie die Aufarbeitung ihrer Wunden nicht alleine bewältige, sondern sich Hilfe dafür hole. Dafür seien Menschen wie dieser Psychotherapeut schließlich da. Dafür sei der ausgebildet! Und wir zahlten jeden Monat so viel Geld an die Krankenkasse! Er sehe gar nicht ein, dass man da nicht auch mal was in Anspruch nehmen dürfe! Sollte die Kasse sich weigern, dann würde Paragraf soundso greifen, hah, das wäre doch gelacht, wenn die nicht mindestens ein Jahr Therapie bezahlen würden, vielleicht sogar ... Kurz:

Papa war wieder ganz der Alte, voll in seinem Element, geradlinig auf Kurs.

Aber diesmal war das gut so, denn ich glaube, er hat Mama überzeugt.

Ich biege in die kleine Straße ein, die zwischen Weizenfeld und Löwenzahnwiese zum Bauernhaus der Bendings führt. Mein Ablenkungsmanöver hat funktioniert, und ich bin überhaupt nicht mehr nervös. Okay, *fast* überhaupt nicht mehr. Nur ein bisschen. Nur, wenn ich daran denke, dass ich schon sehr bald mit Mattis im Bett liegen werde, nackt und hoffentlich alles richtig machend und hoffentlich, hoffentlich schön genug für ihn und … Oh mein Gott, es ist Tag, wir tun es bei Tag, und das bedeutet, es wird *hell* sein!

Bevor meine Gedanken mich noch zum Herzinfarkt treiben, springe ich vom Rad, lehne es nachlässig gegen den Zaun und haste durch den blühenden Vorgarten zur Haustür. Klingele. Knete meine Hände. Höre Mattis' Schritte, drinnen im Haus, sehne mich nach ihm und würde gleichzeitig am liebsten wegrennen, ganz weit weg.

Quatsch, wegrennen!, schimpfe ich in Gedanken. Kopfüber rein ins Abenteuer, das ist die richtige Strategie! Zumindest heute. Für das, was wir vorhaben. Augen zu und …

»Hallo, Sophie«, sagt Mattis sanft.

Ich schaue ihn an, merke erst jetzt, dass ich den Atem angehalten habe. Ich schmiege mich in Mattis' Arme, versinke in seinem Kuss, und die stumpfen Farben von Furcht und Unsicherheit fallen von mir ab. Und als Mattis mir zuraunt, wie sehr er sich auf mich gefreut habe, verstehe ich meine panischen Gedanken selbst nicht mehr. Es ist *Mattis*, mit dem ich schlafen werde! Kein Fremder. Keiner, der mich im hellen Tageslicht beurteilen wird wie ein Stück Fleisch. Keiner, der es mir übelnehmen wird, wenn ich etwas falsch mache. Wir werden keinen Hochleistungs-Sex absolvieren und keinen durchchoreografierten Porno nachspielen.

Mattis und ich werden uns lieben.

Er greift nach meiner Hand und zieht mich ins Haus, und ich folge ihm, frage mich, ob es wohl sofort losgeht. Gehört miteinander reden eigentlich auch zum Vorspiel?

»Hast du Hunger?«, fragt Mattis und lotst mich in Richtung Hintertür. »Ich habe einen Kirschkuchen gebacken, aber ich kann dir nicht versprechen, dass er genießbar ist.« Er grinst und streicht sich eine schwarzbraune Strähne aus der Stirn. »War mein erster Versuch.«

Kirschkuchen?

Dieses Vorspiel gefällt mir.

38

In der grünen Laube im Garten, unter den schützenden Zweigen, ist schon alles vorbereitet.

Ich setze mich auf eine große Baumwolldecke, auf der weiße und rosenrote Kissen verteilt sind. Im Gras zwischen den Elfen-Akeleien wartet der Kirschkuchen auf uns. Er ist ein bisschen dunkel geworden, sieht aber trotzdem lecker aus.

Okay.

Essen wir den Kuchen *zuerst* oder ... danach?

Mattis setzt sich neben mich und lächelt mich an. Er scheint mein Lampenfieber zu spüren, denn er macht keinerlei Anstalten, mich zu verführen. Stattdessen kümmert er sich um den Kuchen, schneidet zwei Stücke ab. Schiebt mir mit Daumen und Zeigefinger eine gezuckerte, von Teig umhüllte Kirsche in den Mund.

Während ich kaue, erkundigt er sich überraschend: »Und, hat deine Mutter mit den alten Briefen angefangen?«

»Hat sie.« Ich schlucke die Kirsche runter, lecke mir ein Körnchen Zucker aus dem Mundwinkel. »Sie hat zwar nur einen einzigen Brief geschafft, dann hat sie wieder geweint. Aber sie hat die Kiste danach nicht weggeräumt. Die Briefe liegen jetzt offen im Arbeitszimmer rum.«

»Das ist doch ein guter Anfang«, sagt Mattis optimistisch. »Ihr kriegt das hin, da bin ich sicher. Ihr zusammen, als Familie.«

Ich rutsche näher an Mattis heran, nasche von meinem Kuchenstück, das auf einer Serviette im Gras liegt. Mattis legt die Arme um meine Taille, und wir lassen uns auf die Decke fallen. Ich liege halb auf ihm, schaue in seine dunklen Augen. Die Gedanken an meine Familie treiben fort.

»Es wäre echt Zeit, dass ich sie besser kennenlerne«, sagt Mattis. »Deine Eltern, meine ich.«

»Mhm«, mache ich vage. Ich will Mattis küssen, sein Mund ist so einladend.

»Soll ich morgen zu euch kommen?«

»Klar. Komm zum Mittagessen.« Komm meinetwegen, aber jetzt lass dich küssen!

Doch Mattis scheint nicht in Kuss-Stimmung zu sein. Mattis ist in Plauderlaune.

»Was hast du eigentlich mit Frau Schöller besprochen?«, fragt er unverdrossen weiter. »Ich hab gesehen, wie du mit ihr im Lehrerzimmer verschwunden bist.«

Du liebe Güte, was ist hier eigentlich los? Warum redet er von Frau Schöller?!

Ich seufze und setze mich wieder auf. Mattis bleibt liegen.

»Frau Schöller wird eine Ausstellung für mich organisieren«, rücke ich ein wenig missmutig mit meiner Neuigkeit heraus. »Lena meinte, ich solle ihr von den Fotos erzählen, die du und ich verändert haben. Das sei spannend für Menschen, die nichts von Synästhesie wüssten.«

»Das ist ja eine tolle Idee! Und ganz schön mutig von dir. Die Fotos mit deinen inneren Farben vor der ganzen Schule auszustellen – Mann, Sophie, ich bin echt stolz auf dich.« Mattis lächelt zu mir hoch.

»In zwei Wochen geht's schon los«, sage ich versöhnt, denn dass Mattis stolz auf mich ist, gefällt mir natürlich.

»Lade doch deine Oma zur Ausstellungseröffnung ein«, schlägt er vor. »Meinst du, deine Mutter packt es schon, sie wiederzusehen?«

»Keine Ahnung. Eher nicht. Ich sollte Mama ein bisschen mehr Zeit geben, schätze ich. Aber wir könnten Anne mal in München besuchen, du und ich! Du wirst sie mögen. Sie ist eine genauso leidenschaftliche Malerin wie deine Mutter.« Ich grinse. »Und sie ist genauso verbissen, wenn es darum geht, den perfekten Farbton auf die Leinwand zu bringen.«

»Oh mein Gott, noch eine von der Sorte!« Mattis lacht. »Womit habe ich das verdient?«

Ich schaue auf ihn hinab, auf sein gebräuntes Gesicht, seine funkelnden Augen, seinen lachenden Mund. Mattis sieht so süß aus, wenn er glücklich ist. Und ich, ich wäre ja auch glücklich, vollkommen glücklich … Wenn ich nur endlich begreifen würde, was hier gespielt wird. Ich meine, warum will Mattis die ganze Zeit über nur reden? Warum küsst er mich nicht?

Warum will er nicht mit mir schlafen?

Ich beuge mich über ihn, nehme meinen ganzen Mut zusammen.

»Mattis«, hauche ich, meine Fingerspitzen gleiten über seine Wangen. »Was ist los? Warum willst du keinen Sex? Hab ich was falsch gemacht?«

»Was?!« Entgeistert starrt er mich an. »Wie kommst du denn auf so was?«

»Na ja, das ist doch offensichtlich. Du redest und redest und redest, nur um nicht anfangen zu müssen. Weißt du, wir brauchen es nicht zu tun. Wir können noch warten, kein Problem. Ich dachte nur, wir wären bereit dafür, wir haben es doch geplant, und du warst doch immerhin eigentlich so …«

… scharf darauf, will ich sagen, aber da zieht er mich zu sich runter. Drückt seine Lippen auf meine, dringt mit der Zunge in meinen Mund ein, und statt zu sprechen, schließe ich die Augen. Ich spüre Mattis' Hände in meinem Haar, auf meinem Rücken, an meinen Hüften, und ehe ich's mich versehe, liege ich vollständig auf ihm.

»Ich wollte dich nicht drängen«, höre ich seine Stimme samtrau an meinem Ohr. »Du hast so aufgeregt gewirkt, als du vor der Tür standst. Ich wollte, dass du dich entspannst.«

»Aber ich *bin* entspannt!«

»Dir wächst gleich eine Pinocchio-Nase, meine Süße«, murmelt Mattis.

»Zugegeben«, flüstere ich, während ich instinktiv anfange, mich auf ihm zu bewegen, »ich bin ein klitzekleines bisschen nervös. Aber das heißt nicht, dass ich keine Lust darauf habe.«

Ich schaue Mattis in die Augen, um meinen Worten Nachdruck zu verleihen. Unsere Blicke verhaken sich ineinander. Ich bewege mich weiter. Blau blitzt in meinem Körper auf. Mattis' Hände streichen über meinen Po, schieben meinen Rock hoch, finden den Saum meines Slips und gleiten langsam, zärtlich darunter. Oh, ich liebe seine Sanftheit!

Ich liebe seine Hände.

Ich liebe seinen Körper unter mir.

Ich liebe ihn.

Und ich will es.

Entschlossen streife ich Mattis das T-Shirt hoch, öffne seine Hose und lasse mir im Gegenzug den Slip ausziehen – noch vor dem Rock. Das Blau in mir beginnt zu fließen, und halb im Liegen, halb im Sitzen, erwartungsvoll und zunehmend ungeduldig, zerren wir uns die restliche Kleidung vom Körper. Vollkommen nackt lassen wir uns wieder auf die Decke fallen, küssen uns, streicheln uns, nicht mehr sanft jetzt, sondern wild und verlangend, bis wir anfangen zu schwitzen und zu keuchen. Ich ziehe Mattis auf mich, spüre seine Erektion zwischen meinen Beinen und dränge mich ihm entgegen. Bereitwillig öffne ich die Beine, will Mattis in mich aufnehmen und denke, jetzt ist es also so weit, es fehlt nur noch das Kondom und dann ein fester, entschiedener Stoß …

… als mächtig und zäh die Angst wieder hochkommt und jedes Gefühl, jede Farbe mit ihrem tückischen Grau verschmutzt.

Die Angst, dass es wieder wehtut.

Die Angst, dass alle Erregung verpufft, weil ich mich verkrampfe, gleich, sobald Mattis in mir ist.

Die Angst, dass Noah recht hatte und ich einfach nicht gut im Bett bin. Dass ich es schlicht und ergreifend nicht kann.

Mattis hält inne und schaut mir ins Gesicht. Seine Augen sind halb geschlossen, sein Atem geht schnell. »Was ist?«

Oh Himmel, was soll ich jetzt bloß sagen? Was wird Mattis von mir halten, wenn ich ihn erst dränge – und dann kneifen will?!

»Ich hab das doch erst einmal getan«, bricht es aus mir heraus, »und es war so ätzend damals, und ich habe Angst, dass ich … Dass ich wieder Schmerzen habe und … Ach, Mattis!« Plötzlich ist mir zum Heulen zumute.

Mattis blickt mir schweigend in die Augen.

Dann legt er seine Hände um mein Gesicht und sagt leise und eindringlich: »Wir werden nichts miteinander machen, was du nicht willst, Sophie. Und ich werde dir nicht wehtun. Niemals. Okay?«

»Okay«, flüstere ich und schlucke.

»Gut«, raunt er. »Dann vertreiben wir jetzt deine Angst.«

Glitzernd-schwarz steigt die Neugierde in mir auf, schon fängt das schmutzige Grau an zu verblassen. Was hat Mattis vor? Einfach weitermachen will er offensichtlich nicht. Mit klopfendem Herzen und neu aufwallender Erregung schaue ich ihn an.

Mattis zieht einen Mundwinkel hoch, schenkt mir dieses halbe Lächeln, das so irre sexy ist und in das ich mich ganz zu Anfang verliebt habe.

Dann senkt er den Kopf und küsst meinen Hals.

Er lässt sich Zeit dabei. Bewegt seinen Körper kaum, lässt meine unteren Regionen in Ruhe. Knabbert stattdessen an meinem Ohrläppchen, küsst mein Schlüsselbein und streichelt meine Arme, meine Hände, meine Schultern. Dann rutscht er mit den Lippen tiefer und küsst meine Brüste. Widmet sich ihnen so hingebungsvoll, dass meine Brustwarzen hart wie Kieselsteine werden – und das Grau gegen die anschwellende Flut des Blaus keinerlei Chance mehr hat.

Aber dann rutscht er noch tiefer, bis zu meinem Bauchnabel, und dann …

Oh! Mein! Gott!

Er will mich *dort* küssen?!

Panische Gedankenfetzen schießen durch meinen Kopf, warnen mich, dass Mattis meinen Geruch nicht mögen wird, dass es wesentlich erfreulichere Anblicke gibt als eine Vagina in Großaufnahme, dass ihm das doch gar keinen Spaß machen *kann*! Schon will ich sagen, dass er so etwas nicht für mich tun muss, dass alles gut ist und ich bereit für ihn bin und dass es überhaupt keinen Grund gibt, mich auf diese Weise zu befriedigen, als ich nach Luft schnappe. Weil Mattis sein Gesicht mit solcher

Leidenschaft in meinem Schoß versenkt, dass sämtliche Gedanken, Zweifel und Schamgefühle nur noch Schall und Rauch sind.

Mattis weiß definitiv, worauf er sich einlässt. Wie's aussieht, liebt er es. Und oh, ich liebe es auch!

Mitternachtsblau schießt die Lust durch meinen Körper. Ich spüre Mattis' Zunge zwischen den Beinen und alles in mir wird zu Empfindung, Begehren, schwarzblauer Flut. Aufseufzend schließe ich die Augen und gebe mich Mattis hin. Was er da macht, ist so schön, so wunderschön! Oh ja, mein Gott, ja ... Ich stöhne, zerwühle ihm mit den Händen das Haar, und einer Brandungswelle gleich nähert sich der Orgasmus.

Aber ich will noch nicht kommen, ich will, dass Mattis dabei in mir ist, und deshalb ziehe ich ihn zu mir hoch.

»Jetzt«, sage ich heiser. »Schlaf mit mir.«

Mattis streift sich das Kondom über, und sein Blick ist dunkel und verhangen, als er meine Knie auseinanderdrückt und sich dazwischenschiebt.

Wir schauen uns an, lassen uns weder mit Blicken noch mit Händen los, als er es tut.

Langsam, vorsichtig dringt er in mich ein.

Tief. Und tiefer. Und tiefer.

Und als ich begreife, dass nichts wehtut, dass ich sogar danach verlange, Mattis noch intensiver in mir zu spüren, fange ich an, mich unter ihm zu bewegen, drücke mich an ihn, animiere ihn, alle Vorsicht loszulassen. Mattis' Stöße werden fester, wir finden unseren ureigenen Rhythmus.

Mein heftiger Atem vermischt sich mit seinem, und beinah ist es so weit, beinah, wenn nur …

»Fass mich an, Mattis. Bitte, fass mich an!«

Als Antwort zieht er sich aus mir zurück, dreht mich sanft auf den Bauch und hebt mit den Händen meine Hüften an. Er kniet hinter mir, ich auf allen vieren vor ihm – und so nimmt er mich.

Meine erste Reaktion ist Schreck. Liebe Güte, ich bin weder Hund noch Katze, muss es unbedingt *diese* Stellung sein?! Doch dann geht mir auf, dass Mattis alles andere im Sinn hat, als mich zu erniedrigen.

Während er sich in mir bewegt, gleitet seine rechte Hand nach vorn und streichelt mich – so, wie ich es mir gewünscht habe, wie ich es brauche, und die Wellen werden höher und höher und höher, tiefblau, mächtig, unaufhaltsam … bis sie mit Urgewalt über mir zusammenschlagen.

Stöhnend biege ich den Rücken durch, werfe den Kopf in den Nacken und komme. Und noch während ich mich auflöse, vergehe, neu werde im alles überschwemmenden Blau, kommt mit den letzten, heftigen Stößen auch Mattis.

Nein, denke ich schwer atmend, als wir uns danach zusammen niedersinken lassen. Um *das* zu lernen, brauche ich keine Anleitung durch obszöne DVDs.

Nur Liebe.

Vertrauen.

Und den heißesten Freund des Universums.

Eng umschlungen liegen wir auf der Decke. Ich bin so glücklich, dass ich mir nicht vorstellen kann, jemals noch glücklicher zu werden, und es fühlt sich kein bisschen komisch an, dass Mattis und ich völlig nackt sind, auf der Haut nichts als Wind, Schattenmuster und Sonne. Wir haben uns alles gegeben, für Scham ist in meiner Liebe zu ihm kein Platz mehr.

»Ich glaube, das von vorhin wird meine Lieblingsstellung«, murmele ich träge.

Mattis streichelt meinen Rücken und lacht leise. »Bist du da nicht ein bisschen voreilig?«

»Wieso?« Ich hebe den Kopf von seiner Brust und schaue ihn neugierig an.

Er grinst, so sexy, dass mir schon wieder heiß wird. »Weil wir noch ganz am Anfang stehen. Wir werden noch viele Dinge ausprobieren, die dir gefallen.«

Oh.

Wow!

»Klingt aufregend«, hauche ich, während mir Fantasien durch den Kopf schießen, die auszusprechen ich definitiv noch ein bisschen üben muss. Aber das, denke ich zuversichtlich, werde ich auch noch lernen.

»Und weißt du, was das Schönste daran ist?«, fragt Mattis und schiebt die Antwort gleich hinterher. »Dass wir so unendlich viel Zeit vor uns haben, das alles zu entdecken. Du und ich.«

Unversehens hat sich ein ernster Unterton in seine Stimme geschlichen. Und ich begreife, dass sich die anzügliche Flachserei bei den letzten Worten in etwas anderes verwandelt hat. Unendlich viel Zeit – das ist nicht nur eine Liebeserklärung. Sondern zugleich ein Versprechen.

Habe ich vorhin gesagt, noch glücklicher könne ich nicht werden? Ich habe mich geirrt: Ich *bin* noch glücklicher geworden.

Mattis zieht mich zu sich heran und küsst mich, und in meinem Inneren flammen sie alle auf – die Gefühle von Glück und Begehren, von Liebe und Vertrauen, in Weinrot, Mitternachtsblau, Sternengold und Sahneeisweiß. Und während ich Mattis' Lippen schmecke, den Sommer auf der Haut spüre und die Ewigkeit im Herzen erahne, nehme ich sie voller Dankbarkeit wahr, meine inneren Farben, lasse sie aufstrahlen, leuchten und mich ganz und gar erfüllen.

Und sie sind schöner als jeder Regenbogen.

Dank an ...

- Gudrun Melzer, Referentin der EU-Initiative »klicksafe«: für Hilfe bei der Recherche zum Thema Cyber-Mobbing
- Sandra Taufer: für das hinreißende Cover, in das ich mich auf Anhieb verliebt habe
- meine Lektorin Stephanie Janek: dafür, dass das gemeinsame Feilen an diesem Buch es nicht nur besser gemacht hat, sondern von Anfang bis Ende eine Freude war
- meine Agentin Julia Abrahams: für beflügelnde Begeisterung und unendliche Geduld
- Andrea und Werner: für hilfreiche Zeitungsausschnitte
- Inez: für die Erlaubnis, ihre umgedrehten Gläser und Tassen in diesem Buch zu verwenden
- Claudia: für nachdenkliche Gespräche über U und E, über Synästhesie und Anderssein
- Susanne: fürs offene Ohr, wann immer ich eines gebraucht habe
- Laurent: für engagierte Schulhof-Recherche
- Oli: für alles. Du bist *the one and only*.

Brenda St. John Brown
Ein Sommer in Tokio
Roman

Lost in Translation meets New Adult!

Seit Zosia Eastons Mutter vor drei Jahren gestorben ist, hat die Neunzehnjährige jeden Halt im Leben verloren. Als ihr Vater einen Job in Tokio annimmt, kommt ihr der Tapetenwechsel deshalb gerade recht. Doch ausgerechnet dort trifft sie Finn, der auf ihre Highschool ging und der ihr Herz mit seinem sexy Lächeln schon oft hat schneller schlagen lassen. Wie Zosia versucht auch Finn, vor seiner Vergangenheit davonzulaufen. Gemeinsam könnten sie diesen Sommer in Tokio zu einem machen, der ihnen für immer in Erinnerung bleiben wird.

»Wenn es nur ein einziges Buch gibt, das ihr diesen Sommer lest, dann muss es dieses hier sein!« *K-Books Reviews*

352 Seiten, kartoniert mit Klappe
€ 9,99 [D]
ISBN 978-3-8025-9746-6

www.egmont-lyx.de

Natasha Boyd

Eversea
Ein einziger Moment

Roman

Sie ist ein normales Südstaatenmädchen. Er Hollywoods größter Superstar.

Die Kellnerin Keri Ann traut ihren Augen nicht, als eines Abends der angesagte Schauspieler Jack Eversea in ihrem Restaurant auftaucht. Ihr verschlafenes Heimatstädtchen im Süden der USA ist so ziemlich der letzte Ort, an dem sie erwartet hätte, auf einen skandalumwitterten Hollywoodstar wie ihn zu treffen. Auch wenn Keri Ann sich nicht von Jack beeindrucken lässt, sprühen zwischen den beiden sofort die Funken. Doch sie wissen, dass eine Liebe zwischen ihnen eigentlich unmöglich ist …

»Ich liebe dieses Buch so sehr. Ich konnte nicht genug davon bekommen.«
Book Passion for Life

Band 1 der Serie
352 Seiten, kartoniert mit Klappe
€ 9,99 [D]
ISBN 978-3-8025-9743-5

www.egmont-lyx.de

Werde Teil unserer LYX-Community bei Facebook

Unser schnellster Newskanal:
Hier erhältst du die neusten Programmhinweise und Veranstaltungstipps

Exklusive Fan-Aktionen:
Regelmäßige Gewinnspiele, Rätsel und Votings

Finde Gleichgesinnte:
Tausche dich mit anderen Fans über deine Lieblingsromane aus

JETZT FAN WERDEN BEI:
www.egmont-lyx.de/facebook